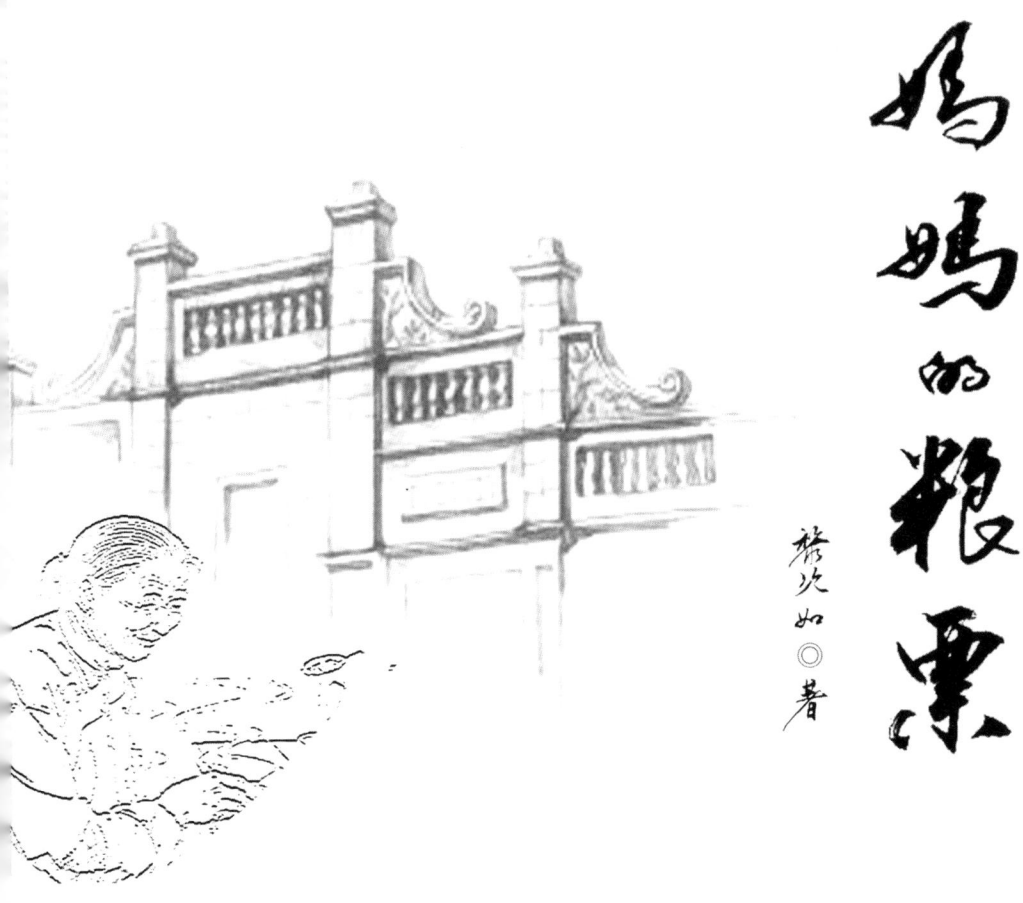

妈妈的粮票

詹次如 著

中国言实出版社

图书在版编目（CIP）数据

妈妈的粮票 / 黎次如著 . -- 北京：中国言实出版社，2018.12

ISBN 978-7-5171-3029-1

Ⅰ.①妈… Ⅱ.①黎… Ⅲ.①长篇小说—中国—当代 Ⅳ.① I247.5

中国版本图书馆 CIP 数据核字（2019）第 004359 号

责任编辑：代青霞
责任校对：崔文婷
责任统筹：史会美
责任印制：佟贵兆
装帧设计：有　森

出版发行	中国言实出版社
地　　址	北京市朝阳区北苑路 180 号加利大厦 5 号楼 105 室
邮　　编	100101
编辑部	北京市海淀区北太平庄路甲 1 号
邮　　编	100088
电　　话	64924853（总编室）64924716（发行部）
网　　址	www.zgyscbs.cn
E-mail	zgyscbs@263.net
经　　销	新华书店
印　　刷	廊坊市海涛印刷有限公司
版　　次	2019 年 7 月第 1 版　2019 年 7 月第 1 次印刷
规　　格	700 毫米 ×1000 毫米　1/16　16.25 印张
字　　数	225 千字
定　　价	49.00 元　ISBN 978-7-5171-3029-1

序

前不久，次如君送来一部新作，读后让人唏嘘不已。这是一部章回体的现代小说，书名是《妈妈的粮票》。它以中华人民共和国成立前后近五十年的历史风云为背景，通过对黎氏家族成员悲欢离合人生经历的描写，把现实生活中的酸甜苦辣和人性的美善丑恶演绎成一个个扣人心弦的小故事，用第一人称的口吻娓娓道来，通过主人公玉琴向我们展现了人世间的真情。

主人公玉琴出生在一个大城市的书香世家，后嫁国民党高官，是一个弱不禁风的官太太。在抗日战争胜利后，她与丈夫不愿参与内战，放弃高官厚禄毅然回乡。中华人民共和国成立前夕，因不想被裹胁去台湾，她和当将军的丈夫巧施金蝉脱壳计，躲过军管和特务的暗杀，费尽周折回到丈夫远在湘北边陲的农村老家。本想过个太平日子，没想到后来有一次，丈夫因把找上门请求帮助的表嫂，也就是大恶霸沈和山的三姨太送上去长沙的火车，被带到乡里审查，后经几个朋友帮忙将他救出。为帮丈夫逃跑，玉琴将全部家当——五块大洋交给丈夫，自己从此过上了饱受精神和肉体折磨的日子。一个弱女子，在家徒四壁的环境中，要挑起一家六口的生活重担，这是无法想象的。就连出逃在外的丈夫也不相信玉琴能独自撑起黎家的门面，在他的想象中，自己走后，黎家肯定会不复存在。玉琴面前只有两条路可以选择：一是改嫁，二是将儿女送给别人抚养。但令人意想不到的是，玉琴既没改嫁，也拒绝了婆婆将孩子送人的主张，用自己羸弱的身躯将这个摇摇欲坠的家硬生生地撑了起来。为了这个家，她承受着常人无法忍受的压力，除了受人欺负外，仅搬家就搬了二十六次之多，老房子被分掉后，只得住进寺庙，寺庙被拆又盖茅棚，为办食堂，茅棚被烧，又住百家屋，食堂散后又盖房……为学农活儿她被大粪淋头，修水库时她的手被锄头打起满手的泡。为了不误农事，她利用自己精湛的湘绣巧手做起缝纫，不分白天黑夜帮人做衣换工；婆婆中风卧床三年，她每天喂茶喂饭、端屎端尿，把婆婆抹洗得干干净净；吃食堂时，她一天只有九两粮票，为了将几个嗷嗷待哺的孩子抚养成人，只好将自己的粮票省下来给孩子，自己几次饿得昏死过去，幸亏被人发现及时抢救才得以生还。许多村民都被她的精神感动，她得病送到医院抢救时，前来看望的村民络绎不绝，村民甚至向院长和医生下跪，要求医院想尽一切办法救活这个大好人。

母爱是文艺创作永恒的主题，自古以来，文人墨客对母爱赞美有加，认为母爱是人间最圣洁、最崇高、最无私的爱。但对母爱的含义，每个人都有自己的诠释。有人说母爱是一缕阳光，有人说母爱是一片大海，有人说母爱是一种巨大的火焰，有人说母爱是引航的灯塔，有人说母爱是明澈的山泉，有人说母爱是一杯浓浓的香茶……作者以自己的母亲玉琴为原型，通过对玉琴形象的刻画，对母爱做出自己的诠释：母爱是一种掏心吐哺的付出，她不是悬在天边供人赞赏的彩虹，而是体现在日常生活的点滴之中。当你啼哭于襁褓时，母爱是温暖的怀抱；当你牙牙学语时，母爱是耐心的教导；当你远行时，母爱是反复的叮咛；当你成功时，母爱是激动的泪花；当你失败时，母爱是贴心的陪伴；当你卧病在床时，母爱是布满血丝的双眼；当你染上恶习屡教不改时，母爱是撒在你伤口疼在她心上的一把盐……

我与作者相识多年，曾在他的老家工作了十三年。在担任乡长兼任五里工商联合公司总经理时，作者就是公司供销经理部的得力干将。他

不仅是个作家，也是一个书法家，他的书法得其父真传，既苍劲雄厚，又灵动飘洒。尤其是他擅长的毛体，更是写得出神入化，堪称一绝。他在经商的间隙里还能连续写出几部长篇小说，确实令人钦佩。在《妈妈的粮票》付梓之际，作者请我为之作序，我无由推辞，只好尽我所知，将其文其人粗浅点评，不揣简陋，权以为序。

李静美

2017年10月9日

（李静美，政协临湘市第七届委员会原主席，中国管理科学研究院学术委员会特约研究员，现任临湘市老年大学校长。）

目 录
CONTENTS

第一回
娥羊山李府养孝女　　遇奇才淑女结秦晋……001

第二回
军情急孝女话别情　　效孔明火烧柳林湾……009

第三回
添爱女移军怀化城　　谈天机叶老识奇才……020

第四回
逢知己叶府认干女　　庆花甲恶战后受降……029

第五回
疼失儿自生自接苦　　回故里沅江遇义士……036

第六回
南京城小女出世　　劝丈夫再次回乡…………055

妈妈的粮票

第七回

受牵连生离死别　淋暴雨幼子病愈…………079

第八回

居寺庙与野兽为伴　官太太被大粪淋头……095

第九回

家不幸媳恶婆中风　吃粮票儿活自己死……100

第十回

遇贵人粗活变细工　受委屈找妈要爸爸……113

第十一回

病未愈母子留心病　遇良医油尽灯不灭……123

第十二回

散食堂自家重开伙　开荒种地收获满满……130

第十三回

长沙城满街闻哭声　妈妈讲伤心的往事……134

目录

第十四回

肩出血妈妈暗流泪　幼年失学妈妈痛哭……142

第十五回

阎王爷不收美孝女　调皮崽最让妈操心……148

第十六回

娶媳妇贤德远传　嫁小女肝肠寸断…………154

第十七回

自告奋勇改河道　成分太高难成家…………166

第十八回

三请媒为儿再相亲　奇女子出语惊四座……176

第十九回

成大礼妈妈去心病　回娘家姐妹九家轮……191

第二十回

为传艺妈妈复旧业　离老家新居迎开放……199

第二十一回

得父信喜鹊报佳音　分田地大家显神通……208

第二十二回

庆花甲爸爸怀内疚　邀亲友方显礼义情……223

第二十三回

大团圆全家谢党恩　祭父母难报三春晖……226

第二十四回

过小年瑞雪兆家兴　度佳节满门喜洋洋……241

后记 …………………………………… 250

第一回

娥羊山李府养孝女
遇奇才淑女结秦晋

"哇……哇……"一阵阵婴儿啼哭的声音划破夜空。接着,三个幼儿此起彼伏的哭声笼罩着一个破旧的屋子:"妈妈,妈妈,我要妈妈!哇……哇……"

"我的孩子们啊,奶奶对不住你们的妈妈啊,没保护好她,你们的妈妈被三个民兵带走了,也不知道下落如何!玉琴呀,我的好儿媳,你快回来吧,我们好担心你呀!你的文显要吃奶呀!"一位慈祥又憔悴的老人一边哄着嗷嗷待哺的文显,一边担心着她口中提到的玉琴。

奶奶老泪纵横地对着我们四个说:"你们的妈妈是一位好妈妈啊,也是我们黎家的好儿媳。我们黎家是积了大德才会碰到这样一位好儿媳呀!"

我好像能听懂奶奶的话一样,停止了啼哭。三个哥哥姐姐也擦了下眼泪,睁大眼睛,想从奶奶那里听到更多关于妈妈的事情。

一九四〇年的仲春,湘江岸边的娥羊山上杨柳新绿,田野上零星的油菜花散发出幽香,被微微的春风飘送到人们的心里,让疲惫不堪的人们略感惬意。"人不知春,草木知春"的战争年月,使得生机勃勃的春天无论再怎样清新,还是显得十分萧条。这时,在李府后花园里的养鱼

妈妈的粮票

池边，一对年轻男女站在观鱼台上将手里的鱼食往池里丢，以此戏鱼而乐。

一位清秀的年轻军官轻声地吟咏："手扶玉柱观鱼台，耳闻琴韵书香斋。春逢此景增艳色，军中喜添女裙才。"

片刻之后，少女接下和咏："心在黎民天佑君，敏而好学万代兴。君子好逑龙凤配，京都重地觅知音。"

"好，好，好，难怪都说七小姐才貌双全，果然是真，不但将我'黎民敏'三个字全嵌入诗里，而且你的夸耀还让我有点头晕。难道说只有京都重地才有知音吗？"

"我这是以其人之道，还治其人之身。我说的是真话，如此穷乡僻壤之地怎能出得了人才？"

"京城纵有花万朵，也难胜蒿草之中一兰香。不瞒你说，我昨天又请参谋长去向岳父大人求亲了，我就是想求你这枝'兰香独秀'！"

"你呀，要是我爸爸不答应，看你怎么办！"

"那要是岳父大人恩准了呢，你又怎么办？"

"真有你的，八字还没有一撇，你就左一个岳父右一个岳父地喊，我一个弱女子在家从父，我能怎么办？唯父母之命就是。不过……"

"不过什么啊？不就是答应要挑选一个好日子才让我们结婚，有了好日子，那一撇不就有了吗？"

"你就没有听说过吗？铁打的营盘流水的兵，一声命令开拔，你们就不知道流到哪里去了，还结婚？到时候你就等着结'黄昏'吧。我看那一撇就是留给你慢慢挑个好日子用的。"

"报告黎秘书，参谋长请您去一下，有事找您。"

"知道了，你先去吧。"

勤务兵的报告打断了他和她的谈话。他们离开观鱼台，一个自回绣楼，一个朝师部走去。

这个年轻的军官就是国民党第十一师少校秘书兼前敌指挥部战报编辑，姓黎名德，字民敏，临湘人。年方二十四岁的他，胸怀奇才，英俊

潇洒，气质高雅，很受参谋长梅春华和师长的看重。他们十一师负责执行驻防长沙的任务，部队在长沙城北娥羊山一住就是半年之久，师部机关设置在李府。李府主人李善长老人乃清末秀才，娶曾氏为妻，地方乡绅，生有三男七女。与黎秘书对诗的少女叫玉琴，因排行第七，大家都称她为七小姐。玉琴面目清秀，举止端庄，大方文静，豁达大度，一手湘绣做得超凡脱俗，年方十七岁的她早已名扬娥羊山。两个老人早就私下商量，今后一定要为其择一佳婿，方可与他们的七女相配。今天玉琴是受父母之命约见试探黎秘书的真才实学的。原来李老是担心黎秘书不像他们参谋长说的那样优秀，他虽然答应了梅参谋长一再为黎秘书求婚的撮合之意，但那是不忍心让他难堪，只好推托说要挑选上好吉日良辰才可举行婚礼。过几天是老夫人的八十大寿，他想借此机会考察黎秘书的才能，便有意与梅参谋长说："过几天是家母的八十大寿，亲朋好友都会前来祝贺，不知对你们的工作是否带来不便，故，特来与您商量，祈求明示。"

梅参谋长说："如此好事我等理当全力相助，就算有点影响，我们也会安排妥当，不能让老夫人不愉快才是。哦，我还可以要黎秘书去帮忙，别的帮不上，如果有需要执笔的文和联那是能帮到的。"

李老哈哈一笑，说："太感谢您了，我正愁无人主笔，不想他还真是少年有为，能受得起参谋长之重托。"

"您就只管放心吧，只要先把当地风俗告诉他，我想是不会出错的。"梅参谋长说。

"好，好，好。那我就先谢谢您了。"李老说完转身就走。

李老刚刚出门，梅参谋长连忙叫来勤务兵，要他赶紧去叫黎秘书。

"报告，参谋长，您找我？"黎秘书进门就喊。

梅参谋长笑了一下说："我问你，你知道你岳父一推再推的用意吗？"

"报告参谋长，属下愚笨不知道。"黎秘书顿了一下，然后实话实说道。

"你那岳父啊，他还是不相信你有真才实学，现在有了试探你的机会，我将计就计来了个顺水推舟把你推了上去，明天你就去帮他操办老夫人

妈妈的粮票

八十大寿的具体事宜吧。你要想娶到七小姐就在此一举了,望你好自为之。"参谋长说完笑了一下。

"谢谢参谋长,属下一定完成您交给我的任务。"黎秘书说完含笑转身出去。

第二天,黎秘书穿着整洁地来到李府,十分恭敬地说:"岳父大人有何吩咐只管告诉小婿,我会尽力而为,如有不到之处请您指教。"

李老笑了一下说:"来得好,来得好,久闻你才华出众,别的小事无须你去操持,这满堂的文章之事就非你莫属了,文房四宝全在书房里,我会派个人来帮你的。"

"好。那就要玉琴来吧,我在为奶奶做寿叙时好向她问点有关奶奶的典范事迹,以免文不对事遭识者谈论。不知岳父大人意下如何?"黎秘书说。

李老不露声色地说:"好吧,等下我要玉琴过来帮你。"

这时,家人送来茶,客气地说:"请黎秘书喝杯淡茶。"

"好,谢谢。"黎秘书接过茶,揭开茶杯盖,轻轻地吹了一下浮在上面的茶叶喝了一口,立刻觉得一种醇厚的清香之气沁人肺腑,使之精神为之一振。他手端茶杯看了一眼那送茶的家人说:"请问,这茶是不是洞庭湖君山云雾谷雨茶?"

李老见家人望着他,便连忙代其回答说:"正是,正是,看你年少却能博闻强记。此茶乃上月一同窗相会特地送我的,今见有劳于你,故,吩咐泡此茶让你解渴。"

"谢谢岳父大人夸奖,此乃家乡之土产,故方知一二。只是此茶可是要在谷雨正时采摘,再以手工细作方可出此佳味,如此珍贵之佳品您还是留着自己慢慢享用吧。"黎秘书一边笑一边说。

"好吧,那你先忙,我要玉琴过来帮你一起整理整理。"李老说完就走了。

李老走后,黎秘书一边喝茶,一边整理自己的思路。当他正在沉思时,只听得背后传来话说:"你刚才给我爸爸吃了什么开心果,让他那样高兴?"

004

"玉琴，你来得正好，快把奶奶的一些事迹告诉我，让我先理出个头绪，好早些动笔。要不我到什么时候才能交卷啊？"黎秘书自顾自地说，好像没有听见她说的话。

玉琴站在他的前面笑了一下说："你是想又好又快地早交卷后让爸爸打心眼里承认你的才能，你就可以找回那一撇是吗？你不回答我的提问，我就不告诉你。"

"嘿，知我者玉琴也，只要有你助我，肯定能得个满分。哦，刚才我和岳父大人就只随便说了几句，哪里有什么开心果吃？看你说得多难听。"黎秘书说。

玉琴说："那是说者无心，听者有意。这样不更好吗？要是我帮了你你不会说我轻浮吧？你要是有那样的歪念头，我是不会说一句话的。"

黎秘书笑了一下说："玉琴，看你说哪里的话，做寿叙，撰写对联都是为了歌功颂德，只有知道奶奶的功绩，才好为奶奶歌颂和赞美。就算你不说我也要去问别人才能写这篇文章，所以，我只会感谢你，哪有说你坏话的道理！"

"好吧，这话讲得服人心，那我就告诉你吧。"玉琴说完就坐在黎秘书的对面讲开了奶奶的故事。黎秘书一直听得很认真，当玉琴讲完后，黎秘书意味深长地说："玉琴，我看你很像你的奶奶，是个典型的东方优秀女性，能娶你为妻真是我前世的福气。"

玉琴笑了一下说："我爸爸同意你选好的吉日了吗？"

黎秘书同样笑了一下说："还没有。"

玉琴说："那还不是八字差一撇吗，你高兴什么？"

"嘿，等奶奶的大寿一过，我再请梅参谋长向岳父大人求亲，肯定是一个准。"黎秘书说。

玉琴说："嘿，我就不信你有这样好的运气！"

黎秘书笑了一下说："不信你就看。不过，这事还得感谢你才是，是你今天上午的故事讲得太好了，比我想象的内容要好得多，所以，我成功的信心就更大了。"

玉琴说："看你说到哪儿去了，我讲奶奶的事与你求亲有什么关系？"

妈妈的粮票

黎秘书说:"不能,这是天机,等我成功后就立刻告诉你。下午你就帮我牵纸,我先把寿联写好后再写寿叙,你看这样安排好不好?"

"好是好,不过你要是不告诉我……"

"七小姐,老爷要你和黎秘书去吃饭。"家人的传话打断了他们,俩人一起朝外走去。

话说,梅参谋长的夫人叶梦兰在家闲聊时问他:"春华,勤务兵回来说黎秘书一上午没有动笔,是不是他不懂啊?"

"你啊,放心吧,他这次的作品肯定比哪一次都要好,不信明天去看了你就知道了。"

叶梦兰说:"应该是,你们男人是最了解男人的。"

梅参谋长笑了一下说:"是啊,当年我到你家去求亲时,大家都说要新姑爷打几枪让他们都开开眼界,长点见识。我朝你看了一眼,你就回了我一个秋波,我的心里就像喝下一碗蜂蜜似的,拔出枪来举手就是几个点射,把他们早就挂好了的十个小瓶子全打得粉碎,看得他们个个咋舌称奇。要是平常,我最多能射下一半就算是上上大吉了,这就是女人的力量。所以说,干活要有女人陪,男人再苦也不累。"

"我说你呀,可是越来越没正经了,哦,我看你一眼就是什么暗送秋波,我真服了你了,都老夫老妻了还提过去的事。"叶梦兰说完又看了他一眼。

"你看,你看,又来了。依我说呀,夫妻之间就是要多回忆过去,只有多想过去才能增进感情,才能一直像当年求婚时一样地甜蜜。"梅参谋长说完笑了一下。

叶梦兰说:"就你嘴甜,到明天要是没有你说的那种效果,只怕为时晚矣。"

"好吧,明天,我陪你一起去李府看看,到时你就知道,男人是怎样俘获女人心的。"梅参谋长说完起身朝门外走去。

"你别走啊,你……"

"报告,参谋长,师长回来了,请您去一下。"勤务兵打断了叶梦兰的话。

"好，好，好，来得正好，我就去，就去。"勤务兵望着参谋长边说边走的样子，用手摸着后脑壳半天说不出话来。叶梦兰等勤务兵走后一个人笑了好久。

第二天下午，李府上下正在忙碌时，眼快的家人说："老爷，您看……"

"哎哟，陈将军、梅参谋长、太太，你们是不是不放心，所以提前来看看呀？真让老夫受之有愧啊。"

梅参谋长连忙接过李老的话说："不是我们不放心，是怕您不满意。要是写得不好，就要你那个女婿早点撕下来重写，免得明天丢人现眼，师长您说呢？"

师长陈和民连忙接住话说："是啊，您看还行吗？"

"怎么样啊，这样的文笔还不如你的意，你说那斗大的寿字如泼墨所成，既显苍劲有力，又飘逸自如，你看：天护慈萱赐万寿，地酬德厚添百福。不但文章好，字更是一笔挥成，龙飞凤舞。寿叙却又用楷书写，就更显恭敬之意。尤其是文章中的词汇，你看：云垂玉树，岁岁长青；慈龄长乐，获寿延年。真是太好了，如此空前绝后的文笔，难道说你还不满意吗？我说兄弟呀，你也别太挑剔了，是不是别有他意，这我就不得而知了。老朽多言，你莫怪哦！"一旁的罗存德老先生说道。

李老哈哈一笑说："兄台说得太好了，除两位将军外，能授予如此评价之人，非你罗兄莫属。至于说我不满意，你老兄哪里知道我的苦衷啊！唉！说来惭愧，参谋长为媒要将七女玉琴许配给写此文事的黎秘书，我怀疑他如此年少没有真才实学，怕是他们有意偏爱部下，而误我七女终身。故，一再以挑上好吉日良辰推迟。这次我想借家母寿诞以做文章试探虚实，谁知参谋长将计就计，来个顺水推舟推荐黎秘书执笔。所以，他们早就胸有成竹当然放心，问我满不满意是笑我有眼无珠不识才。又被你兄台歪打正着骂得我无地自容，你说我这是冤还是喜？"

"是喜，是喜，哈哈哈，哈哈哈……"

李老等大家笑完连忙又说："哦，老朽只顾高兴却忘了给两位将军介绍，这位就是当年灭太平军的主帅曾文正公麾下儒将罗泽南之后裔罗存德老先生。在光绪时官拜翰林。"

师长上前一步,双手朝前一拱:"久仰,久仰,先人罗公文武双全,是湘中不可多得之人才,当年曾文正公失先人痛哭一场,真是感人肺腑啊。"

大家好一阵寒暄后,梅参谋长笑了一下说:"不知李老的良辰吉日是何时呀?"

"由你们定。"李老四个字一出口,大家又是一阵:"哈哈哈……"

一切事宜迎刃而解后,没过几天李府又娶媳妇又嫁女,张灯结彩,锣鼓喧天。行拜堂大礼时,部队安排的排子枪和鞭炮齐鸣,响彻云霄。几百桌的排场别开生面,热闹非凡,一时传为佳话。

此时,日寇已经到了疯狂之巅峰。他们的最高指挥官冈村宁次亲自督战,进攻长沙的三个师已经出发,一场惨烈的恶战拉开了序幕。

第二回

军情急孝女话别情
效孔明火烧柳林湾

　　尽管抗日战争的硝烟已经弥漫开来，但仍遮盖不住幅员辽阔的中华大地。阳春三月的娥羊山上，依然是花红柳绿、春色宜人。黎秘书和他的新婚夫人玉琴正在林荫道上一边观赏踏青，一边燕昵私语："你说要是没有战争多好啊！担惊受怕的日子谁都过得不舒服，不知道日本人是怎么想的？"

　　"你呀，真是小姐之见，他们日本整个国家都是一些零星的大小岛屿，还经常爆发火山和地震。要想发展只有去抢占他人的领土。他们对我们中国早就垂涎三尺，只想窃为己有，奴役我们中国人民。他们根本不了解我们这个民族，殊不知当自己的国家在被外强践踏时，我们的国人无须国家委任和指派就能自发地组织起来，甚至单独出击。他们不为名不为利，只为自己的国家不惜一切，乃至付出生命。你说谁能战胜这样的国家？所以，日军必败……"

　　"你看，那个骑马的好像是勤务兵。"玉琴的提醒打断了丈夫的长谈。

　　"快回去，肯定是有紧急军情。"黎秘书一边说一边拉着玉琴的手往回走。

　　勤务兵还离好远就跳下马来，一个立正："报告黎秘书,师长要您立刻回去。"

妈妈的粮票

得到开拔的命令后,黎秘书立刻来到岳父家中说明情由,要妻子赶快收拾东西准备随军同行。李府上下闻得此言,个个心急如焚,已经有人开始抽泣。是啊,这个年仅十七岁的七女儿,不但是父母最心疼的一个,更是全家从奶奶到最小的满妹妹都非常疼爱和喜欢的人。奶奶要不是去了大孙女玉娇家,只怕早就抱着她的七孙女哭得天昏地暗。妈妈曾氏一边帮女儿收拾东西,一边抽泣着说:"闺女,你这一去千里迢迢,天南海北地随军到处转移,身边没有一个亲人,你要妈妈怎么放心得下啊?"

玉琴说:"妈,您就放心吧,部队里不是有很多女人吗?她们行,我也能行。"

"她们可都是成年人了,你才多大啊?你要多向她们学着点。还有,你一定要对丈夫好,千万不要让他为你分心,战场上是不能有一点私心杂念的。夫妻俩千万别吵架,因为吵一次架感情就会疏远一些,要是吵架的次数多了不就没有感情了吗?不久,你就要生儿育女了。俗话说,生儿女是小事,教育儿女才是大事。养子不教如养驴,养女不教如养猪啊。贤妇敬夫,痴男畏妇……"

玉琴打断了妈妈的话:"是不是每个父母在女儿离开时都要这样重复一次啊?其实这些我们都知道。先生教书时讲,您在家里讲,我不是不愿听。他说要我快点,部队马上就要集合了,我还有好多事要问您呢。您说,要是他发脾气怎么办啊?"

"他找你发过脾气?"

玉琴忙接过妈妈的话说:"没有,不过,我见他那天与师长吵架时很凶,一点都不让步。"

"他敢和师长吵架,那是为了什么事?难道他就不怕师长撤了他的职吗?"

玉琴说:"好像是为给士兵发军饷的事。"

"发军饷跟他有什么关系呢?"

玉琴说:"师长想将原来的三块大洋压下一块只发两块,他说大敌当前,重赏之下才有勇夫,没有重赏不说,反而克扣军饷,这不是给自己挖坟墓涣散军心吗?师长说他不懂军政财务就不要乱发言。他说,不

管懂不懂,少发一块大洋他是懂的,反正他认为少发一块就是不应该。妈,您说他怎么就不会让步呢?"

"这事是你丈夫占了理,他不让步更加说明你爸爸的眼力还不错,他是个好人。日后你就多让着他点,他发过脾气后就没事了。柔情似水的女人,才能克制性烈如火的男人。在自己的丈夫面前受点委屈不要紧,又没有输给别人,这才是女人的德行。"

玉琴苦笑一下说:"妈,我那样让他,他会怎样看我呢,他知道是让了他吗?"

"看你这孩子说的,他一个少校连这点小事都不知道?他的心里会有数的。"

玉琴说:"妈,我信您的。哦,还有一件事我得告诉您,您知道您的老哮喘是怎样轻的吗?"

"这谁不知道,不就是那次你和你二嫂去抓的药,说是跟医生吵了一架他才下真药?"

玉琴笑了一下说:"妈,那是怕您知道了不吃药,只好瞎编那些假的哄您。二嫂当时是说了那医生的药没有效,医生说因为差一味药引无法弄到,所以,一直就无法减轻。二嫂问他是什么药引,只要他告诉我们,由我们自己去找。医生说药引其实谁都有,就是谁都舍不得。二嫂急性子一上来冲那医生说:'你没说怎么知道舍得舍不得。'那个医生笑了一下说:'药引就是人的一节手指头肉,你说谁能舍得啊?'二嫂说:'看你说的,我们家上百号人要多少有多少,摆在你眼前的就有两个现成的,只要有效由你来取,要是没效,你说怎么办?'那个医生说:'如果有了这味药引还没有根治你妈的病,你就断我一指算是赔偿还礼。'二嫂没等他说完将手一伸就要那医生随便取一节,我见二嫂每天要做很多事,不能没有手指,要医生取我的,二嫂把我往旁边一推说:'就是全家人的手指用完了也不会用你的,你一小姑娘,要挑花绣朵的,没有手指头还能嫁出去吗?'我说:'二嫂,等我去叫二哥来用二哥的吧?'二嫂说:'你们小姑娘知道什么?男人血贵,要是让他断指流血还怎能在外与人交往啊!我是过来人,还怕你二哥休了我不成?再说少一个手指

妈妈的粮票

头也不会影响做事。'她见医生不敢下手,自己拿起那把锋利无比的药刀,朝着放在药案上的左手小指一刀砍了下去……当时,我吓得抱住二嫂大哭,脸色苍白的二嫂抓了一把香灰敷住伤口,我要医生赶快为二嫂上药,他才像从噩梦中醒来一样,连忙帮二嫂包扎好。我问他怎么不用药,他说我二嫂自己已经用上了最好的药。回家的路上,二嫂千叮咛万嘱咐要我别告诉任何人,要是被您知道了不肯吃药,那一切都是空苦一场。妈,您的命真好,能娶个这么好的媳妇,我真不知道要怎样感谢我二嫂才是。"

"天啊,真是太难为她了,你怎么不早告诉我呢?"

玉琴说:"妈,没到时候我能告诉您吗,现在我不就说出来了吗?妈,真的舍不得离开您,我们家的人都是天下最好的人啊。"

"看你这傻孩子,女人天生就是男人家的人,只有在那里她才有自己的儿女,那才是为人之母,才能归宗立祖,那才是女人的真正归宿。"

"妈,您说……"玉琴还没说完,她的爸爸就从外面匆匆忙忙走过来催促,部队马上就要出发,大家都在上厅堂等她们娘儿俩去履行辞祖仪式。玉琴收住和妈妈的谈话,随着爸爸和妈妈一起来到上厅堂。全家一百多人分立大厅两边。站在上首的二哥见爸爸的手一扬便放开嗓子:"现在七妹出嫁的辞祖仪式开始,请父母大人上座。"两位老人朝堂上香案下方正中的两把太师椅走去,满面慈祥的两位老人分东西安坐在两把太师椅上,环视着两边的所有儿孙们。玉琴望着香案上照得满堂光亮的一对大红蜡烛和香炉里袅袅上升的香烟,想到这古香古色、素静典雅而又显得十分庄严的正厅大堂是李府很难才能合府团聚处理大事的场地,今天,是自己真正出嫁离别的日子,自己将要像姐姐们一样,在此拜别祖宗和父母,永远离开这个家,离开自己这么多的亲人。心念及此,心里一酸,眼泪夺眶而出。只听二哥接着说:"请七妹上堂跪辞宗祖。"

玉琴向堂下看了一眼便朝厅堂中央走去,她走近宽大的红地毯双膝一弯跪了下去。二哥要她背诵祖训并向祖宗磕头。只听得玉琴大声道:"尊君爱国为忠,敬奉先辈为孝,三纲五常、三从四德为礼,睦邻善后为义,勤恕宽厚为仁,禁淫忌奢为德,是非分明为智,公平真实为信。七女一定谨遵祖训为人处世。"说完就连磕了三个响头。三拜父母的赞词刚完,

只见威武的新姑爷从大门进来，在玉琴的身边往红毯上一跪，朝着父母连磕了三个头说："愚婿请父母大人放心，我一定会保护好玉琴的。"

"你起来吧，老父只想告诉你一个为人的道理，那就是珍惜财物的有物用，会心疼人的才有人用。玉琴是好是坏你以后会知道的，她以后就全靠你了。"李老说得热泪盈眶。

"孩子，你岳父说的话，千万别忘了啊。玉琴太小，你要像对自己的亲人一样疼她，爱她，因为，在她的身边除了你再也没有一个亲人了，要是你对她不好，那她就太可怜了。"

"您二老放心，这次就是我向参谋长和师长求情才允许我带玉琴随军的。以后，我还得靠她，您说我能对她不好吗？"他说完便站了起来。

玉琴没有跟着起来，她反而朝前跪爬几步，双手捧住父母的膝头哭泣着说："爸爸，妈妈，女儿还没有为二老行一天孝就要远走他乡，千里迢迢，随军流宿，还能不能再见到二老女儿都不知道，何敢言'行孝'二字，女儿只万望二老保重身体，为二老祈祷增寿添福。"

"儿啊，你这一去举目无亲，以后就全靠你自己照顾自己了，你可要千万记住啊。"母女二人抱在一起哭。玉琴从妈妈膝前又跪爬到二嫂的面前向二嫂连磕了几个头说："我的好二嫂，你断指救母的大恩大德，我会感激一辈子的。更会以你为榜样对待我的婆母，让你的美名随着我的身影成为佳话。"

二嫂抱住玉琴哭泣着说："我的好七妹，你快起来吧，部队就要开拔了，沿途的劳累会够你受的，你可千万要注意身体啊，你说我们谁又舍得你离开啊？"

一向聪明活泼、非常顽皮的小满妹玉画来到玉琴的身边，拼命地想把她的七姐姐拉起来，玉琴一把抱住她的头放声大哭起来："我的好满妹，七姐知道你的心里很难受，你哭啊，你大声地哭吧，你可是全家人的掌上明珠，七姐可不能让你伤心。"

"我不伤心，七姐，你快起来，你过几天就要回来了是吗？我和妈妈赶牛车到捞刀河去接你。不过,你一定要帮我绣一个很好的蝴蝶手帕，好吗？因为，她们都没有你绣得好。"

妈妈的粮票

　　"好妹妹，我过几天回来时一定给你绣一条你最喜欢的手帕。"玉琴一边说，一边就着满妹的帮扶站了起来。兄弟姐妹及长辈各有金玉良言相告和祝福，正在依依不舍之际叶夫人来了。两位老人一见连忙迎了上去："夫人，这么忙还要您惦记真是过意不去，不知部队还有多久开拔。"

　　叶夫人笑了一下说："看您老说的，只要二老不怪我来迟了我就谢天谢地。这不，部队已经走了，我们这些家眷属后勤部管，也就要动身了。他们怕您全家舍不得玉琴妹妹离开而耽误部队出发时间，才给我来看望大家的机会。你们都放心吧，这些天我和玉琴妹妹相处得很好，她确实是个好姑娘，怪不得大家都舍不得她离开，我会像对待亲妹妹一样地对待她。哦，这次我们可能要到怀化去，会见到我的父母，到时我们就能住在一起了。"

　　老夫人伸手拉住叶夫人的手说："有夫人这句话我就放心了，玉琴，你们快去吧，别让部队等你们，以后，你得多听夫人的指教才是。哦，见了夫人的父母要代我们向他们二老问好。"

　　玉琴在叶夫人的陪同下一边抽泣，一边朝厅堂外走去。当她走到禾场边又突然转身朝着身后送她的父母往地上一跪，痛哭着说："爸爸、妈妈，女儿不能为二老尽孝，就让我给你们多磕几个头吧。"一直拉着她衣边跟随的小满妹又连忙扶她，一双会说话的大眼睛里全是泪水。当大家看着玉琴要上车时，小满妹玉画却怎么也不放手，就那样望着她的七姐。妈妈要她放开手时，她突然放声大哭不要七姐走。玉琴抱住小满妹，姐妹俩哭得梨花带雨，极为伤心，连那些士兵都在抽泣和擦眼泪。

　　在行军的路上，叶夫人为了让玉琴从伤心的情绪中回过神来，便拉了一下玉琴的手，轻声问："妹妹，你能告诉我小玉画为什么对你有那么深的感情吗？你是不是特别疼她，什么事都护着她？"

　　玉琴接过叶梦兰送上的手帕擦了一下眼泪慢慢地说："姐，你不知道，玉画她不但是最聪明的一个，更是最顽皮的一个。父母虽然视她为掌上明珠，但是对她也非常严厉。就说她五岁那年，我带她在正厅堂里擦拭书案，谁知她伸手将一只放字画的大花瓶扳倒打破了。那可是明代珍品，是祖传下来的镇宅之宝。"

014

"更是书香世家的象征，真是太可惜了。"叶夫人插了一句。

玉琴接着说："可不是吗？爸爸听到玉画大哭的声音，跑来一看，气得脸都白了，拿起神台上的家法竹鞭朝着站在破花瓶边哭的玉画就抽。我一把抓住爸爸的竹鞭说：'爸，您别打玉画，花瓶是我不小心打坏的。'爸爸一听火气更大，他破口大骂：'这么大的人了，做事一点都不诚实，你妈不教好你，老子今天非打死你不可。'他话没说完就一鞭抽在我的身上，疼得我眼泪直流。闻声赶来的妈妈一把抢住正往下抽的第二鞭并大声地说：'今天你是怎么啦，是不是疯了？玉琴可是从来没有做过半点坏事，怎么打起她来了？'爸爸指着碎花瓶气冲冲地对妈妈说：'你看，她不做坏事，可一做就是天大的坏事。'我妈一看：'天哪，这是怎么啦？'玉画见妈妈来了就连忙跑过去抱住妈妈的大腿哭着说：'妈妈，你快要爸爸别打七姐了，大花瓶是我打坏的。'妈妈一听，伸手冲着玉画就是一巴掌：'你这个死丫头，自己做错了事怪姐姐，这么小就说假话，长大了非成骗子不可，不诚实的孩子要你有何用，要你爸爸打死你。'玉画又哭着说：'妈……我是诚实的，是姐姐要说是她打破的，爸爸能不打她吗？'爸爸一听打错了，举起竹鞭又要打玉画，我又抢住他的鞭子说：'爸爸，您还是打我吧，妹妹太小，那么重的家法她受不了啊。'爸爸收手不住，那一鞭还是抽在了我的身上，不过比第一鞭轻多了。"

叶梦兰听着玉琴的遭遇抱紧了玉琴的双肩。玉琴笑了一下接着又说："妈妈揭开我的衣服看见了被抽出的血，抱着我就哭，玉画也抱着哭。妈妈冲着玉画说：'你哭什么？从今往后再也不许和你七姐在一起，她不知为你担了多少冤枉债。'我要妈妈别骂满妹，她会听话的。爸爸见他自己一时性急打错了人，又打得太重，气得把竹鞭扔在天井里。哭闹声早已引来了众人围观，奶奶也赶紧赶过来。只见她老人家不紧不慢地从天井里捡起那根竹鞭又放到神台上，面向满堂的众人说：'国有国法，家有家规，如此百号人的家族没有家法成何体统！善者重奖，恶者重罚，必须分明。'爸爸见奶奶说完，连忙跪在地上。只听得'哗'的一声，满堂众人全跪下了。爸爸说：'谨遵母亲大人训示，儿再不错罚一人，以乱家规。'事后，爸爸特地写了一个大'忍'字，装裱好后挂在放竹鞭的神台上方,以提醒自己遇事先要冷静,忍一时之气,将事情弄清楚后再处理。"

叶夫人紧紧地抱了一下玉琴说:"好妹妹,你真是太善良了,难怪全家对你都是那么好。你奶奶真了不起,那才是一个大家族的风范,太感人了。"

玉琴说:"玉画要是你的妹妹,你不也是一样地对待吗?真会夸人。"

"好好好,我不夸你,我想再问一件事可以吗?"叶夫人抓住机会又问道。

玉琴说:"我还有什么事不能告诉你的,你问吧。"

叶夫人说:"你大姐叫玉娇,二姐叫玉柔,三姐叫玉舒,四姐叫玉怀,你叫玉琴,老八叫玉棋,满妹玉画的上面应该有个玉书啊?两个哥哥一个弟弟,怎么没见过玉书呢?这是你们家的秘密吗?这事是不是我不该问啊?"

"姐,看你说到哪里去了,这不是秘密,不过,那可是我们全家最为伤心的一件事。当时我六岁,玉棋四岁,弟弟两岁,玉书刚两个月。妈妈去河边洗衣,要我带着妹妹和弟弟到外面玩,不要把刚睡着的玉书吵醒了。谁知我刚把弟弟从背上往地上一放,他就看到一只小泥蛙。我怕他捉蛙玩弄脏手,就将那只小泥蛙赶跑了。这下可闯了大祸,弟弟哭得特别伤心,我只好拼命地钻进瓜棚,在荆棘中寻找被我赶跑的那只小泥蛙。好不容易捉回送给弟弟,他这才止哭为笑。我也笑了,只是笑得比哭还难看。因此,我弄得蓬头垢面活像一个乞丐。我背起弟弟手牵妹妹往屋里走去,看玉书醒了没有,进去一看,摇窝里哪里还有玉书?只见盖着她的小被子掉在地上,上面还有血。我吓得大哭,转身就往外跑,一边跑,一边哭喊着妈妈。妈妈闻声赶来,一边从我背上抱下弟弟一边听我说。正在这时,我家的大黄狗在屋后发出一声惨叫,妈妈好像知道了一切,抱着弟弟就往屋后跑。只见我家的大黄狗正与一只黑狗互相撕咬。大黄狗听到主人的吆喝仗势一冲,那只大黑狗心里一惊,想扭头逃跑。这样一来让大黄占了非常难得的空隙时机,它狠狠一口,正好咬在大黑狗的肚皮上。一声惨叫后,大黑狗的肠子全流了出来,在地上拖了

好远才倒在地上不动了。这时的大黄狗也差点没有站住，它带着满身的血迹，朝一堆包裹片处一拐一拐地走去。妈妈放下弟弟，发疯般地抱起已经走了的玉书哭得差点昏了过去。后来，大人们都说幸好我和弟弟妹妹没在场，否则，连我们也会被那只饿慌了的大黑狗所伤。大黄此后两天没吃没喝，在我们的精心疗治下才慢慢地好起来。"

叶夫人听玉琴讲完后，叹息一声说："太伤心，太惊险了，这事我还真不该问。"

话说，部队到新化时又接到命令要原地待命。原来冈村宁次这次调集了三个机械化师，共一万三千多日军，一路从岳阳经汨罗直逼长沙，一路由通城经平江、浏阳攻取长沙。水路由二十一艘快速炮艇从洞庭湖经常德进入沅江，企图入湘西取怀化击长沙之背后，形成三路夹击之势。果然不出所料，日军的三路大军都已进入防区，岳阳第一道防线打得十分激烈，第二路在路经大云山时被杨森所部打了个三战三捷。日军无法通过，又不敢恋战，怕误了会师长沙的死命令，只好绕走毛田插平江。从传来的情报中得知三路敌军的企图后，国民党军只好将留作后勤补充的十一师调往湘西怀化守护长沙之后背。湖南省主席程潜只好将自己的城防部队分三路增援，亲自督战并许下重赏，提出口号："决保长沙无恙。"如此一来士气大涨，陆地两路日军突破第一道防线后再也别想前进一步。正当程潜担忧背后的水路受攻击时，他接到共产党湖南省四江游击队的援助信，信中提到由游击队来消灭偷袭湘西的水路日军，让他全力消灭两路陆地日军。可是，程潜的心里却在说："你们小打小闹还真有两下子，但你们小小游击队能将拥有船坚炮利的日军水师消灭，只有傻瓜才信。"所以，他没有让十一师直抵怀化，也没有命令开回来，而是就在新化原地待命，他是想如果湘西告急，就让十一师去援助湘西，只有这样他的心里才踏实。

水路日军的指挥官四郎木子从武汉出动，一路没费一枪一弹就进入了洞庭湖，转舵直往沅江而去。站在甲板指挥台上的四郎木子笑了一下说："中国人能力太弱了，如此大好河山，却让我们如入无人之境。命令全速前进直取怀化。"

妈妈的粮票

可是,他哪里知道他们的军事计划刚刚制订,四江游击队就得到了准确的情报,队长贺德福根据湘西的民情和有利地形,与政委合谋了一个歼敌战略战术。当四郎木子的二十一艘快速炮艇一过沅江下游的柳林湾,十根碗口粗的钢丝缆绳,以两边岸上的大树为系头将沅江锁得严严实实,只要是漂浮的东西,哪怕是一根小木棒也别想流过。得意扬扬的四郎木子听到一声以为是猎手的枪响后见再也没有任何反应就回到内舱休息去了。他刚躺下不久,一个士兵跑进来报告说:"发现上游漂下来零星的几个竹排,上面都有火,不知对我们有没有危险。"他爬起来跟着来到甲板上一看,自作聪明地笑了一下说:"这是山民的祭神物,有何值得大惊小怪的?命令加速前进!"他说完又回到内舱,等他再次被请出来看时,大大小小的火排已挤满了江面,不一会儿,他的炮艇队就像一条大蟒蛇在火海里游动。他又命令加速,想冲过去。可是,哪里还冲得动,上游无穷无尽的火排顺流而下,他吓得出了一身冷汗,号叫着:"快快快,统统一百八十度转舵,后艇变前艇全速退回!"他让士兵用力将靠近的火排撑开后,干笑着说:"土八路的雕虫小技,好啊,那我们就一起顺江而下"他还没有说完,一名士兵匆匆跑了过来:"报告,前面的火排好像没有随水流走,炮艇受阻。"四郎木子气急败坏地说:"加足马力冲散它。"谁知就是这一冲锋,可就真的是陷阵了。本来已经挤得紧紧的火排被再次挤压后起了拱,拱得高高的火焰被风一吹,便形成万丈火焰。在火中心的二十一艘快速炮艇由原来的黑色慢慢地变成红色,油料和弹药的爆炸声混成一片,那里变成一条大火龙,风助火势,烈焰万丈,狗急跳墙的官兵纷纷往水里跳,可他们哪里想到自己是跳进油里而不是水里,衣服沾上油后加速燃烧,四郎木子的二十一艘快速炮艇和一千四百多名官兵就这样在熊熊烈火中消失了。

遗憾的是,他们到死也没有弄清楚这是怎么一回事。

原来,游击队得到情报后出钱收买了大量扎成排的竹竿和杂木,都按大小不等、价钱高低不同计价付款,并指定要在离江岸一里远的地段采伐。理由是到时好拖入江中,一切就绪后只等出货。当日军过了柳林湾后,游击队才告诉他们怎样浇上松油,推下水,点燃火,将它们全部

送给日军。站在山峰上看结果的人们知道一切后,把钱如数退还给了游击队。贺德福队长说:"原以为他们会冲过我们的千排齐发,或者是弃船登陆再由我们来和他们进行游击战,哪里知道他们连想干什么的机会都没有,就中了游击队的妙计!"

日军在新墙河与平江的幕阜山丢下几千具尸体后退回武汉,他们的最高指挥官冈村宁次知道水师失败的原委后,长叹一声说:"天皇陛下,我们连一个小小的湖南都征服不了,更别说征服中国了!"

第三回

添爱女移军怀化城
谈天机叶老识奇才

战争中的湘西显得十分萧条，住在后方新化城里的玉琴和叶夫人除了少有的家务事外，主要就是打麻将和纸牌。坐在玉琴对面的陈夫人一边摸牌一边问叶夫人："你妹妹玉琴是不是就要生了？"

坐在叶夫人对面的姜夫人连忙接过话说："我看快生了，该要黎秘书快回来才是。"

"要他回来，你以为他是在外面做生意和做手艺吗？我生了三个，春华没有一次在家过，回来后就那么几句好话就算打发我了。"

陈夫人说："梦兰说得是，他家梅参谋长是个文化人还有几句好话，我家的和民连好话都没有，从我身边抱起儿子看了又看，操着方言说：'中，中，中，像我，长得虎头虎脑的，以后也给老子混个师长当当。'"

"好，单调九万，自摸万一色，和了。"玉琴把牌推倒摆在桌上好让大家看清楚。

姜夫人说："怀孕的人手气就是好，多个人多份财真是一点都不假。"

"还是牌服生手，她才刚刚学会，就她不会打，可偏偏就她赢了钱。"陈夫人说。

叶夫人把牌往桌上一摆说："你们看，我和三个子还和不过她的绝九万自摸，这不是怪事吗？"

"我看什么都不是,这是大的都让小……哟,哟,哟……"玉琴话没说完,她的肚子疼得一阵比一阵急。

"快,是不是真的要生了,要不要去请个接生婆来?"姜夫人说。

"人生地不熟的到哪里去找?就我们自己来吧,我们还有谁不知道这回事!""是啊,谁要我们都嫁了个当兵的。看来我妹妹的命又和我一样,第一个碰上他不在家,以后很难有这样的机会了。"梦兰接过陈夫人的话说。

"你们这些读多了书的人才会信这一套,玉琴要是生十个八个,我就不信他黎秘书会一次都不在家。"姜夫人好像有点不服气地说。

"除非没有战争,如果像现在这样打仗,而且还是越来越紧张的战争,我敢说只……"梦兰继续说着。

"哟,怎么办啊?姐,疼死我了。"躺在床上的玉琴一边说,头上的汗一边往外冒。

叶夫人一边要玉琴忍着点,一边吩咐姜夫人赶快帮忙烧开水,她和陈夫人站在床边,等她再次疼时好接生。一会儿,玉琴果然疼得大汗淋漓,一双手不知是哪儿来的那么大的劲儿,把床上的被子扭成一团。她拼尽了最后的一点气力,只听到"哇"的一声就昏了过去。等她醒来时,叶夫人将包裹好了的孩子送到她的身边说:"快看看你的宝贝闺女吧。"玉琴有气无力地说:"谢谢你们,要不是你们都在,我只怕是早就死了。"

叶夫人笑着说:"放心吧,我的好妹妹,你福大命大,而且有我们几个姐姐在,不会有事的,你好好休息吧。"

姜夫人也说:"今天玉琴生孩子还真是顺利,不但是在她自己家里,而且她什么东西都准备得很周全,别看她年龄不大,想的倒是周到。"

玉琴轻轻地笑了一下说:"其实那些都是我姐的功劳,我哪有那样的能耐。"

叶夫人笑着说:"好啦,别帮我脸上贴金了,今天,还真算你运气好,要是在外面破水了,真够吓人的。"

就在玉琴生下女儿的第十三天,十一师开拔怀化的先头部队从新化经过时,她们这些在后方的夫人们才知道自己日夜担心和挂念的男人们

妈妈的粮票

就要回来了。玉琴从叶梦兰的口里知道了这一消息后，哄着女儿说："乖女儿，你爸爸就要回来了你知道吗？你可要记得要你爸爸给你起个名字哦。"她一边说一边用手摸着女儿的小脸，露出幸福的笑容。玉琴好不容易哄女儿睡后才悄悄地爬起来准备一些下酒的菜。她把这些都弄好后就开始洗女儿的尿布片，她一边洗一边唱起花鼓戏的小调："小刘海，在茅棚……"

"玉琴，玉琴，我回来了，你还好吗？"黎秘书人还在外面，声音就到了家里。玉琴还没来得及答应，他就进了门站在那里望着玉琴的肚子不高兴地又说："怎么？你的肚子没有了，是生了，还是没……"

"有，有，有，是你做爸爸了，我们的女儿还正在等你帮她起个好名字呢。"玉琴连忙打断了他的话，知道他要说的是不吉利的词语。

"真的？你没骗我吧？"

玉琴笑了一下说："看你真像个小孩子一样，不信你看那床上是不是你的闺女？"

他轻轻地走过去，两手撑在床沿上低下头亲着女儿的小脸蛋，他亲了几下后还是觉得不满足，双手一伸就将女儿抱到了胸前又亲了几下。玉琴说："她没醒，你要是把她逗哭了看你怎么办！"

"嘿，我就是要把她逗得哭那才有意思。"他用手指在她的小鼻子上点了几下，哈哈一笑说，"你快来看，女儿醒了，哦，哦，哦，她笑了。真是乖女儿，就是不哭，就是要气你妈妈。"

玉琴望着兴奋的丈夫提醒道："你别只顾高兴，女儿还等你起名呢。"

他看了一下玉琴，含笑着说："哦，哦，哦，闺女，你想要爸爸给你起个什么样的名字啊？"

玉琴笑着说："我睡在床上没事想来想去，想以'文静'二字作为女儿的名字，你说好不好？"

他反复地叨唠着："文静，文静，一个女孩子文雅而娴静，沉静而文雅，好，好，好，真是太好了，看来你妈妈比我还要会起名。好，我们的后代就都以'文'字为首。玉琴，你真能。来，你来抱孩子，让我来洗吧，不是说坐月子的人不能沾冷水吗？"他一边说一边将孩子送到

022

玉琴的手里。

玉琴用手一推说:"这哪里是你们男人做的事,我在冷水里兑了热水了,没关系。"

他顺手拉住她的手说:"玉琴,真是难为你了,等你再生孩子时,我一定会在家里照顾你。"

玉琴笑了一下说:"你的嘴也会甜了?梦兰姐说,头胎没碰上在家,这以后可就是没有一次能让我碰上的,也许这就是命吧。"

"别信她妇人之见,她以为她是那样,天下所有的女人就都是那样吗?我就……"

"你就不信是吗?好啊,让时间来证明你是对还是错吧。"叶梦兰打断了黎秘书的话接着又说,"我说等下再过来,可他非要现在就过来看看小闺女。"

玉琴连忙接上前去说:"参谋长,您好,这次要不是姐姐照顾我,只怕您来就见不到我了,托您的福才有我们现在的母女平安。您快……"

"好啊,不等我们就先来了,是不是想把玉琴早就准备好的甜酒先喝几杯啊?"梅参谋长还未开口,门外师长陈和民的大嗓门就到了众人的耳朵里。

梅参谋长笑了一下说:"我见你天天都在念泽英,才好心让你们多亲热一下,谁知不念我的好,反而还说我的不是,真是狗咬吕洞宾,不识好人心。"哈哈哈,三男三女的欢笑声暂时冲散了战争的乌云,好像部队没有在紧张的行军途中似的。

叶梦兰从黎秘书的手里抱过文静亲了一下说:"快要你那个好吃的爸爸去炒几个菜,好让伯伯他们喝两杯。"

"好啊,今天由我来亲自下厨为你们炒几个小菜,好让你们换换口味,不知家里有些什么菜……"

"家里什么都有,只等你这个'好呷佬'来掌勺了。"叶夫人像当家人一样对黎秘书说。

玉琴笑了一下说:"姐,你不是说还有牛肉没有买到,就那几个菜不够吧?"

023

"够了，够了，就连炒这几个菜的时间都不多了，吃了还得赶快去追他们呢。"师长陈和民说。

"这么急？难道说连摆酒请客的时间都没有，总该庆贺一下才是啊！"陈夫人说。

"等到了怀化后想怎么庆祝就怎么庆祝，不过就是一场舞会，到时会帮你们安排好的。"

"这才像个参谋长说的话，要是我妹妹玉琴生头胎就这样被冷淡处理，那我可是不依的。"叶梦兰的话音一落就听到一声吆喝："来了，麻辣鸡丁一盘，先让你们品赏。"

"嘿，这个'好呷佬'还真是快，几句话的工夫就上了一道菜。"

叶夫人说："哪里是他快，那都是玉琴的功劳，一听说你们在后面，她就开始忙碌，知道你们一来就是要炒几个菜喝上几杯才行，害得我也跟着吃亏。"大家一边吃，一边笑谈，说的主题大多是夸玉琴既贤淑又能干。在他们吃喝时，各自的勤务员早就将东西准备好了只等动身。

玉琴抱着还没有满月的女儿坐在丈夫的马上，随着部队徐徐地朝湘西怀化进军。全美式装备，黄色军呢配黑色皮靴，穿着整齐的一万多国民党军，在炮车和坦克装备的开路下，行军在路上。显得十分萧条的湘西路旁边偶尔有几个农夫在那里耕作，他们像是天天见惯了似的不屑一顾，骑在马上的玉琴和丈夫正在各自想着心事。

玉琴一边喂女儿奶，一边回过头去问丈夫："你在想什么呢？是不是触景生情又在为天下所忧？"

"知我者夫人也，你看这满目疮痍的天下，凡有识之士无不疾首蹙额。打败日本指日可待，可是一场空前绝后的内战必定难免，到时可就是兄弟自相残杀啊……"

玉琴接过丈夫的话说："我和她们在一起也谈论这些事，她们都说毛泽东很会打仗，而且又严于律己很得民心，很多有识之士都投靠了共产党。"

"夫人言外之意，莫非想让我事二主？"

玉琴笑了一下说："看你说的，难道就只有投靠他们才行？要我说，

只有回家种田那才是最好的办法。既不参加内战,又不投靠共产党,还脱离了蒋总统的'关照',你说这……"

"玉琴你看到了吗?前面那个高大的城楼就是怀化城了。"从后面赶上来的叶夫人打断了玉琴的话说,"安置好了,我就带你们去见我的父母。"

玉琴笑了一下说:"真是太好了,我真想马上能见到二老。可是,我又害怕,你看我什么都不懂,要是你父母不喜欢我那可怎么办啊!"

"你就说是你兰姐没有当好老师不就行了吗?"黎秘书连忙回答说。

"你应该说是自己没有做到'桌边教子,枕边教妻'的责任才对。"叶梦兰也不示弱。

怀化,这座有着"湖南西大门"之称的名城地处沅江上游,被湘西的十万余里大山围绕其中,显现出与成都平原媲美的地理优势。沅水和辰水绕城而过,两水入怀,净化而去,故有怀化之称。民间俗语称,山管人丁水管财。以水而论,两水迂回怀中净化而去,因此,怀化之地财源丰富。同时,这里也是兵家的必争之地。城墙上的千疮百孔就是当年太平军留下的证据,如果这次日本得逞,那些还没有痊愈的伤痕上又会添上新的疮疤。

叶府坐落在怀化城东,坐北向南的四合小院,在当时的建筑中还说得上是很好的。院中两棵桂花树的中间是一盘月月竹,那竹子,笔直挺拔,每月都有一批新竹出土成林,一年四季都充满着生机。奇怪的是,每个窗台上都放着一盆兰花,要是在春季,肯定是花香四溢,让人倍感惬意。围墙边是一小水池,池里几枝莲花的旧叶尚未枯落,让有心人一看就知道是这里的主人有心摆设的。真的是:春有兰香飘小院,夏有小鱼戏荷莲;秋季桂花满院香,冬竹报笋苦含甜。叶梦兰带玉琴一家三口进入院中,他们看到如此的景色,便站在那里欣赏。

这时,只听得一老者说:"梦兰,这就是你说的黎秘书他们一家三口吧?"

"爸爸,您出来了?对,这正是他们一家子,这是黎秘书的夫人李玉琴,这是他们的第一个宝贝闺女文静。"叶梦兰见爸爸出来打招呼就连忙接过话说。

"哦，原来是人世间的金童玉女，有失远迎，有失远迎啊。"

"伯父，您言重了，我等受之有愧。是晚辈我太失礼，因一时贪恋家景，没有先行一步进府向二老请安，让您亲自动身来迎，请您海涵。"黎秘书言罢，上前行礼。

叶老伸手一拦说："免礼，免礼，老夫如何担待得起呀！"

黎秘书说："您老就是一日受我三拜也受之无愧，府上世袭书香，历代为官，公正廉洁，德高望重，晚辈高仰久矣，自愧不得一晤，以听教诲。今日幸会，果真是所传无虚，实乃晚辈之大幸，万望伯父勿吝赐教。"

"彼此，彼此，不敢言教。难怪春华说你不但有逸群之才，更有潘安之貌，是有过之而无不及也，真是后生可畏啊。你我虽相逢恨晚，但还算忘年有缘，快请进屋待茶。"叶老说完手往堂屋一伸，正待举步，回过头来又说，"我真是老朽，朽得不可雕也。光顾和你说话竟忘了请夫人同往，梦兰，你快……"

"爸爸，玉琴早就想上前向您老问安，是我见您难得如此高兴，才要她别扫了您的兴，等会再去向二老请安,您可千万别怪我们不懂事啊。"叶梦兰打断了爸爸的话说。

"不怪，不怪，你们姐妹如此善解人意，我高兴还来不及，哪有责怪之理！"

玉琴连忙接过叶老的话说："侄女给您请安，但愿您寿比南山，福如东海。伯父，您能告诉我，每个窗台上放一盆兰花是与梦兰姐姐有关吗？"

"你小小年纪竟如此心细如发，真是难得。不错，是与你梦兰姐姐有关，那是她妈妈生她的前夜里，我梦见院内兰花盛开，那香气沁人肺腑，非常舒畅。所以，就给她起名梦兰。"

玉琴拉了一下叶夫人的手，朝她瞅了一眼，没作声，跟随在他们的后面一起来到府堂上。府堂正厅高大整洁，红木雕饰的家具衬托着悬挂在厅堂上方的八骏图，显得格外典雅。东壁所挂的是唐代宰相魏徵写给李世民的《十谏奏章》，西壁所挂的是诸葛亮的《诫子书》："夫君子之行，静以修身，俭以养德。非淡泊无以明志，非宁静无以致远。夫学须静也，

才须学也。非学无以广才，非志无以成学。淫慢则不能励精，险躁则不能治性，年与时驰，意与日去，遂成枯落，多不接世，悲守穷庐，将复何及！"客厅大门两边的对联是叶老自己撰写的，其文曰："传世留书万卷藏日月，育才重本千载显乾坤。"上方悬挂："五代同堂。"叶老见黎秘书看完后便问他："依你之见，我如此摆设不知妥否，请如实相告，方不失学者之风范，更不负你我忘年之交的情分。"

黎秘书笑了一下说："前辈既如此看重，晚辈只好恭敬不如从命，让前辈见笑了。您外面院内是：春天兰花自留香，夏看荷莲吐艳忙。秋有桂花香满院，冬竹报笋显兴旺。内厅又以龙马精神奋斗终生，以上古名相十谏作为座右铭，以诸葛亮的方式来教育后人。您是提醒自己，更是提醒世人，要使中华民族的内在精神不变，就应重在教育。留给子孙的不是万两黄金，而是万卷经书。治人只有从小就将其本质治好才能使民族兴旺，经久不衰，国泰民安。晚辈才疏学浅，不可尽解其意，请您指教。"

"好啊，能走马观花寥寥数语道破我一生之心血者，唯你一人也，是有子房之才。今遇知音，足慰平生矣。"叶老说完手指红木高椅又说，"请先生坐下慢谈。"

黎秘书接过家人送来的茶喝了一口说："伯父，如此称呼叫晚辈如何担待得起？您老对我就直呼其名吧。"

"嘿，看你说的哪里话，甘罗十二岁为臣相，早朝时，他与满朝文武百官平起平坐，个个结为忘年之交，还有谁敢与他论辈分？"

黎秘书连忙接过叶老的话说："放眼当今党国中，如此公正廉明、洁身自好者，唯有像您一样的人了。伯父既看得起晚辈，晚辈想向您请教评说天下之事，不知肯教否？"他拿起家人送来的茶喝了一口。

"你我一见如故，已为知己，不管所谈何事无不推心置腹，你是想说国共两党逐鹿中原吧？"叶老见他欲言又止便直奔主题，想让他放松一下。

姜到底是老的辣，果然一言中的，黎秘书见叶老如此直截了当，便顺着他的话说："日军指日可败无须所言，这点我和您的看法是一致的，就当今上峰而言，从很多事态看，确实欠缺一些雄才大略，尤其是在处理张、杨二将军的问题上更为欠妥。身为总统，理当信守承诺，却屡次出尔反尔，信义全失，失民心与军心，此乃治国之大忌也。而共产党则反之，天下有识之士众望所归。五次围剿不力而使其在西北已成燎原之势，再想消灭只能是纸上谈兵。日军投降之日，必是内战爆发之时，兄弟之间的自相残杀，其心何忍，此事绝不可为也。伯父，不知我之仕途何去何从呀！"

叶老深深地吸了一口烟，看着吐出的浓厚烟雾，深沉地说："你莫非想退出是非地，归耕于农吗？"

"晚辈思虑再三，没有比这条路再好走的路了。"

"老夫认为还有一条。"

"您是指通过和谈两党共事国家吗？"

"这难道不是一条可行之路吗？"

"可行，但行不通。请您试想，共产党包括游击队才不到一百万，一个手握八百万军队的总统能服这个输吗？不会，绝不会。就是明知不敌，也要拼个鱼死网破才心甘情愿。"

"为什么？"

"胜负在于心力，力足而缺心，必败无疑，何敢言胜。"

"好，好一个心力，说得太好了，想不到你这么年轻就能看得如此深远，佩服，更想不到你我能如此不谋而合，真乃相见恨晚也！不瞒你说，老夫早就看穿当今，故借生病之机辞官回家，甘愿悲守穷庐了却终生。可是，你年轻得志，鹏程万里，虽然后者可取，但你的满腹奇才就会被埋没，实在可惜。前年春华回家看我时谈起此事，我也是如此这般跟他说，大隐隐于市，小隐隐于野，见机而行，要隐得干净利落。"叶老说得非常平淡。

"原来您是在试探我。该佩服的是您，您才是真正的运筹帷幄者。据您推测，共产党执政后对我等残余会如何对待？"

第四回

逢知己叶府认干女
庆花甲恶战后受降

"据你而言,他既众望所归,必以厚待之。否则,他也不配有雄才大略。"

"我想也是,如果是那样,我军反攻就有希望,他们肯定就是第二个李自成。"

"据说,周恩来、刘少奇、任弼时等都是饱学之士,比陈诚、陈布雷之流有过之而无不及,更何况他们都在国外留学多年,尤其是对苏维埃革命政府的治国之方略了如指掌,可想而知必定大有可为。如果毛泽东、朱德坚持以往之严于律己,以身作则,利用旧臣议政则大势已定也。其他皮毛之疾,何足为患!我所忧虑者恐蒋公无立足之地也。"

"久闻毛泽东以《三国演义》为枕而卧,常以刘备为鉴,总结闯王之败,他得天时人和,三者占其二,其结局必然会按您的推算而告终。"

"天意如此,有何他议!"

"入木三分,入木三分啊。还是前辈看得深……"

话分两头,见机辞退往后院而去的梦兰和玉琴一边走一边说:"姐姐,你日后肯定会平步青云,到那时你还会对我这么好吗?"

"你这是从哪里冒出的奇谈怪论,我哪里有那么好的命?"梦兰说。

玉琴神秘地笑了一下说:"嘿,你就没有听老人们说吗?凡是大富大贵的女人出生时才有满屋的香气，不信你就等着瞧。到时你肯……"

"快，我妈妈迎上来了。"眼快的梦兰一见老夫人出来便连忙提醒玉琴。

"伯母好，愚侄女代表我丈夫向您老人家请安，但愿您安康长寿。"

叶梦兰将抱在手里的小文静往她妈妈前面一送说："妈，您看，这就是玉琴的孩子，长得多漂亮。"

老夫人接过孩子看了一眼，又望着玉琴笑着说："漂亮，是漂亮，因为，她的爸爸妈妈更漂亮。她妈妈是富贵之相，今后一定是个福大、寿长、禄厚之人。只是太善良会有很多难处，贵人自有天佑，好……"

"妈妈，您怎么见面就给人家相面说命，把我妹妹的脸都说红了。"梦兰说。

"好，好，好，不说，不说，快到屋里喝茶去。"老夫人言罢抱着文静转身就走。

大家一行来到内厅又是说又是笑。老夫人笑了一下问："黎秘书在和你爸谈大事吧，我还没有看到他呢。"

梦兰说："妈，您就放心吧，他们可是金童玉女下凡，您还担心什么呀？"

老夫人说："这话我信，他们都说黎秘书是个文武双全的人才。"

玉琴上前一步用手摇了一下老夫人的肩膀说："伯母，您别听梦兰姐他们说的那些奉承话，那点小聪明其实都是从他们那里学的。俗话说，人伴贤者品自高。以后我们要天天为梦兰姐他们祈祷，让姐夫当大官，梦兰姐被封为大官太太，我们就能跟着沾光了。"说得大家哄堂大笑。

老夫人一边笑一边又问："梦兰，春华没有来，是不是又要打仗了？"

"妈，我来了，我来时见爸爸和黎秘书在大堂里讲话便在那里待了一会儿，又让您挂念了。"说曹操，曹操就到，梅春华这时已到了堂前向母亲问安，边说边转过身将手伸向走在爸爸后边的黎秘书说，"哦，这就是玉琴的丈夫。"

"伯母好，刚才求伯父指教，没有及时来向您问安，请您原谅。"

"你的夫人早就代你为我祝福了，一刚一柔，好好好，看来还真是

一对金童玉女。只是你那烈性子可不能撒在玉琴的身上，要是那样，我可饶不了你。"

"妈，您放心，他们好着呢。"参谋长连忙接住岳母的话说。

"他呀，心是好，可那直性子脾气一上来可就对谁也不好了。"

"妈，看您怎么第一次见面就……"

黎秘书连忙打断梦兰的话说："伯母说得真好，上次陈师长气得差点要枪毙我，要不是梅参谋长帮我解围，我真不知道要怎样才好，这以后啊，我一定谨遵伯母教诲彻头彻尾地改正。不过，您可要把您那识人如神的本领传授给我，不知您肯不肯赐教？"

"好啊，要你珍惜你的夫人，你倒还有条件，真是太会交易了，不过你应该学天文地理和《孙子兵法》那些大学问，我这种雕虫小技哪里是你们这些有大才的人所向往的学问？"

"伯母，您研究的《易经》可是真正的大学问啊！它博大精深，包罗万象，没有像您这样世传的书香门第文化涵养，是根本无法做到学以致用的。梅参谋长以貌量人，唯才是用，一用一个准，一定是您的嫡传。"

"那好，我就将我学习的一本书送给你，不过，你不能耽误正事才行。"

叶老说："你伯母对谁都是这样的严厉，你可别不好受哦！"

"看您说的，我觉得二老就像是自己的父母一样，只有自己的父母才会对儿女说这样贴己的话。"玉琴连忙接过叶老的话说。

"好闺女，难怪梦兰这么喜欢你，说你善解人意，总是为别人着想，好，我就认下你这个闺女了，也好让梦兰有个伴，就不知委屈你了没有？"

玉琴听得热泪盈眶，思亲之心更为浓厚，她上前一步就准备跪地拜认。眼快的叶老伸手一拦说："闺女，慢点，这样就更加委屈你了。"他转身吩咐家人在正厅堂上摆设香案，以成正礼。老夫人笑着说："这还差不多。"说完起身一同往正厅堂上走去。梦兰高兴得抱住玉琴的肩膀低下头在她的耳边说："以后你要是再不听我的话，我就打你，因为我是你的姐姐了。"她一边说一边帮玉琴整理衣服来到堂上，玉琴还是朝她做了个鬼脸。梦兰和丈夫春华把父母扶到堂上刚坐好，整衣扫尘后的黎秘书和玉琴就齐跪在堂前恭恭敬敬给二老磕头拜认父母。大家非常高兴，叶老又吩咐大开宴席庆贺。

梦兰拉着玉琴的手，两个人笑逐颜开地来到房里。不等梦兰开口，玉琴就一本正经地问梦兰："姐，你日后发达了还认我是妹妹吗？哦，慢，不许你讲假话。"

梦兰望着玉琴那非常认真的样子，笑也不是，哭也不是。她用手指着玉琴的额头说："你这个永远长不大的天真妹妹，我不讲假话，从今往后你永远都是我的亲妹妹。我要是发达了第一个就把你接到我那里去，天天和你在一起，好吗？"

玉琴笑了一下说："那真是太好了，姐，外甥要你去美国，你打算什么时候去？"

"不知你姐夫是怎样安排的，他现在随时准备打仗，听说日军又开始向云南、贵州进攻了，你姐夫说他们还是放不下湖南这块心病，只想寻找机会报三败长沙的深仇大恨。唉，这没完没了的战争也不知要到何时才结束！"

"姐，姐夫是不是让你先去他随后再去啊？只有那样，你们全家才会在美国团聚定居是吗？"

"你不是说我要发达吗？到时我还回来和你在一起呢。"

玉琴眼巴巴地望着梦兰说："姐，我想你的时候怎么办啊？"

"真要是那样了，我就和你姐夫想办法把你们也接到美国去，好吗？"

"天哪，我们哪有那个本事，回家种地还差不多。"

"放心，姐帮你。姐就……"

"小姐，老夫人要你带客人去吃饭。"

"不是客人，是三小姐，知道吗？"梦兰纠正来叫吃饭的家人说。

家人连忙点头回答说："是，大小姐，以后我一定会记住的。"

饭桌上的主题当然是夸玉琴的贤淑，都为老爷和老夫人得此女儿而高兴。大家推杯换盏后，梅春华参谋长将手里的酒杯转一圈，望着桌面中间的那盘炒炸腊麂子肉说："爸，陈师长说他这两天就从重庆赶回来给您拜寿，看来您的六十大寿是要大办才是，这次您该不反对了吧？"

叶老放下手里的酒杯长叹一声："唉，国家都快要亡了，哪有心情

庆寿，请人作篇寿叙留个纪念就行了，免得你们大家都操心费力。"

"爸，这寿叙的事还请什么人啊，您的新姑爷可是大才子啊。"

"这我知道，自家人写怕有夸耀之嫌，所以……"

"爸，看您说的，您自幼勤奋向上，几多艰难曲折、坎坷险阻，方得仕途通达。一生政绩鲜明，廉洁奉公，视民如子，如此高风亮节、德高望重者，放眼当今能有几人？我所担心的是，就怕没有大手笔而不能彰表岳父大人之功德。我的这点雕虫小技，怎能登得大雅之堂？"

"登得，登得，就把你所说的整理一下就行了。"梅参谋长接过黎秘书的话又说，"兄弟，这两天你就着重先把寿叙写好，等师长回来再安排筵席的事。"

"我看春华说得好，就依他们的去办，你所做的那些真事都写不完，哪里还有地方写假的？再说，我看你的这个女婿天生就是一身傲骨，刚正不阿的秉性就是要他做假他都做不好，你就安乐地做你的寿星公好了。"老夫人说得大家哄堂大笑。谈笑风生中的美味佳肴让人很快就觉得酒足饭饱，刚刚放下饭碗的他们又伸手接过家人送上的茶，这就叫"进门饭后没杯茶，不算湖南一个家"的说法。

寿宴当天，叶老起得早，因为陈师长前一天回来就安排了要怎样庆祝的具体方案，现在，就将有两个炊事班进入叶府准备开筵。儿子叶岳携妻儿从长沙回来，这可是他最为高兴的事情。叶老吩咐完家人该做的事情后，一个人来到城门外的小土丘上远望着通往长沙的营路。

"爸，您是在等我哥他们一家子吧，不是说他们可能要到下午才能到家吗？"一早从军营赶来的玉琴还隔好远就看见叶老站在那里，便连忙上前打招呼。

"闺女，你们怎么这么早就过来了？他们是不是都走了？哦，我是在这里晨练。"

抱着文静走在后面的梦兰说："爸，回家吧，说不定弟弟他们也来不了，我们回家再说吧。"叶老从土丘上下来，接过梦兰手里的文静亲了一下她的小脸蛋，便和他的小外孙女说开了："我的乖孙女，你外公真是料事如神啊，说了不要你爸他们为我做寿，他们就是要尽这份心，这不反而害得我还要去辞退请柬，外公又有事做了。"

"爸，我们大家都在还不是一样吗？说不定比他们还要办得热闹呢！"

玉琴也说："爸，我认为我姐说得在理，其实您的寿诞他们本来就没有参加过一次，这次也就只当他们几个没有出现一样，我们还是照旧庆贺，您还辞什么柬啊！"

"我也不是非要他们几个在就高兴，唉，你们姐妹哪里知道这几年我从来不办喜庆之事的原因，祖国如妈妈，妈妈内忧外患，病入膏肓，我们这些做儿女的哪里还有心思办喜庆事！本来就没有值得喜庆的事，只有打败了日军那才扬眉吐气喜事多多啊。"

回到家里，玉琴见妈妈抱走了文静才将丈夫写的寿叙和信递给爸爸。他打开宣纸，只见那如雕似刻的正楷撰写得清清楚楚，其文曰：尊岳父六十寿叙，公，世家子也，幼承督教，勤学发奋，脱颖而出，其才逸群。然，科举首榜，仕途通达。二十五岁任蓝山县县长，至五县专员。因时局混浊，毅然辞退归乡。公，为官数十载如一日，洁身自好，廉洁奉公，爱民如子。离政回故时，静悄出城，长亭惊公。然，百姓设酒于亭中，跪满沿途，达数十里之程，只此，足见公政绩显著，民之父母也。回乡后，公无一丝官气，同地方长老息事宁人，为民众排忧解难，急他人之所急，为他人之所为。乡党嘉慰，公乃德高望重，高风亮节者也。幸，有苍天之昭彰，恩赐万寿。大地之褒奖，授予百福。民许愿恳求，禄喜双全。吾辈满堂后裔，无以为报于万一，唯祈求诸神佑公，福如东海，寿比南山。愚半子梅春华、黎德撰书庆贺于民国三十二年秋。寿堂的大门联是以王羲之的行草体所书，其文曰：取义成仁，花甲弹指，常与福星三杯酒；德高绩勋，六十又来，敢笑彭祖八百春。

正厅上堂那斗大的"寿"字两边是：仰岳父峰名高八斗；修半子礼颂献南山。

"庆贺花甲"的四个梭形大字悬挂在大厅门上方。叶老看罢自言自语："既潇洒飘逸，又雄健浑厚，此字配此文，实乃奇才也，只可惜逢其时

而不逢其主。"站在他身边的梦兰将信打开轻声地读道:"岳父大人,责训,愚婿接上峰急电已率部赴前线。大人万寿又只可由梦兰、玉琴代为祝福。高仰爸爸谅解儿等不孝之苦衷。但愿吾父寿齐北斗。不孝儿……"

叶老不等梦兰读完长叹一声说:"罢罢罢,叫家人快去辞退所有请柬,就说我即日要往重庆请命。故,只得取消庆贺一事。"

原来日军的战场扩得越大,损耗也就越大。指挥官知道带兵最可怕的就是士气低落,近年,他们为了提高官兵的士气只得弃硬就软,丢下长沙去攻打贵阳。因此,贵阳告急求救。重庆只好电令十一师火速驰援,以内外夹击之势,将日军消灭在贵阳城外。谁知当十一师以最快的速度赶到麻江口时,却与贵阳失守的溃军相遇。师长陈和民大骂贵阳守军二十三师师长吴子建是孬种,是软皮蛋,就那么一天都顶不住。吴子建当然为失地丢城感到懊悔,并说陈师长骂得好。梅参谋长说:"其实现在的日军已经成了打家劫舍的强盗,在他立足未稳之际,我们合力夺回贵阳。"

日军知道孤军难守,将贵阳洗劫一空,酒足饭饱后撤离了贵阳。十一师在清龙涧的伏击战中获胜后又一路追赶至晃县(今新晃侗族自治县)。谁知,时不待他,日本的广岛和长崎升起了人类最可怕的"蘑菇云",日本天皇于一九四五年八月十五日向全世界宣告投降。十一师奉命在晃县的新店坪受降,还修建了受降坊,意在提醒后人,莫忘国耻。

梅春华参谋长和黎秘书忙完,与师长陈和民告假到怀化探亲。回到怀化,家人的团聚和抗日战争胜利的喜悦,使得叶老返老还童,亲自加入玩龙舞狮的乐队里。晚上翁婿三人又谈起了国家大事,他们一致认为,一场内战即将开始。

第五回

疼失儿自生自接苦
回故里沅江遇义士

玉琴见丈夫回来，近两年来的苦难一下子就变成了苦水，辛酸的泪水止不住地往下流。懂事的文静看一下爸爸又看一下妈妈后，还是扑在妈妈的怀里跟着一起哭。玉琴越哭越伤心，丈夫见她们母女如此伤心，只好安慰道："当我看到你的书信后，也特别心疼，两餐没有吃饭。失去了儿子我们还可以再生，可就是太苦了你。"

"文静，你怎么不叫爸爸，你不是天天吵着要爸爸吗？"玉琴一边抽泣一边说。

文静松开妈妈又扑到爸爸的怀里哭得更伤心了。她一边哭一边用小手摇着她爸爸的手说："爸爸，你快去把弟弟抱回来呀！妈妈那样哭，他们也不肯把弟弟留下。呜呜呜……"

"乖女儿，别哭了，就是爸爸在家里也会同样要他们把弟弟抱走的，因为那个不听话的弟弟被可恶的瘟疫夺去了生命，死了。以后妈妈再给你生好多小弟弟，好吗？"

文静天天盼望着爸爸回来救回弟弟的希望破灭后哭得更加伤心，也使得她的父母心如刀绞，泪如泉涌。原来，他们的部队那天晚上突然开拔后不久，就发生了很多事情。叶梦兰病了，病情十分严重。玉琴相伴服侍，煮汤熬药就是不见好转。无奈，只得送往长沙治疗。玉琴执意要

去长沙跟随服侍，由于临产在即，梦兰没有要她去。就是叶老和老夫人去了也要立即赶回来，为的就是要照顾玉琴生孩子。临别时，梦兰一再嘱咐用人一定要照顾好玉琴。玉琴又要姐姐别担心她，只要她把自己的病治好。两人洒泪而别后没过几日，一天夜里，玉琴的肚子疼了几下，她以为是孩子惯例似的翻动就没有在意。谁知将近十一点，孩子一个大翻身后就用劲往外挤，他一个猛冲疼得玉琴大叫一声就昏了过去。在蒙眬中她好像听见孩子的哭声，那哭声好比给她注射了一针兴奋剂，她猛地爬起来，看到身下手打脚蹬的宝贝儿子，她早就忘记了九死一生的自己，赶紧拿起早就准备好的剪刀剪断脐带，她看到此子生得虎头虎脑，天庭饱满，尤其是左右手臂上各有一个半月形的朱砂记，这合璧为日的印记，是福气的象征。她包好孩子，慢慢地爬到床上，将儿子放在自己的腋窝里，有气无力地随身躺睡在两个孩子的身边。第二天早上，起床后的文静亲了又亲她的小弟弟，妈妈告诉她怎样穿好衣服，怎样洗漱后，才要她拿着鞭炮到外婆家去报喜。她手提小篮，从城西出来，唱着妈妈教她的儿歌，时不时地看一下小篮子里妈妈早就备好了的点心和鞭炮来到叶府。正在扫地的家人田嫂说："文静，谁要你一个人来的？妈妈知道吗？你提的什么啊？"

"姨妈，你快来帮我点燃炮，我做姐姐了，哦，你们都做姐姐了，不是，是做外……"

"天哪，你妈妈生孩子了？秋妈，你快来呀，老爷他们回来不骂死我们才怪。"田嫂一边说一边连忙接过文静的小篮，将鞭炮递交给赶过来的秋妈，要她快点放炮，自己又将点心送到堂上的案台上。她不等鞭炮放完转身抱起文静又叫上秋妈一起去看玉琴小姐。她们进门先送恭喜后，田嫂一再要玉琴小姐原谅她们大意，害得她受此痛苦，她们不知道要怎样向大小姐她们交代好。

玉琴说："看你们都说哪里的话，我姐姐一再推算还要十多天，连我自己都不知道，这能怪你们吗？放心吧，我会向我姐姐说明一切的。"

"三小姐，您真好，怪不得您的命这么好，只有您才这样谅解我们做下人的。"田嫂一边说，手里一边不停地和秋妈帮忙收拾。等她们忙完，

妈妈的粮票

玉琴要文静拿点心给她们吃,田嫂把文静见到她时说的话学了一遍,逗得满屋大笑。

玉琴笑着说:"看你这孩子,我告诉你说的话怎么都忘啦?"

文静望着妈妈说:"我,我,我……"

"好啦,别说是做了姐姐,就是做了妹妹我们高兴都来不及,您就别责怪孩子了。"秋妈抱起文静又说,"她田嫂一路夸她是个能干的孩子,是吗,文静?"

在玉琴生了孩子的第五天,老夫人要儿子叶岳派人送她回家,刚进家门就问玉琴的情况。秋妈说:"田嫂正在那里,我送您去看了就会知道的。"老夫人高兴得话也不回,转身就同秋妈朝玉琴的住处走去。

"妈,您怎么就回来了?我姐姐的病好了吗?"玉琴不等母亲进门就先问。

"看你这孩子急的,你姐的病还没查清就要我回来,这不,刚有了一点好转就非要她弟弟将我送回来,还是来晚了,不知你生得顺利不?"老夫人一边说一边朝床边走。

"夫人,我们该死,是小姐她自生自接的,虽然顺利,可小姐她受了太大的痛苦,我……"

玉琴连忙打断了田嫂的话说:"妈,这可怪不得田嫂她们,她们那天是说要睡在我这里,怕到时候来不及,我说离产期还差得远,要她们还是回去睡。哪知道偏偏就在那天晚上突然肚子疼,您看我不是很好吗?"

"你呀,难怪你姐说你是个永远都长不大的闺女,你说要是出了事该怎么办?好,好,好,算你命大福大,快让我看看孩子。"老夫人说完伸手接过玉琴手中的孩子又说,"好啊,这个小家伙还真像个大男子汉,今后一定是个有大出息的人物,看来你们黎家也是人丁兴旺啊!"

"妈,我给他起了个名字叫文武,您帮我问问他外公好不好?"玉琴说。

"好啊,你这个臭小子,尿了我一身,你可真行啊!好啊,叫文武,不就是想他日后能文能武吗?"

"田嫂，快拿手巾帮他外婆擦干净。妈，您别夸他，我姐什么时候才能回来啊？要不我过几天去长沙看她好吗？"玉琴一边说一边给孩子换尿布。

"你啊，又犯天真了，过几天你我能去吗？说不定你姐到那时就回来了。"果不其然，还真的被老夫人说中了。没过几天，梦兰和父亲一起由她弟弟叶岳用车送回了家，但梦兰要他把车直接开到城西玉琴的住处。听到喇叭声的玉琴两步跨出门去，看见车门打开后出来的正是她日夜思念的姐姐时，她像小孩子见了久别的妈妈一样，扑进她的怀里放声大哭。叶梦兰也是一样地哭，她止住哭泣后推开玉琴望着她的肚子说："死妹妹，你生了吗？九个月都还差七天啊！是提前了，还是你记错了？孩子在哪里？快让我看看。"

老夫人在屋里应答说："在这里，你看看你这个小外甥多可爱！"

玉琴松开梦兰，擦了一下眼泪，连忙走过去向站在车门边的爸爸和哥哥问好："爸爸，我好想您哟，这次您一定很累吧？我姐的身体还那样虚弱，应该多住几天才好。"

"她就是怕累了我，怎么也不肯多住一天。"叶老边说边往屋里走去，想看看小家伙儿。

"哥哥，嫂子和侄儿他们都好吗？"玉琴连忙向叶岳问好。

"好，好，好，他们都好，就是都吵着要来看你这个姑姑，要不是车太小，就都来了。"大家问好后，都要接玉琴回家去团聚热闹。可是，玉琴怎么也不肯去，她说还没满月，等满月后再回家。

有说有笑的日子转眼就过了两个多月。一天，老夫人进门就说："你们听说了吗？城南这几天丢了好几个孩子了，说是痘花瘟疫所致。你爸爸一再嘱咐，要你们不要出门到外面去乱走动，免得沾染病毒。他会把防治的药品送来好提前防范。"玉琴听了如五雷轰顶，浑身软得提不起一丝力气，半天也说不出一句话来。梦兰说："妈，你要爸爸快点送药来，我们四个保证不出门就是。只要我们比谁家都卫生，就一定没有问题。"

他们除了天天给两个孩子喂药外，还将叶老送来的艾叶、枫树球子和一些消毒的中药用小盆烧烟熏赶邪毒。那满城的哭声，听得让人毛骨悚然。玉琴每天用灯火照看孩子的全身,用自己的额头去试孩子的额头,因为那是妈妈的体温表。不管一天检查多少次,都没有发现孩子有发热的表现,更没有发现老夫人说的那种红点。

正当他们侥幸自己的孩子没有被传染时,一天早上,玉琴在喂奶时发现孩子用舌头将奶头往外挤,眼睛眯眯地只想睡,没有那种往上一提就乱蹦乱跳的虎劲儿。玉琴连忙叫姐姐点灯照看,天哪,孩子的脸上和脚上都出现了红点。玉琴急忙将孩子的衣服扒开一照,全身都是。她的手一软,灯盏落地摔得粉碎。接着,她顺手拿了一把香打开房门就往外跑。梦兰抱起孩子,六神无主地望着玉琴的背影发呆。玉琴离城隍庙还有好远就三步一跪,五步一拜,到庙里时,她额头上磕出的血和脸上的泥土早已混在一起,模糊不成人样。可怜的玉琴再怎么虔诚还是没有救回儿子的性命。她从城隍庙回来后,接过姐姐手里的孩子,把孩子紧紧地贴在自己的胸口上,梦兰紧紧地抱着玉琴,两个人就那样望着孩子闭上了那一双可爱的眼睛。玉琴身子一软就昏了过去,吓得梦兰大哭大喊,正好赶来的叶老连忙吩咐医生抢救。

听得早已泪流满面的丈夫,将泣不成声的玉琴往怀里一拉,用自己的手巾帮她擦了一下眼泪说:"好啦,别说了,我们再也不分开了,我告诉你一个好消息,姐夫和师长同意我回家种田,我们明天就动身回老家去,从此过那男耕女织的生活。"

"真的?你没骗我吧?"玉琴迫不及待地问。

"看你说的,这样的大事我能骗你吗?我们不是早就说好了绝不参与内战。现在,部队原地待命休整,姐夫和姐姐过几天就去美国看儿子,他们可能会在那里定居,也是为了避开内战。"

玉琴接下丈夫的话说:"不管他们结果如何,只要我们不参与自相残杀就是好事。我现在就开始收拾东西好吗?"玉琴说着就开始动手折叠被子,只想立刻离开这是非之地。

"不是说好了明天走吗?怎么现在就动……"

"我看要走现在就走,免得夜长梦多,到时候又军令如山,想走都不能走了。"

"你就放心吧,这次可不是以前了,现在国共两党还都各自在布阵呢,晚上我们带着女儿往哪里走,明天还得向岳父岳母辞行啊!"

玉琴听后:"我真是喜昏头了,还得向爸爸妈妈和姐夫姐姐他们告辞。"

等不到天亮的玉琴鸡叫头遍就起了床,一个人慢慢地将该带的东西准备好,好让他们父女起床后就动身。当他们一家三口来到叶府时,家人刚刚打开大门正准备清扫院子。田嫂一边抱起文静,一边朝里走:"老爷,三小姐她们来了。"

"死丫头,肯定是你怕夜长梦多,一夜没睡,吵着要快走是吗?"

"知她者,姐姐也,太神了。她不但害得我没睡好,而且还要让全家都睡不成。看,耽误了姐的春梦就讨骂吧?"

"就你会说,还春梦呢,怎么不说还有冬梦啊!死贫嘴。"

"还是我姐最了解我,要不军令一来就又走不成了。"

"我的好妹妹,真要是军令来了,难道说你们回了老家就找不到了吗?真是个长不大的死丫头,你看,爸爸晨练还没回来呢。田嫂,快做早餐,好让三小姐吃完饭后早动身。"梦兰一边说,一边走过去拉着玉琴的手往屋里走。

"姐,你们去美国什么时候回来啊?"玉琴拉了一下梦兰的手说。

"等国家太平了我们就回来,到时……"

"到时候,我们就到你们临湘去过后半生,就不知道你们欢迎不?"

"真的?姐夫,你不是骗我吧?"玉琴回过头望着梅春华问。

"不信,问你丈夫去。是他说你们临湘是全国少有的上佳居住之地。"

"太好了,我和我姐就可以天天在一起了。姐,这是真的吗?"玉琴又拉了一下梦兰的手。梦兰点了一下头表示是真的。早餐桌上的气氛很低,叶老说:"你们兄弟进退有序,功成身退,不计名利,这是最大的修养。只可惜你们满腹的治国方略无用武之地。但愿天生我材必有用,望你们好自为之,日后定有发挥之处,千万不可自弃也。"

黎德说:"岳父教诲,愚婿谨记在心,只望二老多多保重,待我安居有定,再来拜谢。"

妈妈的粮票

老夫人和梦兰各有女人的细则寄语，听得玉琴热泪盈眶。饭后，叶府全家送了一程又一程，那种情深义重的感情实在令人感动。玉琴见此回过身来往地上一跪连连向二老磕了几个头说："女儿今日一别，路隔千里迢迢，不能为二老行孝，就让我给二老多磕几个头吧。"梦兰连忙上前扶起玉琴，两姐妹抱在一起又是一场好哭，众人相劝好久才依依惜别。

玉琴一家三口来到晨溪渡口租了一条民船，船主四十来岁，生得虎背熊腰，十分健壮，行船跑马的江湖生涯，使得他的皮肤黑里透红。谈好船价后，船主问："不知先生要在何时开船？"

黎德说："既谈好了价钱，就此开船吧。"

船主答应一声："好呢，一切听先生吩咐就是。"只见他话音一落，走到船尾提起铁锚，再行至船头将系船的缆绳顺手一抖，绳套脱离了岸上的木桩，套头往回飞落在船头甲板上。由此可见，船主是个非常干练的行家。他掉转船头，船徐徐驶向江中，顺江而下的船速越来越快。由于船主娴熟的驾船技巧，船在滚滚的波浪中十分地平稳，让玉琴一家其乐融融，笑语声声。女儿文静一会儿扑到妈妈的怀里，一会儿又扑到爸爸的怀里撒娇。玩了好一阵后，她躺在爸爸的怀里要爸爸给她讲故事。爸爸想了一下说："好，我就给你讲一个让人振奋的故事。"于是，他将火攻柳林湾的故事讲给女儿听，讲得有声有色，特别是把那个政委讲得更神。文静听了要她的爸爸也去当政委。她的爸爸只好说，原来你爸爸没有当，现在就不能当了，再要当就是不忠。

"不忠是什么呀？"

"这要等你爸爸回家种田时有空告诉你，读了书你就知道了。"

"哦，哦，我有书读了！"

玉琴说："你别高兴得太早了，你爸爸真要是能做到那样，我就天天为他烧高香。"

"这是无奈的事实，何须你为我烧高香！"他一边说，一边走出舱外站在船头上，双手反剪在背后，仰望着沅江两岸的风景吟咏："江山如画无增色，英雄无悔忧其国。良禽择栖梧桐树，凤凰落毛沅江槭。何日羽丰锦毛新，再看人间尽豪杰。"他吟罢站了一会儿又回到舱中与她们母女讲起了老家的风俗习惯和家史，好让她们回家后有所适应。

"好山好水好地方，难胜桃源鱼米乡。只怨天下狼烟起，个个都是草头王。众望重出李元霸，平定天下永安康。男耕女织唱山歌，爱坏八仙吕韩相。"船主悠扬的山歌打断了玉琴他们一家的谈话，黎德说："听公之歌词，莫非已到桃源了？"

船主说："此地正是桃源，先生可有雅兴一游？"

"唉，还是让李元霸平定天下后再来游吧。"

"先生莫非范公转世，先天下之忧而忧乎？"

"我看公才是罗贯中笔下的'白发渔樵江渚上，惯看秋月春风'之隐士。我这里正好有一壶贵州茅台浊酒，今与公又相逢于桃源，也算得与你有此缘分，何不停船进舱畅饮几杯再行赶路也不晚，不知公意下如何？"

"先生既不嫌鄙人粗鲁，我就不客气，先打扰先生了。"船主言罢，便将船靠岸停稳，放下铁锚进到舱中，连说，"打扰，打扰。"

玉琴在他们对话时已将点心和酒杯摆好，让出座位，连说："没有好招待的，得罪，得罪。"

船主说："是我不该打扰，实在过意不去，请夫人海涵。"

黎德接过玉琴手里的那瓶茅台酒，打开瓶盖。他将三个酒杯斟满，举起自己面前的酒杯说："来，我们先干此杯，再慢慢谈。"

玉琴说："我一个妇道人家喝什么酒啊！你们慢慢喝吧，就此一瓶本就嫌少。"

船主说："夫人，再少您也要一起喝完为止。如此上好的酒，我才没有这个口福，要是夫人不喝，那我可就滴酒不沾了。先生，您说是这个理不？"

"对，就是以前从不喝酒，也要喝下此杯。再说，此酒不喝将是一生之遗憾。来，来，来。"

玉琴只好端起酒杯一饮而尽，她放下酒杯说："这酒清醇可口，是好。

043

你们慢饮，我还要照顾孩子。"言罢就抱着文静坐到一边去了。

黎德也不再劝妻子，对船主说道："我看仁兄不像是以行船为生之人，不知肯实言相告否？"

那船主稍停片刻后说："先生好眼力，本人行船还不到两年，只因……"

"妈妈你看，好多船都朝我们这里来了。"文静打断了船公的话。

玉琴往外一看，吓得连忙抱紧了女儿，心想一定是遇上了打劫的水盗，要他们别喝早作准备。谁知，那船主却说别管他们，谅他们也不敢胡来。那些船果然是冲他们来的，不一会儿工夫就将他们的船围在中间，已有人跳上了甲板："老大，这是在和谁喝这么好的酒，也不传个信给我们？"

黎德连忙打招呼说："兄弟们快坐，每人都过来喝一口，怪只怪那吴子建太小气，我们救了他一师人的命，就给了我们三人一人一瓶，还说就是打死他也没有了。"

"先生，你说的可是二十三师守贵阳的吴子建？"

"正是他。"

"这个孬种，真会拍马屁。"

"怎么，你和我们陈师长都说他是孬种？"

"先生是和十一师陈和民师长一起的？"

"仁兄莫非是……"

"我们老大是五十二师三团团长。不，是……"

"是副团长胡友成，家住常德牛鼻段的。"

"先生，你怎么如此了如指掌，难道？"

"因为我是师参谋部秘书战报处编辑主任，对仁兄的事早有耳闻。仁兄夺过一挺机关枪，冲出战壕横扫日寇，那才是真正的民族英雄。难怪你骂吴子建是孬种，那家伙确实是个十足的孬种，一个师守贵阳连几个讨饭的日军都打不过。你怎么……"

"我们老大见打不赢的不打，打得赢的也不打，气得要和日军同归于尽，幸好一颗子弹打中了他，兄弟们这才拼着命将他抢救回来。"

"你们的老大见国民党争权夺利，各保实力，腐败无能，不如趁早回家重操旧业。我说得不错吧？"

"知我者，少校也。鄙人正是这样想的，也是这样做的，要是我说得没错的话，长官一定也是看破当今政府，不参内战，弃官归乡。"

"仁兄千万别长官、少校地称呼，小弟我姓黎名德，字民敏。仁兄还是称我为先生最好，这次归乡就是想自办学校当个教书先生。"他一边说一边斟酒，非要大家都喝一口。

胡友成说："老九，你就喝吧，可见先生不是外人。"

"嘿嘿，真要喝，还是该从二哥喝起，哪有我老九走头的分。"

"喝就喝，我看先生还真是个好人，跟老大还不认识就拿唯一的一瓶茅台酒来招待他，就冲这一点，不喝还真对不起先生。"老二接杯喝了一口，顺手又递交给老三。轮到老九时，他手拿酒瓶摇了摇说："还有一滴，今天要是没有一滴，我就不是老九了。"他把瓶子倒立着等了好久果然从里面滴下一滴，他让这滴酒顺着咽喉慢慢地往下流。他确实是个品酒的行家，酒一下肚便说道："此酒清醇可口，润喉生津，舒胃通肺，香醇久留。若你不信，七天后反胃还有香气。天哪，此一瓶就价值连城，先生还说他小气，真是冤枉好人。"

"看来你们是闻香而来的？"

"不瞒先生，扶门而闻和站在船头闻香者不计其数，唯一就我天生自有闻香之能，不然，我等兄弟哪有这点口福。多谢先生，我等就此告辞，日后有用得着兄弟时，只对老大说一声，赴汤蹈火在所不辞。今先生难得与我老大一聚，不打扰了。"他们个个拱手为礼，不分先后登船而去。

胡友成和黎秘书站在船头目送他们走了好远后才又回到舱里。胡友成从舱板下面搬出一坛糯米酒糟压制的米酒，虽然没有茅台酒那样名贵，可它也是湖南的名特产品。此酒醇甜可口，后劲足。胡友成喝了一口放下酒杯说："先生文韬武略，满腹经纶，就此埋没实在可惜，不过，年轻有为，来日方长。"

"仁兄此言差矣，现在国共两党逐鹿中原，鹿死谁手，想必仁兄已知。自古以来，只有得民心者得天下。当今，国民党政府腐败成风，军政失控，

妈妈的粮票

各自为政，人心尽失，凡有识之士皆去了西北，身在其位之正直者，都有归隐之心。又逢分久必合之时。仁兄说我来日方长，那就不知要长到什么时候了。正如夫人所言，能求个安居乐业足矣。不知仁兄有此同感否？"

胡友成说："我一介武夫，哪有先生看得如此深远。难怪说，'听君一席话，胜读十年书'。但，就是不知像我们这些人，他们能让我们安居乐业吗？"

"如果他们不治罪于我等，反而会因祸得福，这才是雄才大略。如果相反，则不是我等不幸，而是天下之大不幸。谁要是让天下大不幸，他就肯定要被万民所弃。到那时，你我只怕就会真的要东山再起了。"说得两个人哈哈大笑。

两个人无话不谈，越谈越投机。一个正好难逢知己，一倾心中积压之郁闷；一个如久旱得甘露，难能可贵的经典论述，使他受益匪浅，觉得自己三生有幸，遇此高人指点。因此，说话投机千句少，一壶浊酒到拂晓。

东方的朝霞射进舱内，他们还在谈笑风生，忘记了"行船跑马三分命，自信还要有精神"的警钟长鸣。

"爸爸，你们起得这么早，是不是奶奶来了？"从里舱出来的文静打断了他们的谈话，也说明了这孩子想她奶奶的心情是何等迫切。

"再过两天我们就可以见到你奶奶了，快去跟着妈妈多睡一会儿。"

"还睡什么？看你真是的，仁兄白天要行船，你就不怕累了他吗？"玉琴说。

"夫人放心，我们有时要为客人赶路，三天三夜没睡也照样行船，这都是被逼出来的。这不，孩子想快点见到奶奶，我现在就开船早点赶路。"胡友成言罢就动手开船。不知是顺水顺风的船快，还是驾船人遇到了知己心情好使，船走得快，在笑谈中忽然有人说："文静，你看，那就是我们家乡的岳阳楼，马上就要下船了。"

"好啊，好啊，我就要见到奶奶了，妈妈你快拿好东西准备下船啊！"

"先生，你要在岳阳下船是有事要办，还是觉得坐船慢，想走陆地快点到家呢？"

046

"什么事也不办，就是想早点到家。"

"唉，难怪说'无官一身轻'，想不到一个戎马将士也有稚童之心。不过，我还是建议你走水路，我愿意将先生全家送到聂市。因为，现在岳阳和临湘地面上的红帮与青帮闹得很凶，隔三岔五就出命案。像先生这样一家人不管走到哪里都会被看成大富或达官贵人，虽然先生本人无虑，可就怕夫人和孩子受惊。"

玉琴听得胡友成如此一说，早就觉得后背凉飕飕的，连忙接着说："我们还是请仁兄送到家吧！再给仁兄加点船钱就是。"

"夫人，看你说哪里话了，你们一家待我如此，我能把钱看得那样重要吗？"

"那就依夫人说的，只是又要有劳仁兄了，不过，船资还是要加的。"

"回到家里，我再和先生喝几杯，能多听你说一些高论就足矣。那我就直下陆城在那里吃中饭，不知先生有何安排？"胡友成一边说一边转舵朝洞庭湖口驶去。

"好，正合我意，家乡的县城，我都好多年没有去过了，今天，让夫人和女儿就到县城，也算得是不让她们受委屈。"

玉琴说："只要不担惊受怕，一家人能团聚和睦，就是天天种田打土也不委屈。前面君山上的竹子叫斑竹，又名湘妃竹。传说湘妃娘娘站在君山上望夫不归，天天手扶竹竿啼哭，眼泪滴在竹竿上，使得竹竿斑斑点点的，故名斑竹。她的丈夫也是打仗去了一直回不来，才出现那样凄惨的故事。"

"夫人触景生情，博闻强记，以此景回先生，真是天衣无缝的说辞。难怪先生愿意辞官回家种地陪伴夫人，为的就是怕夫人难受扶门而望之苦，怕把门叫成斑门。"

"哈哈哈，好一个斑门，真有你的。"谈笑风生中，船已出了湖口向江中行驶。胡友成说："外江风大浪高，请夫人带孩子到舱里去，免得受了惊吓。"好一个船主胡友成，只见他将帆绳一拉，舵把一转，船就到了江心。风顺水急的船，像脱弓之箭直射而去，转眼就过了城陵矶。

陆城，这个历史悠久的江南重镇，由于长江连通五湖四海，使得它极为繁华。可是，连年的战乱让它变得苍老和萧条，原来港口停泊的船，星罗棋布，现在却只有稀散的几条船停泊在那里，显得非常寂静。黎德站在船头，遥望堂堂的县府衙门如此消沉，他心潮起伏，仰望苍天，长叹一声感慨道："蓝天白云空有色，青山绿水地灵杰。内外硝烟伤生灵，封建帝制从此绝。停战协商社稷事，立宪民主人中杰。天下为公国父志，方可万代立强列。"

"唉，先生忧国忧民之心尚在，如何耕种度日？但愿国共两党如先生所吟之方略来治国，那才是国家之大幸，民众之大幸也。"胡友成边说边将船靠岸。

"我这也是杞人忧天，只是有感而发。民以食为天，我们还是吃饱了再说。"黎秘书那种游子归来的喜悦心情，溢于言表。

他们一行四人上得岸来，顺着那条麻石小街往前走到十字大街上，那里的叫卖声里夹杂着吆五喝六的打牌赌博声，倒也显得较为热闹。他们在东面一家挂着"安和饭店"招牌的门前停了下来。玉琴说："这家饭店显得清洁明畅，就在这里用餐，你们看怎么样？"

"好啊，我正有此意。哦，不知仁兄喜欢不？"

"看先生说的哪里话，只要你们高兴那就快请吧。"胡友成说完将手一伸做出请的动作。

"客官请里面坐，这里清静整洁最适合你们了。"眼快的店小二连忙出来招呼。他随手拿来茶具，先为每人倒上一杯茶后又说："客官请先用茶，这就为您上菜。不知您想吃点什么？"胡友成连忙要了一盘麻辣鸡丁，一碗焖炸麂子肉，一盘煎煮桂花鱼，一盘红烧前猪腿，外加一碗三鲜汤。黎德说："你点的菜怎么都是我最喜欢的，难道仁兄与我吃的也同味吗？"

"这不是你昨天晚上讲的吗？"

"嘿，你真是一位心细之人。那你自己喜欢吗？"

"你说的这些东西还有谁不喜欢呢？"

"哦，再要一碗酸辣椒炸腊肉，这可是临湘的名菜，他呀，不知一天要念多少次。"玉琴点完菜，将菜单给了店小二要他快点做好。

店小二报完菜提了一壶酒又到了桌前，他一边斟酒一边说："这坛酒已藏了三年，老板要我送来特敬客官，请先慢饮，我这就去端菜来。"

这家饭店的炒菜速度果然了得，店小二一去一来真的将菜送了上来。他们尝过酒菜，连说好吃。黎秘书一边吃，一边举着手里的酒杯说："这用糯米酒糟自制压成的水酒，它又叫'美女蛇'，有好多不知厉害者见它香甜柔口，润肺生津，便夸下海口，说此酒可当饭吃。他们连连举杯谁也不愿放下，谁知一个时辰不到，'美女蛇'发威了，使得多少英雄好汉都倒在它的石榴'裙下'，口里还在好……好……酒……唉……啊……好……好……好……酒。"

玉琴说："看你天真得像个小孩子一样，难怪说月是家乡的圆，水是家乡的甜，粗茶淡饭唯我好，水酒胜过玉露泉。也不怕仁兄笑话，要是到了家里只怕还会倒在妈妈的怀里撒娇。我看你们就别喝了，到了家里喝得倒在美女裙下岂不痛哉。"

"原来夫人也是出口成章，好，我看就依了夫人，回家后再和先生一醉方休。店家结账，我们好赶路。"胡友成一边说，一边往外掏钱。

"这还了得，我们招待你还来不及，哪有要仁兄出钱的道理？"

"不，不，不，这是我为先生全家归乡的接风洗尘酒。"胡友成将钱往桌上一丢起身就往外走。他们刚走到门口正与店家告辞时，门外进来三个衣冠不整的食客，前面那个三十岁左右的汉子将手伸向胡友成说："你不是争着要付钱吗？那就帮我们付一餐饭钱吧，要是没有钱了，就要你的先生将夫人留下也行。"

"你们这是哪家的王法，难道还想在光天化日之下抢劫吗？你们也不看看这是什么地方。"黎德一边说，一边将手伸进内衣里。

"这是我们青帮的王法，这是我家的地方，不管是什么样的人，只要是落在老子的手里就得交出所有的钱财和女人。"说话的是三人中那个穿蓝色衣服的人。看来他们是有备而来，想来个内外夹击。

胡友成轻声地说："先生，照看好夫人和孩子。"他说完双手一拱，朝那个发话的蓝衣人说："你们的眼力真好，钱是在我身上，不信你们听听。"他一边说一边用手抖动腰带，里面的大洋撞击出的声响十分悦耳。

049

"好啊，你胆敢戏弄老子。"蓝衣人他们三个早就进来堵住了店门，朝先进来坐在板凳上跷二郎腿的人看了一下又说，"你就拿命来吧！"他的"吧"字还没说完，冲上去对着胡友成的当胸就是一拳。早有防范的胡友成比他更快，左脚向后一缩，身子往下一蹲，右脚跟着就向冲上来的蓝衣人扫去。蓝衣人的拳头落空后，往前冲的身子收不住，被他的右脚一扫，一头撞在跷二郎腿的人怀里，两个人一起翻滚到北面的墙角。胡友成的一招"饿狗抢屎"变成"饿狗咬人"了。跟在蓝衣人身边的两个人一见，不约而同一起朝胡友成扑去，出手全是拼命的招数。只见胡友成右脚一缩，往前踏进一步，弓马式地两手一伸，抓住那两个家伙的一只手往两边一带，两个人又像蓝衣人一样，往前扑的力量加了好几倍，身不由己地扑在正要动手接招人的身上，三个人又被压在前两个人的身上。随即转过身子的胡友成一见剩下的那个拔出了腰刀，便伸脚一挑，一条板凳就到了手里。他将板凳往前一点正好击中那家伙的手腕。只听"铿锵"一声，腰刀掉在地下，那家伙用左手握住右手疼得躺在地下打转。被扑倒的家伙翻起来想从后门逃跑，可怜他刚逃几步就被胡友成摔出去的板凳击中足三里穴位，跪在那里动弹不得。眼快的胡友成见刚才跷二郎腿的家伙在最下面好不容易翻出来时，他连忙抓起疼得在地下打转的家伙朝他抛去，那家伙用手往墙上一撑没撑住，手骨断裂，疼得像杀猪般地号叫。胡友成望着三个伤得不轻的家伙，拍了几下手对其他同伙说："你们快将他们拖出去，不然，我就要了你们的命。不知高低的东西，屠夫还知道低头分肉，抬头看人。要不是夫人求情，我家先生早就开枪毙了你们了。"

黎德用枪指着他们说："你们既然家中有老有小，何不走正路谋生，活得心中无愧，岂不比什么荣华富贵都强吗？也不知道他沈和山是怎么治理的，临湘都乱成这样了。"

"好啊，原来你认识沈和山，那你们快放了我，你们知道我是谁吗？"
"你是谁，快告诉我。"
"我是他的小舅子，这些都是我的好兄弟。"
"你真的是？那你知道他有个表弟叫什么吗？"

"知道,他叫黎德,是个国民党的大军官,就不知被日军打死了没有。"

"据我所知,他已经死了。不过他的另外一个表弟会去找他算账的。你既真是他的小舅子,那我就只好先枪毙你后再去找他。难怪说,官匪一家才是乱世之源。"黎德说完举起手中的小勃朗宁手枪对准了那个自报家门的家伙。

"先生饶命,先生饶命,我再也不敢了,都依先生所说的去做还不行吗?我死不足惜,就是我那七十岁的老母太可怜了。"

"你还知道你的老母可怜,那你在杀别人的时候,想过他们的老母吗?"

玉琴连忙将丈夫的衣边一拉说:"还是让表哥去处理吧!我们该走了。"

"先生,夫人说得是,只要您现在将我们放了,我们立刻就走,绝不敢再为难先生。"

胡友成冲着帮腔的蓝衣人说:"就冲着你那双蛇眼,现在放你们走没门。我不把你抛入长江喂鱼就算烧高香了。你们赶快爬出去,不要弄脏了店铺。"

"好汉,我们爬不动啊!"

"你想装是吗?好,我来帮你爬。"胡友成一边说,一边朝他们走去。

"我们爬,我们爬,好汉手下留情。"蓝衣人说完就带头往外爬。

胡友成见他们全都爬出去后才说:"先生,我看就依夫人说的,还是让你那表哥来收拾他们,我们赶路要紧。"吓得不知躲在哪里的店家这才出来送客。他们走下堤坡来到自己的船上,胡友成要先生看好夫人和孩子,他好准备开船。

玉琴在船舱里伸出头来问:"仁兄,他们不会死了吧?要是死了,家里的老小太可怜了。"

"夫人你只管放心,他们说家有老母,那是想让你可怜他,这些人有老有小的很少。我要是放了他们,他们一起反扑上来只要抓住你们母女其中一个,我和先生就是有天大的本事也只能听他们的摆布。这帮人都是口里发誓五雷轰顶,手里却在抽刀插入别人心脏的人。"胡友成一

051

边说，一边将船驾离了岸向江中行驶。

"仁兄，今天你行侠仗义的壮举真是让我大开眼界，由此可见，仁兄的这个老大宝座一定来之不易。愿闻其详，不知能否相告。"

"唉，说来话长，先生既然想知道那我就说说。"胡友成手握船舵，扬起满帆，眼视前方，慢慢地讲开了那段让他一生都刻骨铭心的往事。那年，他从部队回家不久，爸爸就去世了，临终前爸爸对他说，行船跑马三分命，不单是指它危险，更主要的是说行船跑马都是吃的江湖饭，江湖中的险恶不是说得可怕，那可真是刀尖上滚着过的日子。要他别操自己的旧业，哪怕是做点小生意也比这强。开始他依爸爸说的跑了两次买卖，亏得血本无归。他一气之下将爸爸留下的船推进江心干起了旧业。谁知，第一笔生意，客户就说他不懂规矩，瞧不起他们。胡友成一再解释，后来才知道他们不听解释是假，想把他挤走是真，非要他按规矩办事，沉船走人。一场恶战后，他们还是不服气，以声讨他横行霸道行船为由，请来"沅江八怪""湘江两雄""资江四杰"聚于常德了断。他好不容易制服两雄、四杰和七怪后，第八怪老九提出要和他在水里一决胜负，只要胡友成能胜得他一招半式，他就敬胡友成为四水老大。他一个人怎能做得了三水豪杰的主？谁知，此言一出，所有在场的人却异口同声地说，全听老九吩咐。胡友成这才知道真正的王牌还是老九。胡友成只好问："不知兄弟是文比，还是武比？"

"不知你说的文比是怎样，武比又是怎样？"

胡友成说："文比是由你画下道来，武比嘛，当然就是你我在水里拼得你死我活，拼到认输为止。大概就是这样吧？不知兄弟你有什么更好的比法？"

"好，我们就来个水中运旗。"

"什么叫水中运旗？这个我可从来没有见过。"

"你不是说由我指定吗，想反悔？"

"不，不，不，绝不反悔。好，好，好，你说了算，你说了算。"

"这还像个人样。来人，帮我把那面小旗插到对岸的水里，把旗运回来的途中，多换一次气的算输。这样还算公平吧？"

胡友成连忙说："公平，公平，请兄弟先行一步，我跟着做怎么样？"

"好，那你就看好了，大家都做个见证。"那个老九说完往水里一个倒插就没了踪影，所有的目光都集中在河那边的小旗上。一会儿，只见那面小旗动了一下就沉没了。再过一会儿，看见河中间浪花一掀，一个人头露了一下就不见了。再过一会儿，在老九潜下水的地方又露出了他的身子，只是他的手里多了一面小旗。

胡友成跟着大家一起拍手称快后见那人又将小旗插好，他只得像他一样也是消失得无影无踪，那面小旗没有了好久也没见他露面，在离岸不到丈远的水面上他略微露了一下头，便将小旗举在手里站在他下水的地方。所有看热闹的人掌声如雷。

那个老九也还算一条好汉，他上前抱住胡友成说："恭喜你老大。从此以后，你就是我们的老大了。来，今天为我们的老大接风。"

"不行，不行，我怎么当得老大？再说，我们还只能算个平手。就是当老大也得比出高低再说啊，这样谁肯心服？"

"谁不知道，你那是给我脸才略露一下脸，我都服了，还有谁不服，不服的就要他上来比画比画不就行了吗？"

"服，服，服，我们服的就是这样的仁义。"大家异口同声地说。当天，就在那家英雄居酒楼，大家把他推到首座上，胡友成就此当上了他们的老大。

"难怪仁兄今天面对六个人的前后夹击，却从容不迫，原来是艺高胆大的缘故。比起在战场上刀对刀、枪对枪的明斗要惊险得多了。这些都只能在书刊上看到的东西，今天有幸亲眼见识了喋血江湖的真实写照。我觉得太荣幸了。"

"我们这些粗犷的行为，真是让先生您见笑了。"

坐在船舱里抱着文静的玉琴接过胡友成的话说："你们男人真是了不起，如此一场生死拼搏却成了你们笑谈的故事。我的心到现在还在怦怦地乱跳。"

笑谈中的他们不知不觉就到了聂市，胡友成将船靠岸拴好船绳，帮着提起行李一起来到镇上说："如此小镇，不知为何能有这般繁荣，请先生相告才是。"

"仁兄有所不知，此镇虽小，可是它东连羊楼司、龙窖山（又名药姑山）、通城；南面壤接桃林、忠防、毛田；西面与云溪、路口、长安相连。每年数以万计的货物在这里交易，尤其是药姑山上的药材，天下闻名久矣，前往采购者不计其数。这些人、货都要从这里上船进入长江，分散到五湖四海。它既畅通无阻，又无兵灾之苦，所以，我一直把它视为归乡之宝地。"

"原来先生少年老成，未进城门，先防败路。难怪……"

"那座府第就是表兄的家吗？"玉琴打断了胡友成的话说。原来，在他们前面不远的地方有一座府第显得格外富丽堂皇，大门上方悬挂的一块横匾上，用行书雕刻的黑底金黄的"沈府"二字十分耀眼夺目。他们一行来到门前，黎德拿出拜帖上前要守门的家丁快去通报家主。不到片刻，只见府第中门大开，一位年方五十左右、中等身材、虎背熊腰、面色红润的汉子，一边往外走，一边声如洪钟地说："天哪，今天是什么风把你这个大才子贤弟送到寒舍来了？怎么不提前给我来信好让我去接你呢？"

黎德连忙走上前去握住他的手说："表哥好，我姑妈还好吧？"

"好，好，好，就是念你这个臭蛋，这不昨晚上还……"

"和山，和山，是不是黎德回来了？"一位满头银发、精力显得十分充沛的老太太手挂拐杖，在众人的拥护中急匆匆地往前走。

黎德连忙迎上去："姑妈，是我，愚侄不孝，让您老如此牵挂。"他一边说，一边双膝跪了下去给姑妈磕头。跟随在后面的玉琴母女连忙跟着跪在后面说："但愿姑妈福体康泰，寿星高照。"

老太太一见急忙就问："黎德，这是你的妻子和女儿吧？"

黎德连忙回答说："是我妻子李玉琴和女儿文静。"

"姑奶奶，我爸爸在路上一直说您怎样疼他呢，您还疼他不？"小文静对姑奶奶说道。

老太太将拐杖一丢，双手抱住他们的头泣不成声地说："儿啊，这么多年，想得你姑妈好苦哦！"

第六回

南京城小女出世
劝丈夫再次回乡

沈和山上前扶起他们,又一再劝说妈妈,这才转哭为笑一同进入正堂上,与七位表嫂们见面。大家落座,一边喝茶,一边嘘寒问暖,黎德又向姑妈全家介绍了胡友成,还有声有色地将在陆城所遭遇的惊险从头到尾讲了一遍。老太太对着沈和山抱怨着说:"看你这个保安大队长是怎么当的?要不是有这位义士相救,到了家里都不能团圆。"

沈和山一再感谢胡友成,吩咐家人大开宴席要为义士和表弟一家接风洗尘,压惊赔礼,说自己失职,确实没有把临湘的治安抓好。他说:"你们放心,原来主要是有日军的操纵,对红帮、青帮、密缉队、汉奸真是没办法管。现在就不一样了,马上就要开始先抓汉奸再清匪的行动了。要是贤弟能助我一臂之力,那可就是锦上添花,临湘将是一片歌舞升平的景象。"

姑妈拉着玉琴的手说:"孩子,黎德对你还好吧?他这个人什么都好,就是脾气太坏,以后,他要是凶你,你就只管告诉我,看我怎么收拾他。"

"姑妈,您只管放心,就是有天大的脾气我也不会对她发,因为,她为我吃苦头吃得太多了,不信,我就讲给你们大家听听?"黎德真的就从他们是怎样结的婚,一直讲到回家。虽然只讲大概,可是他却讲得有声有色，尤其讲到在怀化的那段艰难的日子，真是催人泪下。

老太太听得一把抱住玉琴哭着说："天哪，不知我儿受了这么多的苦难，我们黎家这是修了几世的德行才娶了个这么好的媳妇？谢天谢地啊！"

沈和山擦了一下暗自流出的眼泪说："妈，您放心，以后不管是谁，只要是对我弟妹不客气，我就拿他是问！"

"姑妈，我现在不是好好的吗？您千万别伤心，那些事都已经过去了，还提它干什么？明天，我婆婆来了，您可千万别让她老人家知道这些事，不然，她会很伤心的。"

"好闺女，好闺女，事事都是为别人着想。我嫂子还是有福气，终于娶了个好媳妇。和山，你们明天早点去接你舅母来，也好让她早点高兴高兴才是，真苦死她了。"

"您放心，等下我会安排好的。"和山连忙回答老太太。

话说黎德的老家山海黎被日军烧光后，砖和木材都被运去修筑了炮楼和碉堡。原来从东头到西头二十四个天井，下雨不湿脚的上好村庄荡然无存。躲藏在大山里的村民们见鬼子投降后，又回到自己的家园，拔草清基，在残缺不堪的废墟上又零星地架起了几间破屋，以遮风挡雨。他家在东头的那座上下三重、雕梁画栋、代表三品官衔的建筑变成一片废墟，那可是他的曾祖父在清朝为官时所建的。现在，在那片废墟上同样也建起了一间茅屋。一天早上，那间茅屋里走出一位老太婆，她望着屋子旁边树上"喳喳喳"叫得特欢的喜鹊说："你昨天就叫了一天，今天一大清早又来叫就不累吗？我家哪儿来的喜事，你还是把喜事送到有喜事的家里去吧。"

"妈，您在跟谁说话？"一个中年汉子问老太太。

老太太说："我在提醒喜鹊，它们又快叫一上午了，怕它送喜送错了。"

"妈，您看，它们越叫越欢，只怕没有送错，说不定我家还真会有什么喜事呢？"

"迁益，你看看前面铁路边是不是有人骑马来了？"老太太一边说，一边用手遮在自己的额头朝前面看。

"妈，是有三匹高头大马，后面还有两顶轿，前后好多保安队的枪兵，前面那个将军好威风哦。妈，我们进屋吧，免得又招事。"

"除了日军，老娘怕过谁？去问他们是来找谁的事，我好说话。"

那个叫迁益的汉子朝前走了几步，又连忙退回来双手捂着老太太的双肩说："妈，是我弟黎德回来了，中间那个是和山表弟，后面的我不认识。"

原来，天刚亮，姑妈就要他们全副武装，威风凛凛地出发了。还说，老人苦一辈子，就图个儿子能光宗耀祖，不要他王剪波县长来陪同就已经很委屈了。所以，他们不得不听从姑妈的吩咐，又一再邀请胡友成同往，这才高高兴兴地来到山海黎。当他看到站在废墟上的妈妈和大哥时，他的眼睛被泪水模糊了，还隔好远就下了马，快步走上前来摘下军帽，双膝跪在老太太的膝前泣不成声地说："妈，我回来了，儿子不孝，让您受了很多的苦。"

老太太伸出颤抖的手抱住他的头说："黎德，是你吗？"

"妈，是我，我是您的儿子黎德啊！"

"妈，他是老四，就是那个臭……"

"妈，您受苦了，他是您的儿子，我是您的媳妇，这是您的孙女。"从后面赶上来的玉琴带着女儿连忙跟着跪在黎德的后面并打断了他们的话说。

老太太连忙用手擦了一下眼泪，抱着他们三个哭泣着说："儿啊，这八年想得我好苦啊！你们终于回来了。该死的日军害得我们好苦哦！"

"舅母，您该高兴啊！当年舅舅不愿让他去当兵，要他好好地读书考取功名，是您说让这个臭蛋去当兵，这不他倒还真行，娶妻生子是小事，还当上了将军。"沈和山一边说，一边将他们扶了起来，又与他们的大嫂相见，又要那些保丁们把轿里送给舅母和大表兄的礼品抬出来。

这时的小文静扑到她奶奶的怀里，抬起头来说："奶奶，我们好想您哟，爸爸说您受了很多苦，妈妈说要把您接来和我们一起住，让您多享点福。哦，还有好多好吃的东西她都不许我吃，说是留给您吃的。还说每天要我帮您打洗脸水，奶奶您自己不会洗脸，是吗？"

"那是你妈妈的孝心,我自己会洗脸,你妈妈给我吃的,我就再给你吃好吗?"

"好,好,好,奶奶真好!妈妈不疼我了有奶奶疼我。"她说完抱着奶奶的头就亲。

"乖孙女,妈妈疼你,奶奶也疼你,还有谁不疼我的乖孙女呢?"奶奶说得泪水直流。

她帮奶奶一边擦眼泪,一边又说:"奶奶,您别哭了,我爸爸说他不当官了,要在家里做屋让您和我们住在一起,还告诉我要读书,还要……"

"妈,您坐下慢慢和她说,这孩子的话特别多。"玉琴怕老太太累着,连忙拿来椅子说。

沈和山笑了一下说:"大哥还是有眼力,当年他说只要你这个臭蛋肯读书,读到哪里,他就将柴米油盐送到哪里,非要送出个大人才来。这不还真的被他送出来了。"

"大哥,二哥那年被日军抓走后,到现在连个信都没有吗?"

"没有,妈妈不知为他流了多少眼泪。"

"难道真的是被日军杀了不成?这些个小鬼子,就是再杀他一千个也难解恨。"是啊,他的二哥黎再生是个商业奇才,他把算盘放在头顶上也能拨算得既准又快。一直在武汉经商的他那年回家探亲,被日军抓壮丁后就再也没有了音信。他们的舅舅李珍山时任临湘县副县长,不知动用了多少人力和财力也没有得到一点消息。这也是后来黎德的书法在台北市展览时,一个日本人愿出三十万元买他的一副对联,他都不卖给他的原因。这是后话。

沈和山见谈到伤心处便连忙岔开话题说:"大表哥和我几次都说要先把房子盖好才是,可是舅母说别见日军投降了就以为没事了,还可能有内战,铁路边总是兵家的必争之地,到时又会被一把火烧个精光,等天下太平后你们想怎么起就怎么起吧。"

"唉,国将不国,何谈小家,还是妈说得在理啊!大哥,我想先在聂市租屋住,今天就把妈妈接去,等到妈说的那个天下太平的时候我们再来盖房子吧！"黎秘书对大哥迁益说道。

玉琴帮着老太太收拾好了所用之物后又过去帮着大嫂做饭，十几个贴身的团丁早就各尽其责帮着做事。吃过中饭，玉琴要老太太坐上自己来时坐的那顶新轿，她带女儿坐上了那顶旧轿，这才吩咐起程。回到聂市，他们来到一间大铺门面前停了下来。原来这都是沈和山事先为表弟一家安排好的家。玉琴将屋里屋外收拾得井井有条、干干净净，一家人和睦地生活在一起。

转眼就是过年了，玉琴让丈夫买了很多鞭炮，要好好地庆祝一下家人团聚。大年三十中午的那顿饭是临湘人最为隆重的团年饭，鸡、鱼、鸭、肉等山珍海味，只选最好的菜上。玉琴夹起一块红烧猪脚送到老太太的碗里说："妈，您尝尝，这是我第一次学做的红烧菜，不知合不合您的口味。"

老太太吃后说："还是你们长沙人会做菜，这些菜要是你那个好呷的舅舅吃了，非把你吹上天不可。好吃，好吃，真是……"

"奶奶，奶奶，你看爸爸他吃得多香啊！"伴着奶奶坐的文静夹了一块辣椒炒炸的野猪肉放在老太太的碗里又说，"奶奶，你再不吃，我爸爸就会将它吃光了。"说得一家人哈哈大笑。

"玉琴，你自己也吃啊！多吃点，肚子里的孩子正需要营养。"老太太说了媳妇又对儿子说，"不是我说你，一个做丈夫的也不知道心疼人，天天比谁都忙，你看她天天挺着个大肚子还要做那么多的事，她又不让我帮她，真是太难为她了。"

"妈，您放心，我受得了，只要是这样平静的日子，我就是再苦再累心里也高兴。要是蒋介石能与共产党和好不打仗了该有多好啊！要是谈不好，只怕又会要他们这些人去效命。"

"食君之禄，必分君之忧。当官的都不去效命，难道还要当兵的去不成？"

"妈，您这是听谁说的，还讲得头头是道。"

"你妈什么时候说话都是句句有理，都这么说，我认为是这个理。"

059

妈妈的粮票

"大过年的，我们一家人怎么谈起国事来了，妈，您快趁热吃。"玉琴打断了他们娘俩的谈话接着又说，"算命的说我这一胎是个儿子，这两天没事你就先帮肚子里的孩子起个好名吧？"

"早就想好了，姐姐叫文静，他就叫文韬，你们看怎么样？"

"好，好，好，文韬武略，是个好名，今后肯定会比你强。"老太太连忙高兴地说。

玉琴说："万一算命先生没有那么准呢？还得起个女名准备着才是。"

"是文静告诉我的，那天我问她，你妈妈这次是生妹妹还是生弟弟呀？她可好，一口气肯定地说是生弟弟。所以，我就想好了'文韬'二字。要是女孩子，那就叫'文雅'好吗？"这是一个做爸爸的先知先觉。

哈哈哈，天哪，这个爸爸做得挺合格。玉琴和老太太笑得放下了筷子。

光阴似箭，三月初一那天，玉琴遇上了难产，幸好有很多人在，老太太连忙吩咐送医院。医生告诉大家不要急，是因为孩子太大，只是要他的妈妈多受点痛苦而已。在一阵声嘶力竭的呼叫声中，随着"哇"的一声，一个大胖小子终于出生了。接生的医生抱在手里笑了一下说："天哪，这个小家伙足有十斤重，像个铁砣一样，小妈妈生大孩子，你们说那要付出多大的代价？要不是送来得快，那种代价还真……"

"医生，你看，我儿媳妇怎么还没醒来？你们快救我的好媳妇啊！"一直守在玉琴身边的老太太急得抽泣着说。

"你们快帮她再打一针吧，多少钱都由我出。"沈老太太说完就吩咐家人去家里拿钱。

医生连忙弯下腰翻看了一下玉琴的眼睛说："好，好，好，再打一针，二老放心，她这是疼得昏过去了，等一下就会醒过来的。要不是她如此坚强，我们还真是着了难。"

"玉琴，玉琴，你快醒醒啊！你快看哪，是个儿子，像他爸爸一样。"玉琴在老太太的呼叫中轻哼了一声慢慢地睁开了双眼。她看着两位老太太，又望了一圈周围的人，才有气无力地说："妈、姑妈，我真的没有

060

死吗？我又活了是吗？我的孩子呢？不，不，不，文静，你快帮妈妈拿剪刀来，快点啊！你弟弟怎么没有哭？"玉琴一边惊慌地说，一边拼命地要起来。

"儿啊，你这是在医院里，不是在怀化。你怎么会死呢？像你这样的好人是不会有事的，孩子放在你的身边，刚才还在大声地哭，那声音可洪亮了。"两个老太太一个抱起让她看，一个按住她不让她起来怕她更累。一大家人见一切顺利，高兴得只说哪天摆酒，一定要大庆才对得起玉琴。洗澡那天，奶奶一边帮他洗，一边轻声吟唱着："我的小铁砣呀，奶奶天天驮呀；铁砣快快长呀，长得像骆驼呀。"他们祖孙在屋里小声地唱，外面可就是几十桌的大唱了。全福寿、高升、全福寿、八仙的赌酒令，一声比一声高。那真是官家的排场、富家的派头，骑马的、坐轿的应有尽有。

一九四七年的端午节即将来临，老太太告诉玉琴，要用雄黄、大蒜和多年的莼菜油配制好，等到初五大清早的卯时，采取艾叶上的露水渗透搅匀，这就是当地所谓久负盛名、能消百毒的雄黄油。端午节的早上给孩子的脸、手、脚上涂一点，一年都不会被蚊子咬。尤其是能防蛇，只要蛇闻到一丁点雄黄油的气味就逃跑了。门楣和窗户上还要挂初五早上采回的艾叶和菖蒲……玉琴一一记在心里。

初三那天下午，玉琴正在家里包粽子，她见丈夫回家脸色低沉，便问他："怎么啦，是不是我们天天担心的事发生了？"

"南京来的人住在县里，要我即刻带家眷返回南京听命。因为姐夫在美国没回来，则由我任十一师参谋长，否则，一律按军法处置。"玉琴听完丈夫的话犹如五雷轰顶，手里的粽叶和糯米撒了一地。

牵着文静从门外进来的老太太说："玉琴，我说你就别太难过了，再说，你们应该去，要是都像你们一样回家，难道他一个当总统的就自己一个人去跟人家拼命？去了打得赢他就是将军，打不赢你们就回来当农民，还不要你们种田了不成？"

"妈，您不知道，这是明知不可为，何必还要去为之呢？"玉琴又望着她的丈夫说,"你就不能先避开,像姐夫他们那样不能回来不就没事了吗?"

"你呀,谁知道辞职后,他们还要找呢?要是知道会这样,早就远走高飞了。现在还能怎样?今天要不是舅舅和表哥担保,他们就不会让我回来。他们现在都在表哥家里,等我们收拾一下后好一同乘船去武汉,再转坐轮船到南京,否则……"

"玉琴,我的好侄女,你们可又要受苦了。刚才,听他们南京来的人说,共产党现在都有一百多万人了,他们在战场上总是占着什么主……"

"是主动权,那意思就是说,他们想怎么打就怎么打?"黎德又接下姑妈的话说。

"正是这样说的,嫂子,你说这怎么得了啊!"从家赶过来的沈老太太十分焦急地说。

"不就是去帮蒋总统一把吗?帮得上和帮不上可尽了我们的一份心,结果怎样也不是我们能掌控的。"老太太一边说一边帮着玉琴收拾东西。她们还没收拾好,沈和山就陪同南京的人来到他们家里说要他们快点,怕误了武昌的轮船。

玉琴抱着文韬,牵着文静泣不成声地说:"妈,您要多多保重才是,姑妈您也要多保重啊!"她没说完就放声大哭起来。哭泣中包含着她所有的痛苦和难言之隐,那三个荷枪实弹的南京官员说得再怎么冠冕堂皇,也遮掩不了"押送"的事实。

再也忍受不了的老太太走上前去抱住玉琴和她的两个孙子,哭着说:"玉琴啊!妈知道你苦,因为女人最怕的就是过流亡的生活,哪怕就是有个草窝给她,她都会非常满足。你就是再苦再累,也要把我的两个孙子带回来啊!妈给你跪下了。"

玉琴连忙放下手里的孩子扶起老太太说:"妈,您放心吧,我只要有一口气在,就一定会把孩子们带回来。"

文静拉着奶奶的手就是不放,非要她爸爸把奶奶一起带走。那种幼稚纯真的悲痛,惹得在场的人个个出声抽泣。大人们百般地连说带哄,好不容易才分别而去。临别时,黎德一再请表哥沈和山代他把老太太送

回老家居住,这才泪流满面地望着可怜的老妈妈挥手告别。

南京城里的狮子山胡同十三号是后勤部特意安排给他们的住宿,那间独家小院还算清静明亮。开始几天倒也相安无事,玉琴知道这样的宁静背后会出现大的动静。果然,一天夜里丈夫开会回家告诉她,明天部队开拔,任何人都不允许带家眷,他会经常给她们母子写信的。就这样,她们母子三个在那间孤独的小院里过着举目无亲的日子。好不容易望到快过年了,玉琴对两个孩子说:"你们姐弟两个都说说,你爸爸会不会回家过年?"

文韬说:"我想爸爸好久了,不,不见,还想爸爸,爸爸好多吃……"

"好啦,不会说还要先说,妈妈是问爸爸回来过年不。你呀,就想着爸爸给你买好吃的,我说爸爸能回来过年,要是能把奶奶接来就更好了。"能说会道的姐姐文静打断了弟弟的话。

刚刚学舌的文韬见姐姐不让他说,便走到妈妈的面前:"妈妈,你看姐姐她骂我。"

"姐姐没骂你,她是要你说爸爸回来过年不。"

"不回来。"文韬答得很干脆。

玉琴连忙抱起文韬,亲了一下他的额头说:"你怎么知道你爸爸就不回来呢?"

"谁叫他好久,好,不买我,我吃。"

"哦,我知道了,你是说爸爸好久没买东西给你吃了,你就不要他回来?他要是不回来,你不就更加没有东西吃了呀。你爸爸不是不回来,也不是不买东西给你吃,那是因为他在外面做大事去了,没办法回来,知道吗?"玉琴看见儿子听得很认真的样子,说完又亲了他一下。

"妈,你还亲他,看他就只想吃吃吃,爸爸连信都没有来一封。"

"妈不亲你,哦哦哦,姐姐不乖。"文韬在妈妈的怀里一边跳一边说。

玉琴含着满眶的热泪说:"他才多大啊!他要是知道什么是信就好了。唉,真不知你爸爸现在怎么样了,我倒是希望他做俘虏,只有那样,也许对你爸爸才是最大的好事。"

"妈，俘虏是什么？"

"就是你爸爸他们没有打赢人家，被他们抓去了就叫俘虏。"

"爸爸要是过年没有回来，只怕肯定是成了他们的俘虏。"懂事的文静显得很焦虑。过年时，他们的爸爸真的没有回来。大年三十中午的团圆饭，直到下午两点了才吃。那是因为她们娘仨一直在等，到胡同口看了三次的文静跑回来说："妈，没有看见爸爸的车。"

"我们吃饭吧，你弟弟快要睡了，菜也凉了。"玉琴望着满桌子的菜，却没有丈夫在座，心里就像打翻了五味瓶一样，眼泪不由自主地往外流。娘仨就这样在南京城里过了一个没有鞭炮声、只有抽泣声，没有说笑声、只有叹气声的寂寞新年。年三十夜里，玉琴要两个孩子别忘记了奶奶的嘱咐——守岁。孩子们守得都要睡了，她才说："今晚你爸爸是不会回来了，要回来一定是明天一早，因为，他会在大年初一的早晨赶来带着全家出行拜天地。"

可是，望了初一，望初三，望到十五没回还。直到正月底丈夫才回家住了一晚就走了。他告诉玉琴，国民党要彻底完了。因为，在战场上就完全可以看出，共产党的队伍打到哪里，老百姓就将各种物资送到哪里，我们的好多官兵饿得没办法了，只好到他们那边去讨饭吃。这才叫真正的得民心者得天下。玉琴要他见机而行，找个机会退出部队后好还归乡里。他要她放心，他会安排好的，只要她把孩子看好就行。玉琴要他小心，战场上的子弹不长眼睛。他笑了一下说："这你不知道，我们嫡系部队从来只是摆着看的。除非是总统被围，才要我们冲上去。像现在这样，别说我们不想打，就是想打，他还不要我们打。"

丈夫走后，玉琴的心里有了底，她没有那样心焦了，每天除了带孩子，就是和几位太太们一起打麻将。舒心的日子对玉琴来说好像总是转瞬即逝。原来什么东西都是后勤部送到家里，谁知他们后来就不送了，说是后勤部人手不够，要她们自己拿钱去买。肚子越来越大的玉琴上街不便，只好要文静代她上街。有一次，文静哭着跑回来说，她跑了好几家米行都没有米卖，怎么办？

正在打麻将的郭太太说："早几天就没有米和菜卖了，听说南京城

已经被共军包围得水泄不通。大街上乱七八糟无人管,小巷里都开始明抢了。"

坐在玉琴对面的姜太太说:"昨天,不知是哪家的姨太太要迁居到上海去,勤务兵不小心将箱子掉到地上,那些金银珠宝撒了一地。两个勤务兵被打死,那个姨太太也被抓走了。"

"那不是去上海,是去台湾。他们那些大人物们早就往台湾搬迁了。"

"难怪说,'外打躲川,内打躲湾',原来就是日军打时,我们的总统就躲到四川的重庆去了;现在共产党打,他又往台湾躲。这么说,他就只有躲的命,没有坐天下的份儿!"

郭太太又接住对面陈太太的话说:"就拿共产党的歌和我们国民党的歌相比就知道谁得民心谁失民心了。"

"革命军人个个要牢记,三大纪律,八项注意。第一,一切行动听指挥,步调一致才能得胜利。第二,不拿群众一针一线,群众对我拥护又……"

"咯咯咯,姜太太你唱得真好听,到底是当过老师的人。"玉琴笑了一下说。

"我们国民党的歌也好听,你想听不?"

"想听,想听。"玉琴望着郭太太说,"你快唱啊!"

郭太太笑了一下说起了顺口溜:"总统的嫡系不打仗,将军的嫡系就学样;杂牌军队没有娘,撤退之时比脚长;张三部队被包围,李四望他快点亡;部队供需本困难,军官照样吃军饷;对待百姓本领强,胜过日军搞'三光';得民心者得天下,失民心者早该亡;不是蒋家气数尽,只怪治军太无方;两次和谈不守信,时下韩信追霸王。"

"这样的顺口溜,当官的能让他们唱吗?"玉琴疑惑地说,"嘿,我自摸绝三万,和了。"

"难怪说,玩牌莫与孕妇和,输得个个翻钱包。我还和不过她的绝三万。今天,又是她一个人赢。"郭太太一边说一边往玉琴的手里送钱,又说,"当官的谁不唱,我家的比我唱得好听多了,现在是四面楚歌,还堵得住谁的口?"

玉琴一边收她们送来的钱,一边笑着说:"好啦,今天都在我这里吃中饭，算我做东行吗？"

"唉，哟哟，我的疯妹妹，闺女刚才哭着说没买到米，难道留我们吃西风不成？"

"陈太太，我看你是西风都吃不成，那个西风掉到下面只怕被你那好吃的小口吃掉了，你还吃什么？"

"咯咯咯……咯咯……"四个女人笑成一堆。

陈太太一边笑，一边说："好妹子，你就只管放心地赢吧，大家心疼你还来不及，谁想要你做东啊！等下勤务兵会送来，连两个孩子喜欢吃的都安排好了。"

"我说你那个黎德也是，分给他两个勤务兵，他就是不要，跟他姐夫一样。你们说这怪不怪？真是，死要面子活受罪。"

"这不，害得她姐姐昨天来信还说要我们多多关照玉琴。"

"哟哟哟，怎么啦妹子，是不是受什么委屈了？快别哭，谁欺负你了告诉我们，他的头上就是长了九个角，我们也要拔掉他八个。"姜太太停住抓牌的手说。

"抓啊，放心吧，她什么都不是，是想念她的梦兰姐姐，她那点心思我知道。"陈太太说，"你放心好了，等你要生的时候，我们几个天天来，还是像生大闺女时一样好吗？"

玉琴想念梦兰，不知流了多少眼泪，恐怕只有天知道。也难怪梦兰在信中说：死丫头，你在坐月子的时候千万别给我写信，更不要想我，要不然，我回来看你时，还得帮你先配好老花眼镜才行。看你那满纸的泪水，你说你该骂不？

南京历史悠久，历来就有"京都重地"之称。这里地处亚热带，气候湿润，四季分明。由于地理条件特殊，每年十月小阳春真的是花开二度，树绿两回。所以，就有了"吃在湖南，玩在苏杭"的说法。一九四八年十月的南京一反常态，霜降过后不久天气就变得十分寒冷，北风刮得呼呼地叫，好像要把整个南京城刮上天一样。

郭太太说："要不是怕玉琴这几天生孩子，我还真的不来了。从来都没见过这样的鬼天气，刚才我在胡同口差点被刮倒了。"

"我看只怕是要下雪了。"

"哎哟,我说陈太太,你是五谷不认,四季不分啊!今天才九月二十八日,小阳春都还没过,哪里就会有雪下啊!"

"姜太太,你这是什么时候又学会了农民掌握的二十四个节气,是不是还学会了阴阳五行啊!我看你都要成为大学问家了,到底不愧是作战处的人。"

"这点还真让你说准了。"姜太太说,"老姜晚上在家里就经常研究那些事,我问他:'你们部队只研究打仗,怎么研究起农民种田的事来了?'他说:'你们知道什么,这里面的学问大着呢,当年诸葛亮火烧赤壁,别人都说九冬十月哪里有南风?他说只要能为他筑一高台就可借来东南风。其实,他是熟悉了二十四个节气,知道十月小阳春,在这个季节里必定要刮东南风。结果他成功了,这就是什么都要精通的道理。'玉琴说,应该还有十几天才会生,到那时,也许就正好是该刮东南风的时候,暖洋洋地坐月子多舒服,她啊,就是命好。"

"哟,你可是真会用,二十四个节气还用到生孩子上来。她要是偏巧提前生怎么办?"

"所以,我们还是要天天来,谁也不许落下,这就是她命好的原因。"

玉琴笑着说:"这哪里是我的命好啊!是你们这些做姐姐的都对我好,要不,我就是天下最可怜的人了。再说,这几天只怕是要下雪,天气太冷,你们就别过来了,就是要提前也不会提前这么多天,听说大街小巷都特别乱,我还真是不放心你们呢!"

陈太太说:"哪有什么不乱的,听说共产党根本就没有把和谈当一回事,蒋总统提出的条件他们不接受。我们自己认为固若金汤的长江天险,在他们解放军的眼里只是一条水沟。这不他们早就跨过长江,包围了南京城。"

"他们十一师不知是被俘了,还是都到台湾去了,到现在都音信全无,连个人也不派回来。他们总统府的人全走了,现在是兵、匪、地痞、帮派、流氓的天下。男人真没一个好东西,难道说他们就这样把我们全都抛弃了,到台湾去另找新欢吗?"

"就你姜太太会说，我们听了倒没什么，你看玉琴她才多大，难道让孩子刚一出生就见不到爸爸？黎参谋要是真的那样，会遭千夫指、万人骂的。"

玉琴接住郭太太的话说："你们放心吧，他们一定都会回来，会把我们都带走。你忘记了你们唱的歌里面不是说总统的嫡系不打仗吗？"

"哎哟，我的好妹妹，正因为是嫡系，总统才会让他们趁早撤离大陆去台湾啊！"

一个即将就要生产的孕妇听到这样的议论，心里真不是滋味，玉琴一个晚上都没有合眼。外面的风越来越大，雨夹着雪子儿打在瓦面上，好像要把房屋砸碎一样。她越想越怕，干脆坐起来看着两个熟睡的孩子，心里好像又多了一分安慰。她帮他们加盖了一床被子，又把那些已经准备好了的生孩子时用的东西重新整理一遍，好像总是还有哪样没有备好。对于这方面的事，玉琴确实有了经验，因为，她不能有任何依赖思想，一切都只能靠她自己，要是有一点没有弄好，吃亏的就是她自己了。她看到再也没有什么需要增添的用品后，又一次用手摸着自己的大肚子，对里面的孩子说："孩子，你可要出来得是时候啊！要不然，你的妈妈就要吃大苦，你知道吗？"

第二天早晨起来一看，整个南京城银装素裹，漫天飞舞的鹅毛大雪越下越凶，好像要把南京城全部埋在里面，冰天雪地的残冬严寒顶替了南风和畅、花开二度的小阳春。不知是不是预示着国民党政权将倾。是啊！一个有着飞机大炮和八百万美式装备的正规化军队，却打不过一百多万小米加步枪的解放军，当然，与用上百万军队五次"围剿"不灭几万人的工农红军相比，这也不是什么奇事。事已至此，唯一的办法就是如何面对现实。现在的玉琴又一次面临着空前的灾难深渊。她不但没有钱，就是有钱也没有米和菜买。她一个女人带着一儿一女，肚子里的又即将生产，丈夫杳无音信，是死是活，是逃是俘，还是真的已经去了台湾？这是她无论如何都丢不去的心病。她答应过妈妈，不管发生什么样的变化，她都要把孩子们带回老家，可是，现在这样的情况，她……

"妈妈，我要撒尿。"文韬在被窝里的叫喊打断了玉琴的思绪，她连

忙抱起儿子尿，完后将他放进被窝里，又帮他和文静盖好被子："好儿子，真乖，你和姐姐多睡一会儿，今天下了好大的雪，外面太冷，等妈妈把饭做好了，你们再起床吃饭好吗？"

"我跟姐姐一起，真好。"文韬学舌地说。

文静将文韬的头往胸前一抱说："乖弟弟，快别动，一动就冷，你知道吗？"

姐弟俩在被窝里有说有笑，哪里知道妈妈是在一边流泪一边用郭姨妈送来的米为他们做饭。太太们今天是不会来了，因为已经下了一尺多厚的雪，上面还加了一层冻雨。天好像没有一点要停下的样子，风又卷着雪花漫天飞舞，像是非要淹没整个大地不可。玉琴无时不在思念杳无音信的丈夫，要是他真的被俘虏了，俘虏营里该有多冷啊？共产党真的会优待俘虏吗？

她很早就让孩子们吃了晚饭，要他们睡在被窝里免得受冻。因为房子里太冷了，没有一点可取暖之物。她一晚上要起来好几次，就怕孩子蹬掉被子冻坏。她又一次检查了一下那些生产必需品，好像普天下的女人都像她一样，都是自生自接。只因下午她肚子里的孩子大动了几下，疼得她直不起腰来，睡前又动了几下。她心想，这孩子的动作如此文静，应该会是个女孩子。她怕孩子可能要提前出生，所以不得不做好一切准备。

她做完这些才又慢慢地躺下盖好被子。谁知，她刚躺下不久，孩子一连几下大动，疼得她差点昏过去。孩子要降生了，此前的生产经验让她这次的动作娴熟了许多。等孩子真真切切躺在自己身下时，玉琴已累得有气无力。但她还是强忍着劳累，处理好了一切，然后将包好的女儿轻轻地放在自己的身边，伴着她慢慢地躺下，在她的小脸上亲了一口。她觉得好渴，张口就叫文静起来帮她倒一杯水，可那声音连她自己都听不到，刚才那是母爱的力量在支撑着她，才让她做完了那些必须要做的事。就是那么一口气撑过后，人就像全部散了架一样，精疲力竭，有气无力地瘫软在那里，是生是死就只能听天由命了。

"妈妈，妈妈，弟弟尿在床上了。"

文韬哭着脸说:"我,我,我叫了妈妈好久,她不,不理我嘛。"

文静一听,连忙穿好衣服朝妈妈床前走。等她走近,只听到妈妈微弱的声音:"水,水,水,快倒水给我。"

文静连忙给妈妈倒了一杯水。玉琴喝完那杯水过了一会儿才轻轻地"哼"了一声。

文静说:"妈,你这是怎么啦?"

玉琴有气无力地说:"没事闺女,是你做姐姐了。"

"哇,我做姐姐了!妈,是弟弟还是妹妹啊?"

"你是想要弟弟还是想要妹妹呢?"

"我想要妹妹。"

"为什么想要妹妹呢?"

"因为我有了弟弟还没有妹妹啊!"

"嘿,你还真会想,真的如了你的意。"

"好啊,好啊,我有妹妹了。弟弟你快起来,你也做……"

"我,我做姐姐了,做妹妹了,做妈妈了。"不知什么时候站在妈妈床边的文韬光着屁股喜得一颠一颠地学着姐姐说。

"天哪,快帮弟弟穿衣服,他会冻坏的。"

"不穿,不穿,我要跟妈妈睡。"

"妈妈生了妹妹,怎么能带你睡,快来穿衣服。"

"呜,呜,呜,妈妈不要我了,我不要妹妹,不要……"

"妈,你看他不……"

"快把弟弟抱起来放在我的身边。"玉琴急得跟什么似的。她哪里还顾得了自己,生怕冻坏了儿子。玉琴就这样哄着两个小的,躺在床上吩咐文静怎样做饭、炒菜和哄着弟弟玩。不觉三天已过,玉琴早上吩咐文静要她烧壶开水,放些盐在盆里,准备帮妹妹洗澡。

文静问妈妈:"妈,妹妹叫什么呀?"

"就叫文京好吗"

"为什么要叫文京啊?"

"因为你妹妹是一九四八年十月初一在南京生的,本该叫南京,可

我觉得一个女孩子叫南京不好听，就只好叫她文京。你叫文静，弟弟叫文韬，妹妹叫文京，这才好啊！"

"妈，你要是再生一个弟弟叫什么呢？"

"就叫文显。"玉琴好像早就把这一切都安排好了一样，毫不犹豫地说。难怪说，细心的女人躺在床上，什么都不会，就会编织自己的梦。女人好像认为做妈妈是一种至高无上的骄傲和尊贵，面对九死一生的痛苦毫不畏惧。

文静拍着小手说："好听，好听，文京，文显。"

"快帮我拿包被来。"

"妈妈，你看文京她都会笑了，她好像想洗澡，你看她一边蹬脚还一边划手。"

玉琴抱着包好了的文京亲了一下说，"你们的妹妹长大后一定是个大美人，这孩子真听话。"

文静也上去亲了一下说："好啊，妹妹是个大美人。"

文韬踮起脚来抱着妹妹的头亲一下说："是个大米饭，不，是大……"

"咯咯咯……，咯咯咯……"文静和妈妈笑弯了腰。

下得太早的雪融化得特别快，就像严冬提前抢走了小阳春的佳节，小阳春就让它很快地消失一样。

郭太太说："前天还在下，今天就融化得差不多了，老天爷真的是变化无常。"

陈太太说："这几天玉琴她们母仨不知怎么过的。"

"她是个有福气的人，你们看等到她生孩子时正好又是暖洋洋的小阳春。"姜太太说。

三位太太一边往玉琴家里走一边说着话。

"玉琴，文静，文韬，快开门啦，我们给你们带好吃的来了。"

"姨妈，我做姐姐了。"文静一边开门一边向她们报喜。

"文静，你说什么？你做姐姐了？是不是你妈妈生弟弟了？"

"不是，是妹妹，好漂亮，妈妈说她日后是个大美人。"

走在陈太太后面的姜太太说："文静，你是在骗我们吗？那我问你是谁送你妈妈去医院的？在哪个医院里？你能带我们去吗？"

"妈，是姨妈她们来了。"

"玉琴，你真的生了？"

"天哪，你们看，那孩子吃奶好大的劲儿，这是真的吗？"

"玉琴，难道说你这次又是自生自接的？你到底是人还是神啊？"三位太太你一句我一句问得玉琴半天也无法回答。

"快坐，快坐，快坐，你们都先坐下，几天不见你们，都快想死我了。文静，快泡茶给姨妈她们。"玉琴高兴地说。

姜太太拦住文静对玉琴说："你现在不能泡茶了，自然就是归我泡了，谁要我只比你大呢？你快点告诉我们，怎么就提前了这么多天，是不是你有意骗我们的？"

玉琴见姜太太在泡茶，便将生文京的前后经过讲了一遍，听得郭太太连忙说："天哪，你真的是福大命大，这不是拿命开玩笑吗？"

"这就是我们女人的命，你说，我们哪一个不都是在拿自己的命开玩笑？别的事情都能由你安排，只有这生孩子的事无法预测。唯一的办法就是像玉琴一样，需用的东西都靠自己提前准备好，准备得越好，自己的命才越安全。"

"所以说，算命就要时辰准，谁在什么时辰出生，这可都是老天爷安排好了的。"姜太太接过陈太太的话，又谈起了她的阴阳五行。

"你会算，你怎么不算算我们十一师的命呢？现在能走的都走了，就只有我们还在这里醉生梦死。你们说，他们到底是死是活，是降是俘，还是真的去了台湾？怎么就杳无音信呢？"

"这有什么好算的？他们不管我们也没关系，共产党俘虏了那些当官的都不杀，还很优待他们，难道说，他们还会杀了我们这些女流之辈不成？我就坐在家里等他们来。"

"你就不怕他们调戏妇女？"

"他们的第七项注意，就是不准调戏妇女，听说这一点还特别严明。"姜太太有问必答，好像早就胸有成竹。

"天哪，你真有点像他们的地下党。"

"你还别说,你知道这两天没有原来那么乱了是什么原因吗?"

"不知道。你知道就告诉我们,还问什么呢?"

"听说就是他们的地下党在管事,他们组织的工人纠察队都很负责任。"

"玉琴,你不如听我们的,急不如缓,坐月子千万别哭,以后,你要是没有一双好眼睛怎么行,这三个儿女还都得靠你啊!就这样睡在家里听天由命,说不定还会因祸得福。"

玉琴哭着脸说:"我现在真是上天无路,入地无门。无论让我去哪里,我也只能是望洋兴叹,一点办法都没有。好吧,我听你们的,那就听天由命吧。"

她们每人送上二十块大洋后,又是好一阵的千叮咛万嘱咐,最后才依依不舍地离去。那是她们走后的第三天,文静带着文韬在胡同口玩,一辆小轿车停在他们身边,姐弟俩目不转睛地看着车里,心想是不是爸爸回来了。下来的人正是他们的爸爸,姐弟俩高兴地扑到爸爸的怀里。爸爸一手抱起文韬,一手牵着文静朝家里走去。

"玉琴,我回来了,快让我看看我们的小女儿,这次又苦了你了。"

玉琴泪流满面地说:"你终于回来了,他们都回来了吗?怎么就不能送个信回来,难道就不知家里有多担心?尤其是……"

"好了,玉琴,现在别谈这些,要是我猜得不错的话,军管处的人马上就要来了,还是讲我们的女儿吧。来,快抱起来让我看看,看是个丑八怪还是个小美女。"他一边说一边伸手接抱着文京亲了又亲,说:"哦,哦,还真是漂亮,长大了一定会是个大美女。"

"爸爸,你怎么和妈妈说的一样啊?哦,妹妹的名字叫文京。"文静突然想到爸爸还不知妹妹的名字,忙补充道。

"文京,文京,这个名字好,文字合了长姐长兄,成了你们的文字辈,京乃京都南京之意。你妈妈还真会起名。这要是以往,非要摆上几十桌好好地庆贺一下,好让她知道爸爸有多么喜欢她。来……"

"报告,请问您就是十一师的黎参谋吧?"

"是啊,找我有什么事?"

073

妈妈的粮票

"今晚，在总统府设宴慰劳在前方归来的将帅，到时总统还要亲自致辞，请您携夫人一起同往，不得有误。"

"哦，你看，夫人刚生完孩子，到时就只能由我代表她了。"

"那好，只要您别误了宴期就好。"军管处的人说完转身就走出去。这时丈夫告诉她，今晚不是慰劳宴而是鸿门宴。因为总统为了防止有人要投靠共产党而不去台湾，所以专设了一个军管处，凡从前方回来的都由军管处安排。愿意去台湾的当然无话可说，不愿去的就得被押往台湾。

玉琴听他如此一说，只好带着试探的口气问："那你打算怎么办呢？"

"到时候再见机行事吧。"

玉琴说："我不管你怎么行事，反正我是要回家的，死在家里总比死在外面好。再说，我已经和妈妈说好了，不管发生什么样的情况，我都会带着儿女们回家。"

"放心吧，我会同你们一起回家的。"

果然不出所料，晚上的宴会实为扣押的机会。总统在宴会上说，你们为党国效忠，跟着我南征北伐数十载，我身为党国之领袖，不得不为你们的前途着想，暂时去台湾是战略的大转移……至于时间的具体安排则由军管处全权处理。希望你们同心同德，莫失我望……没有掌声，只有嘘气声，各自打着小九九的同僚们随便吃了点便各自回家了。

玉琴见丈夫回来，听他说现在的权力都在军管处的手里，要他对军管处的人好点，看是否能有机可乘。正当他们谈论时外面传来敲门声，开门进来一位中年军官："报告黎参谋，上峰派我来负责你们的安全，有事请您吩咐就是。"

"好，好，好，快请坐。唉，真是不巧得很，夫人刚生孩子不到一星期，现在还不能起床，害得仁兄连茶都难喝到一杯，抱歉，抱歉。不知仁兄该怎么称呼？"

"哦，我姓卢名一峰，是五十二师的，前几天才被调来军管处。不是鄙人不知礼仪，只怪上峰已下死命令，从现在起每个要员都要保护起来，请您见谅。"

"哪里，哪里，我岂能错怪仁兄，理应感谢上峰对我们这些无用之人还有如此的惦记。按照我们老家的风俗，仁兄就是我孩子的逢生干爸，你我有幸结为干亲家，真乃有缘。来，来，来，我们以酒当茶，先喝一杯，没有招待好望仁兄海涵。"黎德一边说，一边斟上两杯酒。

卢一峰伸手接过酒说："好，好，好，鄙人仅有两个儿子，正愁差一女儿，今得此干女儿甚好，只是我来得匆忙，没有礼品送给闺女这又如何是好？"

"嘿，这你就有所不知了，今天是小女该给你的认父礼。这点小意思望你这个做干爸的笑纳才是。"黎德边说边拿出五十块大洋送到卢一峰的手里。

躺在床上的玉琴见卢一峰一再推辞不肯收下，知道他是嫌少，便从枕头下面又拿出五十块大洋对丈夫说："你干脆把女儿的拜帖礼一起送了多好，免得摆酒时又拉拉扯扯的。"

"办事还是女人心细，对，对，对，免得到时又要客套一番。"他一边说，一边接过玉琴手里的五十块大洋一并送到卢一峰的手里，"仁兄切莫再推，要是你怕到了台湾没有大红包打发小女，我是不会生气的。不过，我还是要告诉闺女，她的干爸是个小气鬼。"

卢一峰顺水推舟接过钱说："好，到时我非要闺女说她干爸是个大方人不可。"

"哈哈哈，哈哈哈……"两个男人各取所需都发出了心悦的欢笑。卢一峰拿出香烟递上去说："来，抽一支。"

"好，抽一支就抽一支。"黎德接过烟连忙拿出火柴，先为卢一峰点上再为自己点上。

卢一峰深深地吸了一口，仰起头来望着慢慢吐出的烟雾，慢条斯理地说："这次不知你们打算如何去台，如果有要办之事，鄙人可尽力而为之。"

黎德从容大度地说："有劳关心，一切都拜托你去安排，只是能否推迟到最后走？因为多过几天她才能下地走路，对我来说就方便多了。"

卢一峰考虑片刻后说："好吧，如果上峰没有什么变化我就不来了，十六日上午你们就自己提前到码头等候就是。千万别去晚了，免得发生误会。"

"放心吧，我只会提前赶到，哦，到时如果方便的话，想借仁兄之威风，请你派一辆车来帮我一下可否？"黎德借机又给卢一峰下了一颗定心丹。

"看你说的，举手之劳，还谈什么威风！到时只怕用你们自己师部的车更方便。"卢一峰口里说着心里却想，如此重重关卡，岗哨林立，谅你带着一个产妇、三个幼儿还能往哪里走？黎德则想，只要离开了你的视线，给我几天时间，我自有办法。他们两个人都合了自己的口味，笑逐颜开地互道保重、后会有期、恕不远送的客套话。

等卢一峰走后，黎德回到屋里来到床前对妻子说："亏你想出个什么拜帖礼来，还真的把他给拜得服服帖帖了。只要他不在，我们就有办法。"

果不其然，还不到三天，南京城里像开了锅一样，那些从前方撤退回来的各部属，谁也管不了谁，乱成了一锅粥。就在此混乱情况下，有人看见从狮子山胡同里走出一家难民。那个男主人一走一拐，是个十足的跛子；女主人蓬头垢面，怀里抱着一个婴儿；后面跟着一个七八岁的女孩手里牵着两岁多的弟弟。一家人全是脏兮兮的、鞋破衣烂的难民。谁都不会用正眼去多瞧他们一会儿。就这样，一家人跟在那个男主人的后面，随着川流不息的人群来到江边民用码头。男主人花高价买了两张去武昌的轮船票，可上船后他们没有去坐自己的座位，而是一家人拥挤在甲板上的角落里和其他难民混得火热。轮船经过安庆被再一次检查后，跛子男主人才对蓬头垢面的女主人说："玉琴，你受得了吗？要是不行，就到我们的座位上去休息一下吧。"

"不去，只要一家能这样在一起，再苦再累我都受得了。"原来，从狮子山胡同里出来的一家子就是玉琴全家，他们经过两天的化装准备后才上演了这出逃跑归乡的把戏。他们想出的这招果然有效，三个验查处都没有看出他们的破绽，直到顺利来到安徽江面，他们这才松了一口气。可是，由于惊吓和奔波，玉琴病了。她不吃不喝，连喂小女儿的奶汁都没有了，急得黎德团团转。什么办法都没有的他，只能在心里祈求轮船快点到达武汉。时值多事之秋的中国，国难当头，饿殍遍野，难民成群，逃兵游匪到处乱窜，每个码头都是拥挤不堪，轮船五天后才到武汉。到了武汉，黎德马上将玉琴送往武汉医院就诊。医生说，要是再迟几小时就没有办法治了。在医院里住了八天的玉琴总算捡回了一条命，吵着要回家，免得夜长梦多。她拖着虚弱的身体同丈夫一起带着三个孩子又踏上了回老家的路。回到老家，老太太摸着这个，亲着那个，高兴得热泪盈眶，她拉着玉琴的手说："闺女，可把你害苦了，我们母子欠你的太多太多了！"

"妈，看您说哪里话，这本来就是一个做媳妇应尽的责任，我们这两年没在您的身边，让您受苦了，只要您不责怪我们就好了。"玉琴有气无力地说。

"哦，我差点忘记告诉你们，前几天，有两个军官来问过你们回家了没有。"

"那您怎么说的？"

"我说，他们不但没有回家，走两年了连封信都没有。听说国军打败了，都在往台湾逃命，你们要是看见了我儿子就要他们回来，千万别往台湾去。"

"这个时候还派人来，真是穷凶极恶。好了，再也不会有人来了。"黎德自言自语地说，"没想到你这场大病，却为我们躲过了一次杀身之祸，真是人算不如天算。"

原来军管处的卢一峰到十六日下午还是不见黎参谋一家的影子，便立即派人去狮子山胡同查看，得到人去楼空报告的卢一峰派了两个手下，带上就地处决的手令直赴临湘老家，结果赴空而返，回复的内容是：通过询问，黎参谋一家确实没有回家，反而害得老太太以为他儿子一家失踪了大哭不止。卢一峰见事已至此只好不了了之，加之此时的他们正处在自身难保之时，自己是否能安然无恙还是个未知数。

他们回家后一时无法把老家的房子建起来，只好在老家的山后青山畈的万家台花三百大洋买下一栋明三暗五的瓦房作为栖身之地。全家刚刚住下没几天，老天不知是为他们庆贺还是有意为难，竟又下起了大雪，

妈妈的粮票

　　玉琴着急地对丈夫说:"这怎么得了,家里什么都没有,尤其是柴,这么大的雪又不能上山,怎么办?"

　　"这有什么好急的,到了家里再难的事也不难,等下我就去帮你砍柴来。"

　　"你是不是又要大哥送啊!那可不行,你没见大嫂不高兴吗?"

　　"你呀,这么大的雪,就算大嫂高兴,大哥也来不了啊!放心吧,只要有柴烧就行了。"果然,刚吃完中饭,左邻右舍来了一群人,有送柴的,有送腊肉的,还有送野味和糯米水酒的。大家一起围炉煮酒,谈天说地,好不热闹。说得最多的是夸奖玉琴的贤惠与能干,尤其是她做的饭菜,让他们吃了还想吃。

　　这一年的春节,他们全家尽在欢乐中。尤其是黎德被地方聘任为教师,一家人终于稳定了下来。

第七回

受牵连生离死别
淋暴雨幼子病愈

一九四九年十月一日中华人民共和国成立后，全国展开了土地改革运动。玉琴问开会回来的丈夫："我们分到田地没有？到底是划的什么成分？"

丈夫说："分了，分了，我们家分了七亩水田和三亩旱地，我说我们家该划地主成分，干部们说，你们家的田亩数虽然符合划地主，但是你们是没有劳动力而租给别人种的，所以只能划为小土地出租的成分，它相当于上中农成分。我看他们还真是一视同仁，公正合理。"

"好，好，好，真是太好了，以后我种田你教书，到明年下半年我们就可以把老家的房子建起来，搬回去和大哥他们住在一起了，那样种田就方便多了，你说是吧？"

"夫人说得正合我意，我还想把……"

"别还夫人，夫人的，共产党不兴这么叫，以后就叫我玉琴好了，千万记住了。"

"好，听夫人的，不，听玉琴的。哈哈哈……"夫妻二人说得大笑。

玉琴一边笑一边又说："唉，你是不是想把房子建大点，好等二哥一回家就有屋住啊？"

"怎么，你不同意吗？"

079

"我不同意你只帮他们建一间房,要建得和我们的一样大。他两个儿子,一个过继给大哥,我们养一个,这样他们小一辈三个不就都是一样了吗?"

"好啊,没想到你比我想得还周到,到时候一切都依你所言,让二哥满意。"

玉琴接过丈夫的话说:"听说聂市沈和山表兄家的四百多亩地全部被没收了,还将他们的所有房屋都没收了,像他们这样的还分给他们田地和房屋吗?"

"分,也是一人一份。"

转眼,一九五〇年就到了。一天晚上,丈夫黎德回来抱怨说:"你要我说你什么好呢?挺着个大肚子也不知道休息一下,这个时候了还在磨沉浆。"

玉琴笑了一下说:"你快来帮我一下不就行了,谁要你回得这么晚?看你那样子比我还累,不知你们教书的怎么会这么辛苦。"

"教什么鬼书,天天就写标语,写得我手都抬不起来了。"

提着小桶进来帮忙的老太太说:"你不要没过几天平静的日子又犯浑,后天就是中秋,一家老小不多准备一些糯米沉浆吃什么啊?这可是你最喜欢吃的,快帮我们娘俩一把。"

"妈,让我来,让他歇一下吧。"

"你呀,就是不知道心疼自己,这孩子都怀十个月了还不出来,不然早就坐月子了。你坐在那里别动,让我慢慢洗……"

"妈,还是让我来吧,我不累。"

"累也活该,谁让你命好,我看这个一定是个男孩,两男两女,我们黎家真是有福哦!"

"妈,那也是您的福分,要不是您德厚,苦撑黎家门面,我们哪里会有这样安顺?"

玉琴笑了一下说:"妈,我听黎德说,他三岁时爸爸就去世了,您这三十年的苦受得太多,太不容易了,要让您享清福才是。"

老太太说:"我不望享清福,只要你们一直都这么平平安安就好了。"

"奶奶,我妈妈再生的这个弟弟叫文显,您知道不?"文静从中插话说。

"这是谁起的名字?文显,显耀书香门第,好好好,快说这是谁说的。难道是你爸爸起的?"

"是妈妈帮妹妹起名时,就给这个小弟弟起好了。奶奶,您说我妈妈厉害不?"

"你妈妈是个才貌双全的好妈妈,你们以后都像妈妈就好了。"

"奶奶,我也叫文显好吗?"在一边帮倒忙的文韬望着奶奶认真地说。

"哈哈哈……"一家人笑得很开心。黎德一边笑一边说:"你这个小家伙,将来做一个文韬武略的大将才不好吗?你妈妈就想你们个个成龙成凤,我看能成人就不错了!幸好我两袖清风回家,除了你们的爷爷留有几亩薄田外,我们连住的地方都没有,比他们贫下中农还要穷,要不是这样,我们也是难得过关。"

玉琴腆着个大肚子做了一桌子菜,加上肚子里的孩子也算七个人了,这也是一个十分团圆的中秋节了,可是一大家子人就是高兴不起来。幸好,有个快两岁的文京学着舌说:"爸妈,你看哥伢梯,他把我的鱼鲫鲫夹去了。哼哼,哥伢梯,铁砣梯,呷坨呢。"

好一个文韬,一声不吭用筷子朝文京的脸上一戳,低下头又吃他的饭,还真像个大男子汉。

"哇,呜呜呜……哥哥打我了。"

"咯咯咯……咯咯咯……你的歌不是唱得很好听吗?唱啊,唱啊!"文静笑得放下饭碗望着啼哭的妹妹又说,"别哭了,下午我带你去小溪里捞鱼好吗?"

"你带哥哥去不?"

"你说呢?"文静反问妹妹。

"嗯……带他去,不去他哭啊!"

081

"好，那你就得快吃饭。"

"咯咯咯……我又有鱼鲫鲫呷。"文京笑完就大口大口地吃饭。那可爱天真的样子，让三个大人会心地笑了。她爸爸说："真是三花脸。"

过了中秋，玉琴还是没有一点动静，急得老太太天天烧香烧纸，求神拜佛，保佑她的儿媳妇生产顺利。"今天都二十九了，难道还要到九月生吗？"老太太自言自语地说。正在准备晚餐的玉琴忽然觉得肚子疼了一下，这一下疼得她手里的菜篮都掉在了地上。吓得老太太急忙跑过去扶住玉琴说："这是怎么啦？"

"妈，只怕是要生了，这孩子的劲儿好大。"

"那好，那好，我这就去请人来。"

"妈，这孩子翻动得正是地方，肯定会顺利，有您帮我一下就行，要用的东西我都准备好了，您扶我到床上去躺下吧？"

"老太太，是不是玉琴弟妹要生了？"邻家的五嫂正好从外面回来见到说。

"正是，正是，你来得真好，快来帮我一下。"

五嫂连忙上前扶住玉琴说："我们都以为你怀上太子了，非要怀十二个月才生呢。"

"看嫂子说的，我们哪有那样的命？只要孩子能平平安安地成人就算是万福了。"躺在床上后的玉琴又说，"嫂子，谢谢您啊！"

"看你说的哪里话，这也值得你道谢？这是我们女人的铁门槛、鬼门关。可惜就是这个痛苦不能分给别人承担，要是能，我都愿为你分担一点。"

"我看，谁都不应分担，就是要分一半给他们男人就好了。"

"要让他们不管在哪里都会无缘无故地疼得在地上滚，他就会知道自己的妻子在生孩子时是多么痛苦，他才会拼命地赶回家。"

"咯咯咯……咯咯咯……"正在忙着烧开水的老太太走过来说，"看你们还笑得出来，难怪说我们女人把生孩子的痛苦视为幸福和快乐。"

"老太太，我们这叫苦中作乐。"五嫂笑了一下说。

"嫂子，你看这孩子怎么动一下就没有动静了，难道……"

"别急,他在等时候。这孩子是想选个好时辰。该他卯时生,不会寅时出。"

"哎哟,哎哟。"玉琴疼得额头上冒出了汗珠。

"你说孩子他爸怎么还不回来,要是能帮你抱腰不也轻松点吗?"

"天哪,怎么能要他们男人进来?"

"就你们这些读书人讲究,自己的男人有什么关系啊!"

"不行不行,我姐说过,生第一胎做爸爸的要是没在家,以后他就都不会在家。嫂子,你放心,我什么都准备好了,有你和我妈在,比我一个人自生自接不是好多了吗?"

"怎么,你还自生自接过?"

玉琴有气无力地说:"唉,不瞒你说,我生二胎和四胎时都是自生自接的,哪里有这么好的条件?心里还要担心,怕他在战场上出事,那才不是人过的日子。"

"天哪,我还以为你们这些当太太的都是在大医院里前呼后拥地待产……"

"哎哟……疼死我了,我不行了,唉……"

"好妹妹,再加一把劲儿,快了,快了!"

"啊……啊……啊……"

"哇,哇,哇……"

"恭喜,恭喜,一个胖小子落地了。好家伙,这声音可真大啊!天哪,你们看,这家伙在吸拳头,日后肯定是个好吃的家伙。"

"玉琴,玉琴,你快醒醒啊,真是个小子,这不就是你的文显吗?"老太太高兴地只喊儿媳妇玉琴,害怕她醒不过来。她一边喊,一边帮她的儿媳妇擦着头上的汗水,抽泣着说:"你们不知道啊!我这闺女受了多少苦哦!这么一个文弱女子,硬是要她生下一个这么大的孩子,这不是要她的命吗?玉琴,玉琴,你不能不醒啊!我求你了,你快点醒啊!"老夫人见玉琴还是没醒过来,急得抽泣变成了哭泣。

迷迷糊糊的玉琴好像听到哭声,一个惊醒,望着泪流满面的老夫人说:"妈,孩子怎么啦?我的孩子,我的孩子,妈……"

"儿啊,你终于醒了,你可吓死你妈了。孩子好得很,你看,你看,这不是你的文显吗?"

"妈,这孩子是不是很大啊?"

"他五嫂用秤称一称。"

"多少?"

"九斤半。你放心,我的秤可是称得红红的,要是称平秤,只怕少不了十斤,这真是个霸王崽。"五嫂接住玉琴的问话说。

"难怪差点要了我的命,怀足了月的孩子就是身体好。"

"你呀,总是只望孩子们好,从来就不知道疼惜自己……"

"妈,我回来了。您老在跟谁说话?"儿子打断了老太太的话。

"爸,我做哥,不,是姐姐,是姐姐。是有弟弟了。"文京又打断了她爸爸的话。他抱起扑到怀里的小女儿亲了一下说:"你这个小丫头,是不是说你妈妈生弟弟了?"

"恭喜你呀,兄弟,又添了一个胖小子。"

"也恭喜你做了伯母,辛苦你了,五嫂。"

"快点帮着做饭,他五嫂只怕是饿坏了。你就不能早点回来,戌时都快过了。"

"妈,我还没有看儿子,让我看一眼再去做饭好吗?"他一边说,一边往床边走,"玉琴,你又立大功了,还有了先见之明,真的生了个文显,你可真行啊!快让我看看这个小东西,是文显,还是文暗?"他说完伸手从玉琴的身边抱起孩子亲了一下:"嘿,这孩子好重哦,只怕有十来斤,又是一个小铁砣。"

玉琴笑了一下说:"还真被你说准了,五嫂称得红红的还有九斤半。好啦,快去帮妈做饭吧,别让五嫂又累又饿啊!"

安宁的日子总是一晃即逝,我,黎文显的满月酒办得很简朴,因为在十天前的一天夜里,大恶霸沈和山的三姨太找到我们家里,求我的爸爸送她到羊楼司乘车,当他从羊楼司回来时,聂市镇上的干部和民兵正好找上了门。那个干部说:"把你三表嫂送走了?"

"正是，这不，我刚从羊楼司回来。你们找我有什么事吗？"

"你放走了大恶霸的三姨太，很多罪证都在她的手里，你说找你干什么？"

"天哪，原来是这样，那你们可以到长沙去找啊！她要我帮她买的票是到长沙的。我说你不回怀化娘家吗？她说先到长沙看看姑妈后再说。"

"那你知道她姑妈的家在长沙哪里吗？"

"不知道，她娘家在怀化，还是我四五年前投靠表兄沈和山时听他说的。具体是怀化哪里我不太清楚，当时就那么一说，谁还多问？"

"这样吧，你跟我们到你们团结乡去一下，看他们怎么处理。"

"好吧。"

谁知，三天后几个民兵将已是奄奄一息的爸爸送了回来。民兵说，这就是不老实交代的结果。我的妈妈一见急得大哭，还没有出月子的她哪里顾得了什么，天天煎药熬汤，直到我满月时爸爸的伤还没痊愈。晚上，爸爸还经常做噩梦，好几次把妈妈惊醒，妈妈抱着可怜的爸爸不知流了多少眼泪。爸爸说，要是他们找不到那三姨太还是会来找他。一家人的心里十分紧张，见到民兵心里就害怕，害怕又把爸爸捉去。唯一的希望就是早日找到那个三姨太，才能解脱一家人的痛苦。

越是担心的事，越是来得快，在我出生第五十天的下午，来了几个民兵又把爸爸带走了，说是还有几件事情需要他去核实一下。结果，又是一去未回，奶奶请出当农会主席的叔叔到乡里求放人，乡长说，他犯的可是死罪。因为，大恶霸沈和山的很多秘密只有三姨太知道，现在被他放走了，什么也找不到，要是找不到那个三姨太，就要他来顶罪。奶奶听后差点昏了过去。奶奶回家告诉妈妈，妈妈急得大哭。

奶奶抽泣着说："都是我拖累了你们，当初我要不是一再要你们回来就好了。"

"妈，这怎么能怪您？在南京、在怀化都是我拼命地要回来，要说，还是福不连人祸连人，要不是三表嫂无缘无故地来这儿一转，不就什么事都没有吗？"妈妈一边说，一边将我往奶奶的怀里一放，"妈，您帮我带一下文显,我去找他的那些朋友们,看他们有什么办法没有。"

妈妈说完就走,她找到了树荣、毛子、敦义、亿清等人,大家一致认为,要他说出三姨太的具体地址,他又确实不知道,凭他刚正不阿的性格要他讲好话和假话那是打死也做不到的,所以,唯一的办法就是将他救出来后让他逃跑,他能不能逃出去,就看他自己的本事了。大家本着走一步看一步,先救出来后再说。

十月初一那天晚上,呼呼的北风刮得让人不寒而栗,风雨夹着雪子儿打在屋面上,气温骤然下降。还没来得及准备御寒物品的人们只好加衣加被来抵御寒冷,那些站岗放哨的民兵再坚强也难抵这寒冷而漫长的夜晚。

妈妈好几天都没有睡好一个觉,每天晚上就是和衣靠在床头上,心里乱极了:"朋友们救他出来后让他逃跑,可他又能往哪里去呢?他要是走了,丢下我们母子五个不也是一个死吗?因为我根本就没有这个能力来养活他们。能让他走吗?可是,当想起丈夫全身惨不忍睹的伤痕,自己还能说什么呢?难道我们是真的不该回来?难道真的是我错了吗?只打敌人,不与自己兄弟相争,两次回家宁可种地、教书,过与世无争的日子也不行吗?现在,大的十岁,小的才两个月,没有一个有自生能力的五口之家,我将怎么办啊?"妈妈正在被这一连串的问题搅得六神无主时,她听到敲门声:"玉琴,玉琴,我回来了,快开门啦!"

妈妈连忙起床开门,只见爸爸一步跨进房里,连忙关上房门说:"玉琴,没有办法,我只能决定逃走,四个孩子就交给你了,妈妈有大哥他们孝敬,我知道,我这一辈子欠你的太多太多,但愿今世我能还你一点,要是没有今世,我就只好来世做牛做马还你了。"

"我死不足惜,可是我们的四个儿女怎么办呢?难道他们也有罪吗?为了四个儿女,由我去顶替你的罪过,让他们惩罚我不是一样吗?"妈妈哭泣着说。

爸爸说:"那怎么行?"

"你留下才能养活孩子,我养不活他们,难道这个理由还不充足吗?"

"玉琴,你是不是不让我走?你快决定啊!他们可能快追来了。"这时站在门外的朋友轻轻地咳嗽一声，要他快点。妈妈急忙从床头下面拿出仅有的五块大洋说："你快走吧，我和孩子们等你回来。"

爸爸接过钱，抱住妈妈颤抖的双肩，泣不成声地说："玉琴，你就恨我吧！"他说完松开手看了孩子们一眼，便和朋友消失在黑暗的风雨中。他哪里知道，当他还没有走出十步，可怜的妈妈就随着房门昏倒在地上。人世间最大的痛苦莫过于生离死别，尤其是像他们这样年轻恩爱又有着两儿两女的幸福家庭，看着这个家瞬间变成了一个支离破碎、生死难料、惨不忍睹的局面，谁又能忍受得了呢？

从昏迷中慢慢醒过来的妈妈只觉得全身冰冷，一直发抖，她躺在门槛边的地上，看着冷清清的家眼泪止不住流了下来，看见四个熟睡的孩子，她的心又多了一份安慰。她慢慢地爬上床，依旧还是那样靠在床头上望着四个儿女泪如泉涌。身无分文，米不过一斗，油不足一斤，柴不够一担，这样的现实生活我能养活他们吗？她只想快点天亮，如此黑暗的寂寞实在难熬。可是，她又害怕天亮，她怕孩子们醒来后问他们的爸爸，她怕民兵来找她要人。她再也无法忍受内心如万箭穿心般的惨痛，越哭越伤心。无情的时间照样像往常一样，鸡叫三遍后，晨曦微露，大地又开始复苏，它管不了那么多的痛苦和幸福。这时，一个苍老的声音说："玉琴，你怎么没关门啊？难道……"

"妈，我们怎么过啊？"

老太太说："怎么啦？闺女，他真的走了吗？"

妈妈一边哭，一边告诉奶奶爸爸走的经过。奶奶听了气得又哭又骂说："这个狼心狗肺的东西，太自私了，抛弃妻儿老母一个人走了，黎家出此逆子真是家门不幸啊！"

"妈，他这可是为了逃命啊！"

"逃命？难道他一个人的命比我们六条命还值钱吗？就是要死，也要死在一起，那才像个男人，人要是凭着良心，或许反而还不死。再说，他又没犯多大的罪，不就是错放了一个人吗？他们那样说，不就是吓唬一下他吗？难道说，他连这一点都看不出来？挨千刀的东西就只会欺负你。你呀，你呀，要我说你什么好？你就不会丢下孩子和他一起走？拖住他不要他走，看他又能怎么样？狠心的家伙，连那仅有的五块大洋也敢要！天哪，这一家老小就只有望天收了。呜呜呜……我的孙子们怎么活啊！天哪……"

"妈，您千万别哭坏了身体，我们就这样过一天算一天吧，到时候总会有办法的。"

"儿啊，你又要受大苦大难了，怎么得了哦？"

"妈，您放心，我苦惯了，受苦我不怕。只要他们……"

"你呀，这不是苦难不能过，是张嘴的就要吃，你说，这几张口吃什么啊？我看你还是将他们送养吧，只要能活命就行。"

"不行，不行，我们娘五个要死就死在一堆，要活也活在一起，谁要想抱走一个都不行。妈，您放心，我知道您哪一个孙子都舍不得，天无绝人之路。您刚才不是说了吗？只要凭良心或许还能绝处逢生呢。"

"你呀，你呀，要我说你什么好，你怎么就一点也不心疼自己哦！要不是……"

"妈，奶奶，是不是我爸爸走了？呜呜呜……呜呜呜……"文静的哭泣也引起了文韬和文京兄妹两个对爸爸的思念，直哭喊着要爸爸。一家人哭得天昏地暗，只有蒙昧无知的我捧着妈妈的奶子拼命地吸，好像再也没有奶吃了似的。面对此情此景，只怕是铁石心肠之人也会泪流满面。正当奶奶一边哭，一边哄了这个又去哄那个的时候，几个民兵端着枪堵在门前说："哭什么，人到哪里去了？赶快把人交出来，不然的话，你们只会罪上加罪。搜，仔细地搜，他就是躲得过初一，也躲不过十五。"

"人被你们逼走了还来找我们要什么人？要加罪就加吧，反正我们都是一个死，杀死总比饿死要痛快得多。你们去告诉你们的领导吧，他们想怎么样处理都行。"

"哟，您老人家反而威胁我们！"

"我只是说了实话，不懂什么是威胁。连家里仅有的五块大洋都能拿走的人，你们就是枪毙他十次我也高兴。你们说，我是讲的实话，还

是威胁了你们?"

"你这个老太太还真的是倒打一耙,要是你们不放跑坏人,我们会来找你儿子吗?"

"谁知道她一个当小老婆的人有那么坏?送她走对我们能有一丁点好处吗?我一直在家都不知道她的娘家在哪里,我儿子从来没有和他们深交过,他怎么能知道她的那些烦琐小事呢?我想,你们这就是借口找碴,才好给我们加上莫须有的罪名。"

"哟,好像我们还冤枉你们了?你儿子在送她的路上难道就没问她娘家在哪里吗?"

"你要是在那样的情况下送你的表嫂子,你会那样说些没斤没两的话吗?"

"那样的话有什么不能说,没斤没两是什么意思?"

"你书读少了,当然什么都能说,不懂就算了。"

"嘿,你还敢耻笑我们穷人是吗?"

"什么穷人富人?你们就是不杀我们,对我们一家六口来说,死也只是迟早的事。"

"报告,里外都没有。"去搜查的民兵跑来向那个领导汇报,打断了奶奶的话。

"跑得了和尚,跑不了庙,我就不信他真的能丢下这一家老小一个人走,难道他们读书人中也有土匪心的人?这个老太太还真的是一个角色。"

走在路上的几个民兵,其中一个说:"队长,你知道那个老太太是谁吗?"

"我人生地不熟的,怎么知道她是哪个?"

"那个少太太也是你们长沙人,老太太是副县长李珍山的妹妹。"

"难怪她说出的话还真让人难以回答,到底不同些。"

奶奶站在门前看着远去的民兵,转过身来望着围拢在玉琴身边的四个孙子,她的心像刀扎一样地疼,如此悲惨的场面让奶奶差点昏了过去。当她看见像呆子一样的媳妇,又连忙用手将流出的眼泪一把擦去,伸手

妈妈的粮票

抱住她的双肩说:"闺女,闺女,玉琴,玉琴,你这是怎么啦?孩子,你就大声地哭吧,哭出来心里就好受多了。"奶奶喊了好久不见妈妈有动静,吓得用力一推,又大声地说,"玉琴,你千万不能痴,更不能呆啊!这一家老小都指望着你啦,你要是不行我就将他们送走,让那些没儿没女的去抚养。"奶奶说完抱起文京就走。文京吓得大哭,文静和文韬同时大哭。

玉琴听见,猛然惊醒,她放下手里的文显,抢过奶奶手里的文京说:"妈,您老人家这是怎么啦?我不是说过了吗?就是要死,我们一家也要死在一起,我绝不让他们就这样散了。"

奶奶抱住妈妈的身体往地上一跪,哭着说:"儿啊,妈求你千万别想不开,我的四个孙子全靠你了啊!是妈对不起你,是黎家欠你的太多太多啊!孩子,你……"

妈妈连忙放下文京跪在奶奶的前面:"妈,您别这样啊,这样我会遭罪的,谁都不欠我的,是我们欠了这些无辜的孩子们。妈……"婆媳二人抱在一起越哭越伤心。大清早上的哭声惊动了左右邻居,在大家好不容易的劝说中一家人才收住哭泣。

三天后的早饭刚吃完,乡里又来了三个人,上次那个队长用长沙话对妈妈说:"你赶紧收拾一下带我们去你娘家找人,什么也不要带,很快就回来了。"

妈妈说:"他不会去长沙,他肯定是到武汉后再坐船到上海去台湾了。"

"你怎么这样肯定他要走上海,为什么不到长沙去投亲靠友?"还是那个队长问。

"我们从南京逃回来时,他们的十一师就驻防在南通。他会去找他们的同僚帮忙,只有他们才有钱借给他,这样才能有办法送他去台湾。长沙是他的岳父家,一个死要面子的人,只会在他风光照人时才去和那个有着九个兄弟姐妹的大家族聚会。就算他为了活命而不顾面子,他也不会去那里,因为那样不但容易被抓,还会连累长沙很多亲人,这是再呆的人也不会做的事情。"

"看来，你们婆媳俩都很能，到底不愧为太太身份。虽然你说得很有道理，但是我们也不能上了你的当，你还是快点收拾一下吧，早点动身别误了火车。"

"你们去抓人要我去干什么？不怕我通风报信吗？要我带你们到长沙去玩……"

"正是想去……"

"别说多了，要你去是相信你，不然，我们会不客气的。"队长连忙打断了那个插话的人说。

妈妈从那个插话人的口气里听出他们是想借机去长沙玩，便求和般地说："你们还是自己去吧，我一个妇女跟着反而让你们不方便。再说，四个小孩子怎么离得开妈妈呢？"

"快点，这是领导安排好了的，不是很快就回来了吗？"

妈妈见与他们无法沟通，只好进屋换了衣服，吩咐文静告诉奶奶她很快就回来。

到了长沙，妈妈跪在外公和外婆的膝前哭着说："女儿没有想到十二年后是以这样的方式回家，不但没有为父母争光，反而牵连二老及全家，是女儿无能，是女儿不孝，女儿只有磕头赔罪了。"

外公连忙扶起我妈妈说："孩子，这能怪你吗？赶紧办好事情后快回去，千万别饿坏了孩子啊！"众兄弟姐妹，尤其是我那个二舅母，抱着我妈妈哭得特别伤心，她一边哭，一边咒骂天地，埋怨天地太不公平，不应该对她的七妹如此无情，因为她的七妹是天下最好的女人。大家不管心里有多么不高兴，都是好好地招待来人，想让他们日后对我妈妈好点。转眼四天已过，舅舅他们一再留他们几个多玩几天，让我妈妈先回家以免饿坏了孩子，可是他们非要再到几个姐姐家去看看。心急如焚的妈妈，每天以泪洗面，她跪在地上求他们说："你们想到荣湾镇我二姐家去，是想去岳麓山玩吧，我的哥哥和弟弟们不是一再留你们多玩几天吗？只要你们想去哪里，他们都会有人陪同你们的，让我先回去，主要是才两个月的文显不能没有奶吃啊！我求求你们，你们就让我先回去吧。"

妈妈的粮票

"谁说我们是要去岳麓山玩？我们是怀疑你的丈夫会藏在你二姐家里。"

"我昨天听到了你们的谈话，你们看了岳麓山后还要去株洲我满妹家。"妈妈直截了当地说出了他们的计划。这也是他们逼出来的，因为我妈妈一是担心她的小儿子会夭折，二是怕他们去搅得姐姐家里不安，自己的姐姐没有办法只好认了，可是，姐夫他们一大家人能接受得了吗？更何况，他们又是那里的大户人家。连累娘家没办法，可怎么也不能连及外亲啊？所以，她无论如何也要让他们回去，一刻也不能耽误。妈妈知道，她实言相告爸爸只会从武汉走他们不听，这就说明他们要来长沙的目的就是玩。至于找人那是借口，他们要找的人就是从长沙逃跑也早就送走了。再说，就算他不外逃，只是想在长沙躲避风头后再回家，他们几个人像走亲戚一样地找人，估计人也走了，他们的这种把戏，就是三岁小孩子都不信。

外公冲着二舅说："你们兄弟也是共产党员，你还是书记，就不能想个办法让你七妹先走吗？"

二舅说："我们要是说他们，完全可以批评得他们体无完肤，可是碰上这样不懂礼的人，他们回临湘后七妹的日子就会更难。这事只有七妹自己处理，她会有办法的，您别急。"

果然不出二舅所料，跪在地上的妈妈说："你们要是不答应我的要求，我就是跪死也不起来，要是我的小儿子死了，我就找你们三个和你们的领导拼命。我有罪，娘家无法管，没有罪的死了，我娘家会为我讨还公道的。"他们三个再也无法讲出别的道理，只好同意回家。

妈妈又一次怀着悲痛的心情与娘家分别，一路哭泣坐上了回临湘的火车，只等火车在千针坪火车站一停就第一个跳下火车往家里跑。下了火车，她一边跑一边想，现在孩子们一定又都站在禾场边望她回来。可是当她快到家门前了也不见一个孩子的影子，她的心直往上冲，几乎要窒息。婆婆真的将孩子们都送给别人了吗？她心念及此，脚一软就再也跑不动了。正当她的身子往下坐时，小女文京的哭声让她一惊，同时也使她为之一振。她用手一撑，站起来就往屋里跑，来到门前只见奶奶抱

着我哭得很伤心,文静、文韬、文京三个围着奶奶,望着奶奶手里的我哭。

"妈,这是怎么啦?天哪,我的文显,儿啊!"妈妈不顾一切地冲上去,从奶奶的手里抱起我,只见才两个多月大的婴儿,小嘴一张一张,眼睛似闭非闭,小眼珠朝上一动也不动,只有进气而没有出气,这不就是即将死亡的表现吗?妈妈一见,吓得魂飞魄散,又只能强忍悲痛,用自己的嘴衔住我的小口拼命地帮我吸气。她见没有效果,又轻声地喊道:"文显,文显,妈妈回来了,我的好儿子,妈妈再也不离开你了,你快点睁开眼睛看看妈妈啊!你要是不睁眼,妈妈也不活了。我的乖儿子,你听见妈妈说的话了吗?"

奶奶抽身跑到堂屋,跪在堂屋里焚香求神保佑她的孙子快点活过来。文静、文韬、文京三个见妈妈那样,他们不哭了,觉得只要妈妈在,我就一定能活过来。妈妈见我还是没有反应,再也忍不住了,她抱起我就往外面的禾场里跑,发疯一样地抱着儿子给天地磕头,希望天地保佑她的小儿子活过来。她一边磕头一边哭,头磕出了血,血顺着眼睛鼻子往下流。文静带着弟弟妹妹围着妈妈哭,文京一只手帮妈妈把脸上的血擦去,一只手握住我的小手哭得特别伤心,她一边哭一边喊要弟弟。

全家人的哭声惊动了左邻右舍,前来相劝的男女老少无不泪流满面,有的抽泣,有的哀怨,有几个女人也都跪在地上帮求求。

正在哭得天昏地暗时,天上突然一个闪电,接着一声霹雷,乌云滚滚,狂风大作,飞沙走石。暴风夹着豆大的雨点倾盆而下。雨越下越大,四周一片漆黑,淋得人差点透不过气来。被雨淋得湿透的妈妈见怀里的我还是没有动静,她仰望上天心想,在冬季里竟然出现如此罕见的怪异天气,这是上天要灭她全家,哪里还有复活的希望?她思念及此将手一伸,把怀里的我全露在外面望着苍天哭诉着说:"天哪,一切罪过皆由我一人承担,你就一雷劈死我吧!不可让这些不懂事的孩子们受罪啊!他们没有罪过,来吧,来呀,来劈我啊!"她泣诉完,一手抱着我一手梳理了一下头发,闭上双眼,慢慢地仰头朝上,等待上天对她的惩罚。乡邻怕雨淋坏了三个孩子,就将孩子们抱进了家,但懂事的孩子们又跑出来

妈妈的粮票

围绕在她身边哭喊。可妈妈对这一切都无动于衷。是啊！一个悲痛欲绝，一心在求死的人还在乎什么呢？

"妈妈，妈妈，没有下雨了。"四岁多的文韬用手摇着妈妈的肩膀说。妈妈还是没有一点反应。

一只手拉着我，一只手扯着妈妈衣服哭得非常伤心的小文京说："妈，弟弟的手动了一下。"

妈妈还是没有一点反应，仰望的头一动也不动。

"妈，弟弟的手又动了，你看啊！还在动。"

妈妈听了心里一惊，这才将头慢慢地往下看。妈妈不知所措，她不相信这是真的，连忙用额头去测试我的额头。不烧了，那滚烫的额头变成了清凉，天哪，这是真的吗？妈妈还是不相信，连忙用自己的嘴唇亲我的嘴唇。母子连心的感觉直接告诉她儿子活了，是真的活了。活过来的我跟谁都不一样，张口就找吃的，好像饿得不行了一样，害得妈妈还没来得及换湿透的衣服就拿出奶子放进我的口里。看着吃奶的孩子，妈妈眼泪像断线的串珠一样直往下流，是伤心的泪，还是无奈的泪，只有她自己才知道。邻居们宽慰她说，这是你们一家的仁慈和虔诚才出现如此的奇迹。妈妈却说，是大家的善心感动了上天才救了她儿子的一条小命。不懂得科学的人们哪里知道，孩子因饮食不正常而引起消化不良，致使高烧不退，在无医可求的情况下，冷水当然成了退烧的最佳良药。所以，我的这条小命从此才属于我自己。

从那以后，我们算是过上了安稳的生活。妈妈知道，靠亲朋好友送给的柴米油盐是不能养活我们一家人的，要想长治久安还是只有靠自己。妈妈朝思暮想后，决定将自己娴熟的湘绣手艺用于缝纫，开始，妈妈将我们几个孩子的旧衣服改成新衣服，接下来就试用新布裁剪做新衣。心灵手巧的妈妈果然一举成功，左邻右舍都说她的衣服做得比那些专业的缝纫师傅还要好，以后他们的衣服都请妈妈做。从那以后，妈妈每天帮人家做衣，换回来的柴米油盐养活了一家六口。

天有不测风云，人有旦夕祸福。妈妈的安稳日子又能让她苦苦挣扎多久？这只有天知道。

第八回

居寺庙与野兽为伴
官太太被大粪淋头

灾难和痛苦好像离不开我妈妈,为了生存,她起早摸黑拼命地操持着一个处在风雨飘摇中的破碎之家。转眼间,一九五一年,土改复查开始了。我们一家被迫搬到了白云寺里住。

白云寺,地处万家台对面的半山坡上,破墙烂壁,上下三重,寺后群山起伏,竹木葱茂,山中野兽成群,夜里常闻狼嚎之声。寺庙前是一块数来亩大的坪地,能容上千人。坪地左右和前面坡下是竹林,穿过竹林的山脚下是一条沿山由东向西而流的小河,小河上的独木桥是用一根大树锯成两半后,对放在河中间三米多高的石墩上。这座独木桥架通了十多米宽的河面,使得南北畅通无阻,它更是进出白云寺唯一的通道。桥墩下方不远的一个回水湾叫龙潭,那里长年荆棘密布,一潭绿莹莹的湖水显得神秘而深不可测,让人们望而却步。

奶奶没有办法,只好请人帮忙打扫寺庙,修复道路,等一切收拾好后,奶奶就回老家了。我们一家住进庙里的第一天晚上,听着外面的狼嚎,一家人吓得抱成一团。可怜的妈妈自己吓得不停地颤抖,还在给她的儿女们壮胆说:"别怕,妈妈会保护你们……"

"妈妈,这是什么在我们的门口叫啊?"文静打断了妈妈的话说。

"姐姐,有好多,还在推门。"文韬打断他姐姐的话说。

妈妈吓得口齿不清地说:"这就是狼,它们想进来吃掉我们,我早就把门窗都关紧了,它们是进不来的,你们都不用怕。"

文京说:"只要有妈妈在,我们就什么也不怕了。"

"是是是,乖孩子,有妈妈在你们就什么都别怕。"就这样,我们母子五人在鬼哭狼嚎中坐了一夜。听闻此事后,奶奶再也没有回过老家,一直就和我们住在一起。

后来,寺庙里又搬进来一户本家族的人和一家方姓人。三户共有老少二十三人,从此白云寺热闹了。快三岁的我有一天手里拿一根竹竿,在上重天井上面钓青蛙,捡了一根人的脚骨头拿在手里当鼓槌玩。奶奶见了哄我说:"文显,那是老虎的骨头不能玩,谁要是玩了它的骨头,老虎会来找他。"我吓得连忙丢掉,奶奶用火钳夹住丢到很远的地方去了。

有一天,哥哥文韬被大姐骂了几句,便一个人悄悄地沿着妈妈每天走回的路线去找妈妈。当他走到独木桥中间时,再也不敢往前走,也不敢往回转,聪明的他只好趴下来抱住桥板哭喊,他累得没一点劲儿时才慢慢地睡着了,幸好被一个上山砍柴的中年人发现后并救了下来。他抱着文韬就往寺庙里跑,眼快的奶奶还隔好远就跑上前去问:"伏哥,您那是抱的谁啊?"

"看您说的,您的孙子一个人跑到桥上睡着了,这多危险,不是我说您,以后可千万不能大意,桥下不远的回水湾里就是深不可测的龙潭,那龙潭与洞庭湖相通,听说当年那条巨龙就是在那里翻腾到洞庭湖去了。再说,那潭里不知有多少人死于非命,光日军那一次就将十二个挑皮花的全杀在那里面了。"

奶奶一边答应"是,是",一边从伏哥的手里接过文韬往胸前一抱,亲着他的额头哭泣着说:"孙儿啊,你要是掉下去了,我怎么向你妈妈交代哟?"

聪明的文韬哥哥哭着说:"奶奶,我再也不去找妈妈了,我听话好吗?"

"乖孙子,乖孙子。"奶奶泣不成声地说,"你们听话,就是对你妈

妈最好的孝敬，你们的妈妈确实是太难太难了。"奶奶向那个伏哥千谢万谢后才抱着孙子朝里走。晚上，妈妈做衣回家，奶奶将文韬的事从头到尾告诉了她，说是自己没有看好孩子，以后，自己会注意这些事。

妈妈将文韬拉到自己胸前，在他的额头上亲了亲，然后流着眼泪说："以后，一定要听奶奶的话，不要让奶奶生气，你看，今天为了找你，奶奶的脚差点摔坏了。"从那以后，我们三个小的失去了"自由"，奶奶和大姐把我们看得特别紧，不管我们到哪里玩都要得到批准才行。

寺前竹林边有一个小平台，每天太阳落山时，大姐就带着我们三个站在那个小平台上望着独木桥那边的大路，只要一发现妈妈的身影就开始齐声地高喊"妈妈，妈妈"，一直喊到妈妈过了那该死的独木桥，我们才可以跑上去扑在妈妈的怀里。姐姐和哥哥们就是跑得再快也只能让我跑在前面，要不然，我就会哭得谁也没个办法哄。因为我要第一个扑在妈妈怀里，那样妈妈就只能把我抱回家，那种唯我独享的宠爱，是人类母爱达到巅峰的幸福和骄傲。后来因为我们天天如此，邻居们把那个小平台称为望娘台，几十年后和旧人聚会，我们还会提起那望娘台的事。

转眼又到了春天播种的时候，奶奶对妈妈说："玉琴，我请人帮你种的秧苗急需施肥，秧壮则谷壮，你就抽点空给秧田里泼点大粪吧。"

妈妈说："妈，您帮我请大哥帮忙吧，就说我以后再帮他做衣顶上不是一样吗？这几天我还要抓紧换几个工帮我插田呢！"

奶奶长叹一声说："唉，有了那个泼妇，你大哥能帮得了你的忙吗？没有帮她做事，她在家里骂你大哥和我，说我们娘俩就只心疼你们，什么东西都给你们，什么事都护着你们。"

"没有啊，我们从南京回来到现在，大哥一共就只给我们家送了两次米，还不到两斗，哦，还有三刀腊肉，那可都是他弟弟在家时送的，可能是大嫂记错了吧？妈，您放心，下次再帮她做衣时我会向大嫂讲清楚的，不让大哥受冤。"妈妈轻松地回答道。

妈妈的粮票

奶奶连忙接着说:"玉琴啊玉琴,你可真是太天真了,那样可就帮了你大哥的倒忙,你不知道,就那点少得可怜的东西,还是你大哥偷偷送的,要是被那个泼妇知道了那还得了吗?其实你帮她家做衣的工钱已经超过她们给你的好几倍了,这些我的心里都有数。前几天,她不知为什么事又和你大哥吵嘴,听你大哥骂她是不知好歹的东西,说你一个人要养活六个人该有多难,帮她做了那么多的衣,一次工钱都不付还好意思说。她说你一个小姐太太装得什么都不懂,就是会笼络人心,我就不信她会没有钱,你弟弟当那么大的官回家会没有钱?她这样起早摸黑都是做给人家看的,只有你这样的憨厚大哥才信。"

妈妈长叹一声说:"唉,大嫂怎么这么恨我?我可是从来没有说过她的事。"

奶奶见我妈妈气得流眼泪:"你呀,怎么连一个泼妇说的话也生气?我见你能容人容事才说给你听。其实,她不是恨你,她是嫉妒你。因为她一生没有生一男半女,就是这个时雨要不是我为她做主,你二嫂也是不肯过继给她的。你二嫂说她心胸狭窄,很难容人容物,更是一个不明是非的人,是我做担保,你二嫂才勉强答应。可你倒好,一生就是两男两女,而且个个长得聪明可爱。加之你大哥又总是夸你贤惠能干,你生的儿女个个人见人爱。她听了这些,气就不打一处来,想方设法找你大哥出气,有时候我都觉得好笑。你说她能不嫉妒你吗?"

"如此说来,大嫂的心里确实是不好受,可是这样的事情能怨天怨地吗?难怪二嫂说她不是。也不知二嫂现在好不好,尤其是那个小侄儿,那个男人还心疼他不?哦,您别跟大哥说,我自己抽空泼粪算了。"

奶奶接过妈妈的话说:"你二嫂还好,她和你一样也是大家闺秀,再说那何家也是读书人,所以他们母子都还好。不知为什么,就是没有为他们何家生一男半女。明天,我再帮你请别人泼粪吧!"

"妈,您别去麻烦别人了,还是我自己抽空干吧。"

奶奶说:"你呀,还是多换几个工,帮我们插田,尤其是插田时节无闲牛,这些你一定要和他们定好,这可是插田一天、吃饭一年的大事哦!"

"妈，您放心吧，这些我都定好了。"

"那就好，那就好，妈就知道你能干，要不……"

"妈，您又来了。"

"好，好，好，我不说，我不说。"

第二天，妈妈带着我担了半担大粪从白云寺翻山越岭三步一放，五步一歇，好不容易才将大粪驮到山反面老家山海黎秧田的田埂上。因为妈妈的扁担不是放在肩膀上而是放在背上，所以，不如说是驮过来的。由于左撞右绊的缘故，粪水洒了妈妈一身，臭不可闻。妈妈一边吐口水，一边用粪瓢兑水稀释后盛满一瓢扬手就往秧苗上泼去，谁知妈妈的粪瓢扬出去后没有停止而是顺势一下扬到头顶上才停下来，这下可把妈妈害苦了。瓢里的粪水从上往下直淋在妈妈的头顶上，蓬头垢面一身脏水的妈妈立刻呕吐起来，周围那些做事的人笑得直不起腰来。其中，一个叫青云的一边笑一边说："你一个千金小姐官太太，怎么能干这样的事情？唉，真是太可怜了。还是让我帮你泼吧！"

转眼又到了插田时节。大清早，妈妈把我们四个全都叫起来，要我们快点吃饭后好带我们去插田。我们一边吃着一边听妈妈说，插田一天，吃饭一年，今天是开秧田门，妈妈为你们每个人煮了一个鸡蛋。你们奶奶说，插田吃鸡蛋，到了下半年开镰刀收割时的稻子就像鸡蛋一样饱满，那才叫五谷丰登。饭后，妈妈带着我们来到秧田里，她一边告诉姐姐和哥哥怎样扯，一边自己拼命地扯，好像生怕那些换工的人插不完。

当那几个帮忙的来到秧田里一看："天哪，嫂子，你这是从哪里学来的扯秧法，只要上半截而不要下半截，这样的苗子插在田里没有根它是活不了的。你快点带着孩子们回去吧，我们会帮你把田栽完，不用你操心。"

妈妈只好站在那里望着他们笑也不是，哭也不是。想起自己拖儿带女忙了一早上，不但没有帮上半点忙，反而损失了那么多的秧苗，留下了永久的笑话。

第九回

家不幸媳恶婆中风
吃粮票儿活自己死

有一天,妈妈做衣回来像往常一样把家里收拾得干干净净后,只听到大姐文静从外面进来说:"妈妈,家里没有柴了怎么办啊?"妈妈二话没说顺手拿了一根绳子,要大姐跟在她的后面做伴就往后山上走。她把有空时砍伐晒干在那里的柴用绳子捆扎成一捆后,将绳子往肩膀上一放拖起就走。当她走到菜地边,看见地沟里横着一根小茶盅大的木棍,妈妈弯腰伸手把它捡起来带回家,谁知那根木棍活了,它回头一口咬在妈妈拖的柴上,"呼"的一声钻进旁边的草柴中。朦胧的月光下,可怜的妈妈哪里知道,那是一条大毒蛇晚上出来找食物。妈妈吓得一屁股坐在地上全身发软,半天都站不起来。大姐走上前扶起妈妈,到家后妈妈大病了一场。

妈妈的病还没痊愈,又帮同屋方姨家做衣,方姨给妈妈泡了一杯姜盐茶坐下来陪着妈妈说:"你呀,不是我说你,要是再有那样的好男人你还是答应了吧!一个人养活这一家真的是太难了,别总是说怕人家不心疼你的儿女,我看其实就是你们这些小姐太太把名节看得太重要,那些三从四德不能当饭吃。"

妈妈说:"要是时间长了,他不疼爱孩子们,那我会比现在更加痛苦。我什么奢望都没有,只求像这样的安居乐业能长久,让我把几个孩子养

活成人，我就心满意足了。至于说男人，我算是看穿了，你说他就为了自己活命丢掉我们母子就走了，这可都是他的心头肉啊！自己的至亲都是这样，你说别人还会真心地对待别人的儿女吗？你呀，别说我死心眼，要是换成你，只怕比我还要三从四德，还要把名节看得更加重要。"

方姨叹了一口气说："唉，像你这么说也不无道理，说实在的，我们几个在一起谈起你们的事都说你那个黎先生的心真狠，换成谁只怕也不会丢下你们母子不管，自己一个人去逃命。哦，你知道你方哥是怎么说的吗？他说要是换成他，就是死也要死在一起。再说，人的生死不是能逃得出来的，俗话说，生死由命，富贵在天，这个道理连我们这些不识字的人都知道，难道他一个当大官的读书人会不知道吗？"

"这就是'夫妻本是同林鸟，大难来时各自飞'的真实写照。你说我还有那种心吗？方嫂，这人啊，只有自己亲身体会后才能看得透。"妈妈说完再也没有说话。

一九五四年正月十六，白云寺里的几个住户在红云老侄（因为我们高他一辈，他的年纪再大顶多也就是叫个老侄）所住的上厅里围炉向火，妈妈望着天井口中飘下的雪花，叹了一口气说："唉，我只想这样一直生活下去，就是再苦再累我也心甘情愿。"

红云说："这样的日子好是好，只怕以后的懒汉会更加多，你看那个姓万的，祖祖辈辈不送子孙读书，有了一点钱就是打牌赌博，不管什么时候，只要是有牌的地方就有他家里的人，穷得没有裤子穿的他们还分到了田。"

"是啊！要不是有一座这样的破庙，你们说我们这几家现在还不知道在哪里打流去了。你们说,以后的人要是以此为例，谁还愿去拼命努力？这样一来，懒惰的人不就更多了吗？"

"这破庙还不知能让我们几家住多久，玉琴担心的就是怕又要她搬家。"方嫂说完顺手拿起火钳将柴棍往上移了移。

越是担心的事就来得越快。

乡里大炼钢铁，决定将白云寺拆除后的木料拉去炼钢，砖和石料都

妈妈的粮票

要运去修筑堤坝。大家又一次要搬家了。可怜的妈妈冒着漫天飞舞的大雪,连滚带爬好不容易翻过白云寺后面的大山到山海黎老家找奶奶商量怎么办。奶奶说:"这样的冰天雪地到哪里去找房子,又有谁家还有空屋呢?"

"妈,我在外面帮人家做衣,看见有人用茅草盖的屋也能住,我们是不是也像人家一样,就在这个老地基上请人盖两间茅屋!住在自己祖宗留下的地基上,心里总觉得踏实,就是再苦,只要一想到有个家心里就舒坦,尤其是可以免去您翻山越岭的来往之苦,只要孩子们天天和您在一起,我的心里就没有一点后顾之忧了。妈,天气一晴,您就帮我请老家的那些长沙人,我和他们换工也行。"

奶奶苦笑一声说:"不晓得你还真有办法,这样的决定我是一万个高兴,可就是太委屈你们母子了,我的心里难受。"

天气放晴后,奶奶就按照妈妈说的请了几个长沙人盖了两间茅屋。就这样,我们又从白云寺搬回了老家山海黎。妈妈的心里是踏实了,可是文静和文韬都该上学了。为了他们的学费和一家人的生存,妈妈拼命帮人家做衣,白天做上工,晚上做包工。有天晚上,妈妈正在帮人家赶做去做客的衣服,伯母笑嘻嘻地来到家里,非常亲切地说:"玉琴,你每天都是这样没命地做,千万别把身体累坏了。唉,真是千金难买少年时。你看你倒是越做越年轻,比原来更加漂亮了。你说你大哥真是死脑筋,我要他帮你多做些事,他……"

"大嫂,你有什么事就直说吧!"妈妈不愿听那些刺耳的话,打断了伯母的话问她。

"哎哟,你还真说准了,我是来和你商量一件大事的,你那大侄子说的那门亲,这次媒人来说,她去求亲时,那个媳妇说要十六身衣服,媒人说她要得太多了,你那婆家怎么拿得出这么多的钱?你猜那个未过门的媳妇怎么说?'哟,还说是书香门第,连十六身衣服的钱都出不起,就叫他们别娶媳妇,我正不愿嫁给他家。'媒人只好说:'看你这孩子,要衣就说要衣,怎么又说不嫁的事,让我回去告诉他们就是。'这不,我没办法,只好硬着脖子由她砍,踮起脚跟做长子,前天去街上帮她扯

了十六身。幸好有一个会做衣的婶婶帮我省了很多事，哦，后天十六是我请人查看的上好裁剪日子，我想要你先把别人的压一下，帮你侄儿媳妇做完后再帮别人做吧！"

妈妈说："恭喜大嫂，这样的喜事人家该会同意的。"妈妈知道这又是打助工的买卖，只有起早摸黑地拼命做才能省点时间出来。谁知特会算计的伯母借此机会全家做得一色新，尽管妈妈拼命做还是花了十五天才帮她家做完。

完工那天，伯母说："玉琴，真是辛苦你了，都说做这么多衣要是别的裁缝师傅二十天也做不完。你看工钱喜钱一共多少，现在我实在无法付给你，等以后我有了钱一定付清，谁叫我们是最好的妯娌呢？以后田里的农活就让你大哥去做，免得又到处求人，大哥是那样好做的呀！"

妈妈早就知道伯母是不付钱的主，便做了个顺水人情，说："自己的大侄子不就像自己的儿子一样吗？还提什么钱不钱的。"可怜的妈妈却是欠钱煮汤吃。

回到家里，奶奶问妈妈："那个小气鬼连喜钱都没给你一分吗？"

"妈，看您说的，她就是给我也不会要啊！要是您儿子在家里他还要想方设法帮他们一把，我没能力帮他们，怎么还能收她的钱？"

奶奶听妈妈这么一说，轻轻地"嗯"了一声没说什么，可她老人家的脸上显现出发自内心的微笑。是啊，这个看上去弱不禁风的女子，从这几年的种种事实可以看出，完全胜过男人。一个外柔内刚，把名节和儿女看得比自己的生命还重要的女人，却怀疑她会将儿女送给别人，这样的担心看来完全是多余的。更没想到的是，她竟然还有这么大的气度。奶奶越想越高兴，黎家不知前辈子积了多少德才娶了这么一个如此贤淑的媳妇，看来我黎家还有兴旺发达的日子。

由于妈妈的宽容和仁慈，我们家才换来了暂时的平静。可是，太平和安乐好像与我妈妈无缘。五岁那年的端午节前夕，我正在禾场坪里玩，大伯父从外面做事回来，走到我的身边抱着我的头亲了一下说："文显，你跟我来，大伯今天要给你很多你最喜欢吃的粽子。"我听说有粽子吃，

妈妈的粮票

高兴地跟着就跑。大伯来到家里揭开锅盖，那满满的一大锅粽子香气四溢，害得我口水直流。大伯帮我剥了一碗放在椅子上，又打开碗柜拿出糖罐说："文显，你在这里慢慢吃，想吃多少糖，你就加多少糖，我去把牛牵回来。"我正吃得津津有味，不小心将糖罐扫落在地上摔成了几块，此事正好被从外面进来的伯母撞见，她冲上前朝着我的脸上就是一巴掌，打得我哇哇大哭。奶奶听到我的哭声就冲着伯母大声地说："你无缘无故打他干什么？他才多大？"

"才多大？你来看，他不但敢偷吃我的粽子，还打烂了我一个这么好的糖罐。像这样好吃的就该天收去才是。"

我哭着说："是大伯要我吃的，我没偷。呜呜呜……"

"还说他小，你们看他多会狡辩，你再气我，我就打死你这个短命鬼。"

"你要是再敢骂我孙子一句……"奶奶气得说不上话来。

"要骂，要骂，要骂，就是要骂你心疼的，我知道你见我的是过继来的就不心疼，你那不是过继来的四个就是死也要死在一堆。"

"我站在门口亲眼看见他大伯牵他进去的，你是怕别人说你心肠毒，容不得人才非要说他是偷的，我今天定要教育教育你。"奶奶一边说一边走上去扯伯母的衣服。伯母用手一推，三寸长的小脚奶奶哪里还站得住，身不由己地往右边倒，幸好被邻居扶住才没有倒下。可是，奶奶的舌头变得僵硬，怎么也讲不清话。

这时，牵牛回来的大伯碰个正着，正想上前打伯母，谁知伯母突然放声大哭着说："你们都看啦！他们见我没生就合着一家欺负我，那个火车压死的偷吃了我的粽子，打破了我的糖罐，反而还骂我，天哪，你要有眼睛啊……"

只听"啪"的一声，伯父给了她一个耳光，就到屋里去看已经让邻居抬到床上的奶奶。他站在那里流眼泪，一句话也说不出来。好心的邻居帮忙请来医生，诊断为严重中风。妈妈在外做衣回来听说是由我而起，从柴角里找了一根指头粗的木棒就朝我打，大伯上前一把抓住妈妈手里的棍子说："弟妹，你要打就打我吧，是我这个做伯父的无能，不但没有照顾你们母子半点，反而尽让你们受委屈，我怎么对得起我的弟弟，

104

我真是枉为黎家的子孙啊！"从不多话的大伯说得热泪盈眶。妈妈见大伯如此，知道他是心有余而力不足，只好松开手将棍子给了大伯，又反劝大伯不要再责怪伯母，别伤了他们之间的夫妻感情。接着又到屋里去劝伯母，要她不要再骂伯父，都是自己没有教育好孩子使哥嫂生气。

妈妈走到奶奶的房里，只见奶奶望着妈妈，眼泪就像断了线的串连珍珠，顺着耳根往下流，嘴巴一动一动地不知在说什么。妈妈耳朵贴在她的嘴边，听到的尽是喃喃之声，别的一句也听不清楚。妈妈抱着奶奶的头放声痛哭，我和哥哥姐姐一起围着奶奶的床哭得特伤心。从那以后，我像换了一个人似的，经常一个人坐在奶奶的门前发呆，不去与同伴一起玩。尽管伯父和妈妈都说不怪我，我也再未踏进伯父家半步。就是那个装得比圣母还要慈善的伯母给我好吃的东西，我也不看她一眼，反而跑得远远的。

奶奶的病没有好转，她吃在床上，屙也在床上，全靠妈妈和大姐巧妙地配合着服侍了三年。可怜的妈妈，这三年瘦得皮包骨头，大姐也没有读好书。三年说起来轻描淡写，但要保住一个屙在床上的人的卫生，又谈何容易！记得有一天晚上，妈妈和大姐一边帮奶奶洗澡，一边和奶奶说："妈，您不要以为连累了我们心里不好受就想方设法地自缢，我们早就知道您的这个心事，所以早就防着您。您看您这样做不是让我们更加受累吗？只要您自己有信心，一定会好起来的，您开始一句话也不能说，现在不是能说话了吗？"

"唉，玉琴啊！我们母子对不起你啊！你说那个该杀的心好狠，他丢下你们母子五个不管，我又帮不上你半点忙，反而还要拖累你，死十个我，也不能死一个你呀！要是你倒下了，我们黎家那可就全完了，你知道吗？"奶奶费了好大的劲儿才说了这些话。

"妈，我们这一家肯定是上辈子就结下了什么冤仇未解，看来一定是我欠了你们母子很多，今世就来你们家偿还，所以我一直心无怨言，而且还心甘情愿地服侍您，您哪，就不要往心里去了。"妈妈说得轻松，眼泪也像话语一样，从眼眶中直往下流。

奶奶的最后一次自杀没有成功，经过妈妈以泪洗面的劝告后，她再

妈妈的粮票

也没有那样做了,直到临终时又把我们叫到身边:"孩子啊,你们一定要听你妈妈的话,长大了一定要孝敬她,一定要牢记你们是书香门第的子孙。玉琴,你什么也别管,都让你大哥去处理,你千万不要哭,你的苦是不会白吃的,日后必定会有好报的。"

奶奶去世后,妈妈在家里哭得特别伤心,她想起奶奶的这一生是多么艰难,自从我的父亲三岁那年她死了丈夫后,就一直生活在苦难的煎熬中。好不容易盼望国家安定了能过上几年好日子,谁知又得了中风。妈妈联想到自己又和她的婆婆一样,一个让她相依为命的唯一亲人都离她而去,就凭这一点就能让妈妈的心碎了。从今往后,再也没有一个能为她撑腰的亲人了,如此脆弱的五口之家,又将面临怎样的逆境,妈妈的心里没有一点谱。妈妈越想越伤心,越哭越悲痛。

奶奶去世后不久,我们一家的生活又发生了巨大的变化。转眼就是一九五七年了,大姐这年十七岁,妈妈那天正在帮人家做衣,媒婆来到妈妈的身边说:"妹子,我帮你家的文静做个媒吧?"

妈妈说:"看您说哪里话,我那闺女才多大啊!怎么能就找婆家了呢?"

"哎哟,我说妹子呀!你问问东家嫂子,看她是多大嫁给我刘云山兄弟的?你看他们现在多好,不但儿女一堆,而且夫妻恩爱。她十七岁已是两个孩子的妈妈了。你呀,别总是用那些官场的事与乡下比,那可是天上地下的事。再说,你们官家不就是讲究门当户对吗?他的爸爸方玉林是在外地当县长回来的,太太就娶了三房,就这一个宝贝儿子,你们说,这不是打着灯笼都难找的主吗?你们是没见那孩子,高高大大的个儿,要文有文,要武有武,要是他做了你的女婿,家里的事他可全包下来,你说这是多么好的事!"

妈妈被巧舌如簧的媒婆说得晕头转向,就答应了那门亲事。十月,大姐文静出嫁时,妈妈虽然办齐了满盘嫁妆,但当大红花轿刚进门时,妈妈就哭成了泪人,诉说自己对不起女儿,认为没有父爱的孩子好可怜。妈妈越哭越伤心,左右邻居谁也劝不住,媒人只好大声地说:"嫂子,让孩子辞祖上轿吧!不然会黑在路上。虽然是六畜归宿的风俗,就怕黑在路上看不见路。尤其是抬轿的轿夫，要是他们有个闪失，那可就苦了孩子了。再说，你看这样的排场和礼数，就是那些有父爱的女儿出嫁，又有几个比得上？"其实，妈妈的心里清楚得很，就是哭得死去活来女儿还是要嫁出去的。妈妈终于狠心地挥了一下手，意思是要文静辞祖。媒婆连忙吩咐陪娘牵扶着大姐到堂屋家神前跪拜辞祖。大姐对着家神行过大礼后转身扑跪在妈妈的怀里放声大哭。她想起妈妈对她十七年的养育之恩，她像妈妈的裙带一样，十七年不离妈妈左右，十七年来妈妈的一切疾苦，她才是真正的知情者。妈妈的丈夫有名无实，在妈妈的心里哪里有半个家字！拖儿带女过着流亡的日子，对一个弱不禁风的女人来说，是何等可怜？尤其是现在，弟弟妹妹都还小，她才是妈妈唯一的得力助手，母女连心的深厚血缘之情，使她越想越伤心，越哭眼泪越多，她在痛哭中被抱上花轿后，在媒人的吆喝声中，缓缓而行。哥哥文韬挑着伙食担紧跟轿后，小姐姐文京是管钥匙的跟在轿左，我是伴轿者当然就被安排在花轿的右边，这样的安排寓意着我们就是大姐的保卫者，因为我们随时都要防备那四个抬轿的青年轿夫搞歪轿的恶作剧。

我见大姐在轿里一直哭得很伤心，就对她说："大姐，你别哭了，妈妈早就听不到了，你看他们都在笑你。"

大姐一边抽泣，一边对我们说："你们还小，哪里知道妈妈的痛苦，以后你们一定要听话，千万不能让妈妈生气，听到了吗？"

我说："大姐你放心，我一定听话，不让妈妈生气。"

"你呀，最不让人放心的就是你，因为你一天到晚只知道顽皮，哪里知道妈妈是天下最苦的女人，你要是让妈妈生了气，我就不接你到我家里去玩。"

"大姐，你扶稳了，他们要歪轿了。"果不其然，四个抬轿的青年人将轿子往左边一压一松，又随着轿的惯性往右边一压。连续几个来回，轿就被歪斜得好像要翻过来一样。我拼命地扯住轿子却是空费劲。我急得没有办法只好破口大骂，谁知不骂还好，越骂他们就歪得越厉害，乐得更加肆无忌惮。姐姐还不许我骂，我只好说到了家我不给你们账子。到家后我真的是把账子横在门口抱着不放。那个主事的给我加了三次钱，

妈妈的粮票

我不接他的钱也不给他账子,说:"谁叫他们害我姐姐?"大姐把我叫到轿边告诉我原因后,我才笑着说:"你把钱给我,我就给你账子。"他们取笑我说:"哦哦,小舅子三花脸,哦哦,小舅子三花脸。"

大姐出嫁没有多久,合作社为了方便集体生产,将人们集中居住。那些几户和十几户的小村子,当然就是首迁户。我们一家先迁到大屋,在岳祝嘴的地方住了几个月,后又搬迁到小沅一个有五十六户人家的大屋场居住,妈妈被安排在合作社里做衣。

将近十岁的我什么本事都没有,可有一个最大的"优点",那就是会哭。有一次我哭得妈妈烦躁难安,捡起一根竹棍要打我,正当我被追赶上时,机智的我连忙往路边的小池塘里跳去,站在与我肩膀齐深的水里又是哭又是跳。

妈妈站在路上哄着我说:"乖儿子,只要你起来,妈妈再也不打你了。"

妈妈见我不哭了,在那里发呆,以为是听她的话准备起来,谁知我吸了一口气就沉到水里去了。正当妈妈急得大哭要文京去叫大人来救我时,我从水里冒出头来将一大截藕在那混浊的水里摆了几下,就笑逐颜开地大口吃了起来,妈妈和围观的人们望着我哭笑不得。

妈妈流着眼泪说:"儿呀,你就不能洗干净了再吃吗?"

我像地狱里放出来的饿鬼一样,妈妈的话只当是耳边风,没有一会儿就将那藕连同藕节上的泥沙一起吞进了肚子里。站在妈妈身边的望春伯母说:"玉琴,不是我说你,你可真要想尽办法给孩子们弄点吃的,你看他都饿成什么了?"

妈妈什么也没说,只把姐姐文京紧紧地抱在怀里,望着我那骨瘦如柴的可怜相越哭越伤心。后来,妈妈一见我哭就给我一两粮票。

有一次,小姐姐文京正在和她的小伙伴一起跳绳,看见我来便拿出二两粮票对我说:"乖弟弟,今天中午我就不去食堂了,你帮我带饭来好吧?"

我答应一声"好"后,接过粮票来到食堂的大门口,像往常一样目不转睛地望着那一人多高的蒸笼，心想一定要在那个管理员开笼时成为第一个领饭人才行。第一个排在领饭窗口的我顺利地领到了两份二两米的饭钵。饿得有点发昏的我见到饭就一步也不能往前迈了，把姐姐的饭钵往地上一放，三两下就一扫而光，然后把空饭钵往箩筐里一放，端起姐姐的饭钵往食堂外走去。我一边走一边望着姐姐的那钵饭，在饿馋双击下我那自私的筷子伸进了饭钵，在饭上面的那层饭皮上弄破一个小洞，然后把里面的半软稀饭全部从那个小洞用筷子扒拉出来吃完了。当我低着头把饭钵送到姐姐手里，姐姐看我的眼神就不正常了，她用筷子像往常一样往饭钵中间一插，那块饭皮一下全塌了下去。可怜的小姐姐明白了一切，她将饭钵捧在胸前，眼泪像断了线的串珠，"哇"的一声大哭起来。我知道自己犯了大错，转身就往食堂跑，一边跑一边从妈妈帮我们每人做的那个专装粮票的小包里拿出二两粮票，挤到饭窗前要管理员叔叔再给我一份。谁知他说："看你这孩子，你刚才不是领了两份吗？再说二两的也没有了，就是有也不能给你，因为这是大队的规定，谁也不准一餐吃双份。"我听他那样一说急得大哭起来，站在我后面的大人们见我哭得很伤心，以为是那个管理员欺负了我，便责问他："老方，你怎么能欺负一个小孩子呢？"

"没有啊！你们不信，可以问他们前面几个，看我是怎么说的？"

"那他为什么哭得那么伤心？"

"我也在想，这是怎么一回事？"

明生伯父走上前来拉着我的小手说："你就是那个调皮崽文显吧？"

我在哭泣中点了一下头。

"你告诉伯伯，今天是不是做了坏事啊？"

我望着伯父摇了一下头。

"没做坏事就好，那你哭什么？哦，你又叫好哭崽，难怪就会哭。"

"我不是好哭，是太饿了，我那样哭闹妈妈也只给我一两。"

"你不是刚刚才吃过吗，怎么还哭呢？"我被问得无话可答后，只好将事情的经过全告诉了明生伯父，只见他含着泪水把自己钵里的饭往随手拿过来的空钵里分了一半送到我的手里说："孩子，快去送给你的

妈妈的粮票

姐姐吧。"我连忙将手里的二两粮票给了明生伯父。谁知他把那二两粮票往我的口袋里一装转身就走了。

姐姐接过我送去的饭,把我往胸前一抱,我俩哭成一团。晚上,妈妈回家知道了我的丑恶行为,等我如实交代完后,妈妈气得脸都红了,顺手抓起一根做豆角架用的竹子。我一看就知道这次妈妈是要动真格了,转身就跑。

是啊!妈妈教育我们的常用语就是"忠、孝、德、礼、义、仁、智、信",什么"孟母教子、孔融让梨、桃园结义、杨家将、七侠五义",再就是"你们一定要牢牢记住做人要饿死莫做贼。要人穷志不穷,不要有傲气,但是要有骨气"。可是,我却不顾妈妈说的廉耻把姐姐的饭偷吃了,做出这样的事妈妈就是打死我,只怕也难解她心头之恨。妈妈知道追不上我,就站在那里哭得非常伤心。我见妈妈那样哭,连忙停住脚步往回走。妈妈见我回来,就指着我大骂:"你跑啊!回来干什么?你不是我的显儿,更不是黎家的子孙,黎家没有这样的子孙,你饿,难道你的姐姐就不饿吗?你为了自己不饿,你就不想想你的姐姐?她也会因为没有饭吃而饿死,这样你就没有姐姐了你知道吗?你这是为了自己而不顾别人的死活,是最自私最恶毒的人,现在就这样,长大后不就更加坏吗?所以我不要你这样的儿子,你还是走吧!"

我冲上去抱住妈妈的脚,跪在地上一边哭一边说:"妈妈你打啊!我再也不跑了,我以后听话,你别要我走好吗?"

小姐姐文京抢着妈妈的竹子哭着说:"妈,你别要弟弟走,都是我不好,我没有带好弟弟,要是哥哥在家也不会让弟弟走的,妈,弟弟他知道错了。"妈妈"哇"的一声抱住我和姐姐哭得异常伤心。她一边哭一边说:"你从今往后要是再做了坏事,就别怪我把你赶出去了。"我抽泣着点头答应。

妈妈擦干眼泪一个人到明生伯父家里千谢万谢,说自己没有教育好孩子,连累做伯父的也跟着饿了一餐。望春伯母送妈妈回家时一再嘱咐要妈妈别打我,这样的事情怪不得孩子。这几天,天天都有人偷跑,听说都是跑到江西和新疆去了,这不是人过的日子,只怕都会偷跑的。

妈妈叹息一声说:"唉,像我们这样的孤儿寡母,就只有等着饿死了。吃大锅饭时要不是嫂子您天天给我两个孩子用铁瓢留饭,只怕早就饿死了。"

"你别说,当时他们姐弟两个是太可怜了,文显的一只手断了吊在脖子上,每天都是她姐姐牵着,等到他们到了食堂,锅里就只剩下几个冷红薯了,看得我流了一场眼泪,才要他们什么时候起来后就到食堂找我。后来才知道是你的儿女。"

"嫂子,真是太感谢您了,我们一家要是没有死,以后一定是要报答您的。"

望春伯母接住妈妈的话说:"玉琴,你别说死好不好,你们官家人不是说好人必有好报吗?我啊,就是喜欢你那几个儿女,他们比别人都聪明漂亮。"妈妈一再道歉后才回到家里。

后来,我虽然很听话也守纪律,可是我怎样也无法忍受那种饥饿。然后我就哭,我越哭越想哭,越哭就越饿。在岳祝嘴缝纫组里做衣的妈妈见我哭到她那里,没有办法只好给我一两粮票,不知好歹的我有了第一次就有第二次,经常哭到妈妈那里不是一两就是二两,回到小沅告诉姐姐还说妈妈小气,不管怎么哭也只给一两。"姐,你怎么不找妈妈要粮票呢?你要,妈妈一定会给你二两。"

姐姐有气无力地说:"你啊,你也太不懂事了,你知道吗?妈妈一天只有九两粮票,给你一两她就得少吃一两,她都给你多少了?你要是把妈妈饿死了,大姐和哥哥他们不打死你才怪。"

"不是的,不是的,我看见妈妈的票包里还有很多粮票,你骗我,你骗我。"

姐姐还是那样无精打采地说:"你和我的粮票包里不也是有很多粮票吗?妈妈有好几次要给我粮票我都没有要,就你还哭着脸皮去要。你就……"

"就是你,我不听,我不听,我再也不要了还不行吗?你要是告诉了大姐和哥哥,我就天天骂你,再也不理你了。"姐姐不理我了,转身就朝她的几个姐妹走去,我站在那里用脚踢地上的小石子,这才知道没有人理的滋味。

妈妈的粮票

转眼五天过去了。那天，我和姐姐还有几个小伙伴一起玩丢手巾的游戏，突然听到"文京，快去帮你妈妈把被子牵好，让你妈妈好好睡觉"。我和姐姐转身就朝他们抬着的轿子冲过去，只见妈妈脸色苍白地坐在上面，姐姐大声地哭着问："春姨，春姨，我妈妈怎么啦？"

那个一只手扶着轿子跟随在轿子旁边的女人回答说："你妈妈不知有几天没有吃饭了，今天她饿晕后被我们几个抬了回来。哦，干部许了你妈妈三天假，你要好好地服侍她，知道吗？"

我一听妈妈是饿晕的，便大声地号哭着说："你胡说，你胡说，我妈妈不是饿晕的，她不是饿晕的。"

"好啊！你这个小崽子，你说我是胡说，你是怕我说你每次哭着到妈妈那里要粮票的事吧？怕哥哥和大姐他们打你是吗？看你以后还找妈妈要粮票不？"

"我不要了，我不要了，我不要了……春姨，你别告诉他们好不？呜呜呜……我不要了，我不要了……"姐姐扑在妈妈的身上，春姨坐在妈妈的床沿上，我扑在春姨的膝头上，春姨用手摸着我的头，望着气若游丝的妈妈，我们三个人哭成一堆。

第十回

遇贵人粗活变细工
受委屈找妈要爸爸

春姨一边抽泣,一边告诉我和姐姐,原来,这几天一到开饭的时候,妈妈就说自己不舒服,要春姨她们先去吃,她等一会儿再去。等她们吃完饭后回来就看到她在喝开水,所以春姨她们都以为她真的是不舒服。今天中午午餐后,她们都急着赶任务,谁知我妈妈突然往地上一倒就晕过去了,大家谁也不知道我妈妈是得了什么病,春姨想起她这几天不正常的言行,便伸手往她的口袋里搜出粮票包,这才发现她的包里哪里还有一两粮票,春姨才大声地哭喊让大家快去弄点稀饭来,我妈是饿晕的。春姨和那些好心的姐妹们用自己的粮票领了一钵饭,用开水一冲,再用筷子撬开我妈的口后先喂开水,然后用汤匙慢慢地喂稀饭,这才将我妈救活。春姨说我妈真是太可怜了,太苦了。

来看望妈妈的邻居,没有一个不是哭红了眼睛带着抽泣离开的。后来的明生伯父和伯母坐了一会儿,将他们自己带来的东西一样一样地从菜篮里拿出来放在饭桌上。妈妈说:"嫂子,你那是什么呀?像我这样没有用的人,要拖累你们多久啊!"

望春伯母把妈妈握着她的手拉了一下说:"妹子,不是我说你,你要是再不把你们官家的那一套改一改,我看你是非要把好好的一家人往死路上带,你的忠啊、孝啊、礼啊那一套放在现在没有用。俗话说,三

113

妈妈的粮票

日风四日雨,文章不能放到锅里煮。现在最重要的是,想方设法让孩子们不饿。以后你就让孩子们跟着我学会怎样找吃的吧!你要他们饿死不做贼,现在所有的人都是贼,因为大家都在捋稗子时就顺手把谷子也捋在一起,偷偷拿回去用炉锅炒熟,再用石磨磨成粉吃。哦,你看我都给你带来了什么?这就是刚才讲的稗子粉,这个是蕨根粉,它不但能填补肚子,还能解热、利尿。你吃点吧,这是葛粉,它比蕨粉还要好。这是椰树皮粉,用它做成的粑粑吃了也是有很多好处的。还有这个是饭坨粉,这是苦菜干叶,这是糯米藤,这是马蹄草,这是黄季尖叶,这是……"

"天哪,怎么有这么多能吃的,它们怎么都能吃啊?"

望春伯母笑了一下说:"你呀,要是依你的我们都不去做贼,只怕一家人早就见阎王爷去了。"

"你嫂子说得对,妹子,你就别太死心眼了,以后就把孩子交给你嫂子,要他们跟着学找吃的,首先还是活命要紧,活下来后再去讲礼吧!你放心,你嫂子不会把孩子带坏的。"

"看他伯父说哪里的话,我确实不知道有这么多植物能吃,就只知道黄花菜是一种能吃的野菜,可是现在没有才没要孩子们去扯。再说,我有好几次想去请嫂子带他们去找吃的,可就是开不了口,因为实在是太给你们添麻烦了,有了您这句话,我从今天起就把孩子交给嫂子。"

从那以后,我和小姐姐文京在望春伯母的指教下,一年四季都有我们活命的食物。最好的还是稗子谷粉,不但妈妈晚上回来能吃饱,就是哥哥从学校回来也能大饱口福。真是天无绝人之路,我们不但有了主粮和杂粮,而且还有主菜和野菜,红薯和土豆都有储存的。妈妈把我们交给望春伯母说是放心,其实她还是很担心,晚上她到庆生叔叔家问他说:"他庆生叔,我家文显说那些粉都是你们送给他的,是真的吗?"

"哎哟,我说嫂子!你就只管放一百二十个心吧,我们几个刚才还在说给少了,下次还要多给,他们姐弟两人应该得三份才是。"

"桂花,你说他叔叔这不是反说我还得少了吗?其实,我是怕孩子们偷了你们的怕我骂而骗我,谁知他叔叔听反了错怪人。你说……"

"哈哈哈……"性格开朗的桂花婶婶听后哈哈大笑。这又把妈妈弄

糊涂了。桂花婶婶笑了好一阵才接下来说："他叔叔没有反，是你们的书读多了太会想，你呀，难道他们姐弟两个没有告诉你他们是怎样立了功才有如此的奖励吗？要是你还不知道，那就让我来告诉你，免得你又去教训他们。"

"他们立功？还有奖励？难道说他们也到田野里去捋了……"

"哎哟，你的儿女哪能下田啊？谁又舍得他们去干那样的粗事？你不知道他们有多能干，有两次放哨发现干部的偷袭迟了，虽然他们没有抓住我们，可是把文显的脸都跑白了。从那以后，他们想出了一个再好不过的办法：文显爬到梨树上，手里拿一件白小褂，他在那上面可以将整个小沅周围的一切了如指掌，当他发现有干部朝上屋来，他就将那件小白褂藏起来。坐在上屋禾场上的文京看不见小白褂就连忙跑去给我们送信，我们这些'强盗'就立刻收场，躲到后面的虎形山上去了。原来那些干部还可以用我们来不及扫磨残留下的米粉解馋，自从你的两个神童想出那个绝招后，所有磨米粉的'强盗'都放下了一百二十个心。弟妹，你说他们两个孩子该得多少呢？再说，在没有他们放哨以前，那些被抓住的不但被抄了家，而且还被民兵押着游乡。你说他庆生叔叔说的是真话不？"

"天哪，我怎么一点都不知道，这不是……"

"弟妹，我可先把丑话说在前面，你回去千万别骂他们姐弟俩，他们现在可是我们这些'强盗'要保护的人。要是被大家知道是我告诉你的，那我就只有往死路上去了。"妈妈见桂花婶婶说得那样严重，也只好不了了之。

转眼又到了冬季，叶家冲水库工地上热火朝天，但连续的阴雨使得工程没有达到预期标准，难保春夏两季的山洪暴发不会将大堤坝冲垮。为了弥补过失，干部除了加班外，还调动一切能调动的人力全部上工地抢修。妈妈她们的缝纫组未能幸免，和干部家属一起同样被调用参加突击队。我和文京自然就成了妈妈的后勤部。能干的文京将我们得来的各式各样的食品包裹好后，和我一起往水库工地上送。那天正下鹅毛大雪，

妈妈的粮票

山上和田野里一片白，呼啸的北风夹着雪子儿越下越大，我们连滚带爬好不容易来到叶家冲水库工地上。来到妈妈上土的土仓里，看见妈妈用锄头往土箕里拼命上土，还是没有别人上得快。文京接过妈妈的锄头要妈妈休息一会儿由她来上，文京用锄头，我就用手搬。妈妈往身边的石头上一坐，长长出了一口气。

这时，站在我们身边的阿姨拖着锄头来到我的身边，伸手摸着我的头说："难怪你妈妈宁可自己饿死也要把粮票省给你们吃，看来还真值得心疼，原来你们都有这么好的孝心。"她转过头来又对妈妈说，"玉琴姐，原来你根本就不能做这样的粗活，你怎么不向建平他们说呢？其实他们几个对你的印象很好，昨天晚上建平回家还特意问我认不认识你。我告诉他，我们穿的衣服都是要她做的，你说我认识不？他说你知书达理，贤惠善良，又能吃苦耐劳，尤其是你婆婆卧床三年，你不但每天照样做衣养家糊口，还把你婆婆抹洗得干干净净，那可真是一件不容易的事，要不是你那个负心汉的牵连，只怕早就将你的事迹通报表扬到县里了。"

妈妈笑了一下说："你呀，就知道拐弯抹角地夸别人，这些不都是我们女人分内的事吗？要是你碰上只怕比我做得还要好。因为你比我能干多了，你看你上两担土，我还上不了一头，我怎么就这么没用呢？只要他们不说我做慢了我就烧了高香，哪里还有胆量去找干部！"

"唉，那倒也是，你放心，今晚我去帮你说。哦，听说你那次泼秧苗粪泼得自己一身尿骚屎臭，是真的吗？"

"你快别说那次了，害得我洗了一下午，吐了三天。至于干粗活这事，你还是别跟他们领导说了，只要他们不批评我就行。"

"哼，我看他们谁有那个胆，他们要是不依我的，以后他们再也别想让我出来搞什么干部家属带头作用。"

"舒芬，你要我怎么感谢你呢？"

"玉琴，放心吧！以后你的事就是我的事，我会要建平在各方面照顾你的，除了让你做衣外，什么样的事都与你无关。走，孩子们，收工了跟着我一起吃饭去。"

那天晚上的饭还没吃完，天就开始下雨了，干部端着饭碗说："吃饭后大家各自找地方休息一下，等雨停了再加晚班。"妈妈带着我们在一间柴屋里等着，因为天冷，她用手把稻草扒成一个窝形就迫不及待地往上面一坐，我和文京一边一个伴着妈妈坐下，妈妈再将周围的剩草用手扒盖在我们的身上，帮我们盖得严严实实后还要用手压几下，就像在家里帮我们盖被子一样。我们同时倒在妈妈的怀里，享受着伟大的母爱。文京见妈妈发抖，便仰起头来望着妈妈说："妈，这稻草还真暖和。"她说完起身跑过去又拖来几把盖在妈妈的身上，她自己再往草里一钻，我们就全都进到草洞里。妈妈两只手分别抚摸着我和文京的头发抽泣着说："孩子，妈妈只怕难过这一关了。雨越下越大，看来今晚不会加晚班，我们也怕是只能在这里过夜了，我想借此机会给你们讲一件大事，可惜的是你哥哥在学校不在这里，你们听完记在心里告诉你哥哥也是一样。我死了以后，你们三个就沿着家门前的那条铁路往长沙走，饿了就沿途讨点吃的，谁要你们做儿女都别答应，到了长沙就问五一路仓后街十六号，那是你外婆家。"妈妈一边哭一边说。

我和文京听得心里发酸，哭泣着说："妈妈，您不死，您不死，您不是说，好人自有天照顾吗？不，我们不去长沙，我们要永远和您在一起。"

妈妈摸着我们的头说："可能上天是在照顾我，今天晚上要是不下这场雨，也许我就不能吃明天的早餐了。可是躲得了十五，躲不过十六啊，明天、后天你妈妈还是躲不过呀！你们一定要记住我的话，到外婆家找舅舅他们。"

"妈，您听，这是雪子儿，今天晚上只怕真的不会加班了，那我们怎么办啊？"

妈妈推开身上的稻草打开柴房门看了一会儿说："天哪，这样呼呼的北风夹着雨和雪，如此一来工地上就更加苦不堪言！唉，天都不放过人民，我还有什么可说的！该死，该死。所幸我的孩子都能养活自己了，天哪，一切惩罚让我一个人承担，你就照顾我的孩子吧！"

"妈妈，我们回去吧！"

117

妈妈的粮票

"外面伸手不见五指,要是有个闪失,那可是喊天天不应,喊地地不灵啊!我们就在这里将就一夜吧。"妈妈说完,转身便把柴门闩好,还顺手拖了一捆柴将门顶住,接着又用稻草将窗户堵上,把原来的草窝加了很多草,然后才钻到我和姐姐的中间将厚厚的稻草盖上。妈妈躺下后,小声地说:"东北的乌拉草,南方的稻谷草,保暖还比被子好……"

"妈妈,这样的地方你不怕?"我自己的心里特别怕,却反问妈妈。

妈妈说:"有你们在我的身边,我就什么也不怕了。嘘,说话的声音小点,别人就不知道我们睡在这里。"

姐姐小声地说:"妈,你怎么知道这么多?草能当被子盖,还这么热乎。"

"这些都是你爸爸他们在《军事学》中学到的知识,我听多了他们的谈论就记在心里,不知道现在竟还用上了。所以,我经常讲,你们要多听那些有知识的人讲话,有知识的人被称为君子,那就叫'听君一席话,胜读十年书'。不管什么东西只要学了总是有用处的,知识就是财富。妈妈没有能力送你们读很多书,只要你们自己事事用心,处处留意,勤学好问,到时不会比别人差多少。"

妈妈就那样一手抱一个,轻言细语,引经据典,讲舅舅他们是怎样尊敬外公,外公又是怎样教育他们。还说那个好玩的二舅生了儿子后,被几个朋友们邀请去打牌,那些朋友说,今天是侄儿的周岁日子,老爷又没在家,就是在家,你二舅也是做了爸爸的人,又是和他们几个好友相聚,他老人家就是不看一也会看二的。你二舅见说得在情在理,就同他们一起去了。你外公晚上回家找你二舅有事,见他没在,家人只好如实地告诉你外公,谁知你外公当即手提马灯,不听任何人的劝阻找到你舅舅打牌的地方,用他随身所带的旱烟斗往门上一击,眼快的你二舅从刚开了一线宽的门缝看见是你外公来了,他吓得一个翻身,推开窗户一个纵跃就消失在黑暗中。从那以后,再也没有见你二舅打过一次牌。

文京也学着妈妈的样,悄悄地说:"妈,您不是说我们有三个舅舅和六个姨妈?外婆家那么多人,有钱有势,您怎么不带我们去长沙找外公啊!"

妈妈轻轻地叹了一口气说:"唉,你太小,还有很多事情都不明白,你要知道做女人比做男人更难。嫁出去的女儿泼出去的水。再回去就是客人,只有穿戴整洁,礼品丰厚,迎接有礼,那样风风光光地回娘家,才叫回家做客。妈妈现在这个样子比乞丐还不如,回去与你们那些姨妈比,你说我还不如死了的好。"我们在妈妈的怀抱中睡得特别香,哪里还管妈妈是睡了一夜,还是哭了一夜。

妈妈听到早晨的集合哨声才叫醒我们,我们从草窝里爬起来,她一次又一次地嘱咐我们千万要记住长沙五一路仓后街十六号,还说最担心的是我,怕我不听哥哥和姐姐的话。我们望着妈妈憔悴的脸和红肿的双眼就知道她又哭了一整夜。我和文京连连地点头,妈妈才打开门朝禾场里走去。她要经过每天早餐前的听训式的安排后才能去吃饭,犯了错误的不仅被指名挨骂,还不许吃饭,以此处罚那些犯错误的人。我和姐姐站在柴屋的门口看见干部点完名,骂了一阵后要其他人都去吃饭,可唯独留下了妈妈。我们看到妈妈的腿颤抖得越来越厉害,几乎快站不住了。我和姐姐正准备冲上去扶住,才听到那个干部说:"玉琴,你别怕,我们考虑到你确实不能做粗活,所以决定调你一个人到缝纫组去把那些急需的衣服做好,以后你也不要去工地修水库了。听说你们母子三人昨天晚上在那间柴房里睡了一夜,唉,真是……哦,你现在就带他们回去吧。"

妈妈一直没有说话,站在那里直流眼泪,一动也不动。

干部只好又大声地说:"这是我们支部开会决定的,你们娘仨快走吧!"

妈妈这才点了一下头说:"感谢您照顾。"然后才移步朝柴房走。我和小姐姐冲出柴房扑在妈妈的怀里哭成一堆,这是高兴的哭,这意味着妈妈又一次死里逃生。妈妈帮我们把身上的稻草一根一根地摘掉后,一手一个牵着我们往家里走。

"妈,站在屋檐下的那个干部叔叔为什么也流了眼泪?"

"因为他是个好心人,好人的心都是善良的。"从那以后,妈妈真的就再也没有做过粗活了(后来才知道那个干部就是舒芬阿姨的丈夫沈建平,没过多久他当了社长,后来又调到县政府去了。食堂解散后,舒芬阿姨要他帮我们开后门买了一台飞人牌的缝纫机,至今还保存完好),

119

妈妈的粮票

一直就在缝纫组，后来成了裁剪师傅。

好日子总是与妈妈无缘。那天正好下雨，我们一家在吃午饭，后面屋里的新友叔叔牵着他的儿子方舟一脚踏在我家的门槛上，气势汹汹地说："玉琴，你家文显就是一个有娘生没父教的东西，你要是不教他，我就会代你来教教他，他以后要是再动我家舟儿的一根毫毛，我就要他的命，不信你就等着看。"

妈妈知道这种脚踏门槛，就代表打人，再加上那种横行霸道的口气，气得手里的碗筷都掉在了地上，顺手抓住扫帚朝我身上就是几下。她一边打一边骂："你这个不听话的孩子，今天我就打死你好让你去找个有父教的。"妈妈见我跪在地上没有动，只哭着说是他们冤枉人，就把扫帚一丢，抱着我的头大哭。

小姐姐文京哭泣着说："你们欺负人，你家方舟比我弟弟大两岁，是他把我弟弟的铁环丢到田里去了，我弟弟只把他摔在地上就到田里捡铁环去了，是同学们路见不平打了他，你们不去找那个打了他的人，却到我们家来出气，这不是欺负人吗？呜，呜……"她越哭越伤心。我从妈妈的怀里猛然脱出，转身就往外面跑。雨越下越大，想起别人欺负我，妈妈还要打，还是只有爸爸最好。心里一想，口里就喊出来了，一边跑一边喊要爸爸。谁知这一喊，真是把妈妈的心都喊碎了。妈妈知道，打我也行，骂我也行，就是不能冤枉我。今天，我不但受了冤，而且还被欺挨打，这不是要了我的命吗？她一边追一边喊："文显，你快回来，今天是妈妈没有问清楚错打了你，只要你回来妈妈以后再也不打你了。"

这时候的我什么也不听，拼命地喊要爸爸快点回来。我在暴风雨中狂奔，冲出了村子，直往虎形山上冲，在深山的树林中乱转，口里不停地喊"爸爸，你在哪里"。我哪里还知道后面的妈妈在泥水里，一次一次地跌倒，又一次一次地爬起来。我隐隐地听见："儿啊！那上边两面都是大水库，边上的土都松了，你千万别往那里跑啊！"谁知倔强的我听到妈妈最害怕的是那些地方，我就越往那危险的地方跑，站在水库堤坝边上喊："妈，你不许过来，快回去，你要是再过来，我就往下跳。"可怜的妈妈就只好跪在泥水里望着我哭，一步也不敢往前，她是怕我伤

心到了极点真的会往水里跳。这时候一个闪电接一个闪电，雷声隆隆，雨一个劲儿地往下泼，绿莹莹的满库水，显得特别阴森可怕。我就那样望着妈妈哭，非要她告诉我爸爸在哪里。妈妈哭喊着说："我要是知道你爸爸在哪里不早就告诉你了吗？儿子你回来吧！"

"不，我要爸爸，我要爸爸，呜，呜……他们都有爸爸。"

"玉琴，不是我说你，文显这孩子聪明，他特别懂事，就是不能冤枉他，你不问清就打他，他能不气吗？明明是人家欺负你们孤儿寡母的，你却反过来让文显受委屈，他又是受不得半点委屈的孩子，这就是你不对了。"

原来聪明的文京没跟着一起来追我而是跑到明生伯父家去搬救兵，他们骂了新友叔叔一顿后，就戴着斗笠跟着追了上来，整个村子里的人几乎都来了，他们来到妈妈的身边，知道已成僵局，明生伯父才那样说妈妈，好哄我开心。

果然生效，那样的话我爱听，望春伯母见我的哭声小了，连忙接过伯父的话一边朝我走，一边说："显儿，你是最懂事的，也是伯母最疼爱的孩子，今天你妈妈不该打你，你新友叔叔更不该欺负你，伯母带你找他算账去，我定要还你一个公道。"

我见伯母那样说，觉得更加伤心，站在那里望着她哭道："伯母，我要爸爸，我要爸爸，呜，呜……"

望春伯母走上前把我抱在她的怀里，也跟着暗自抹泪。

"玉琴，玉琴，你怎么啦？不得了，不得了，玉琴昏过去了。"我一看妈妈倒在地上，脱出伯母的怀抱和姐姐两个人扑在妈妈的身上大哭。那些大人们一边扶开我们，一边掐住妈妈的人中，明生伯父说，快点把她们母子都背回去。

妈妈病倒了，高烧得说胡话："儿啊，儿啊，你你你……"我知道犯了大错，后悔得不知道要怎么办才好，只好坐在妈妈的床边望着妈妈流眼泪。

晚上，方舟的妈妈秀姨来看妈妈，她坐在床边拉着妈妈的手说："嫂子，你说我嫁给一个这样的男人多窝囊。你知道今天下午明生兄他们几个人是怎样骂他的吗？'新友啊，今天你可是把我们小沅人的脸都丢光

妈妈的粮票

了，一个大男人踩在人家孤儿寡母的门槛上摆威风。你明明知道是狗呀崽打了你家舟呀，你没有本事去问一声打了你儿子的人，却把她们母子逼得差点闹出人命来。今天，要不是大家去得及时，那个倔强的孩子要是觉得没有爸爸的孩子活得没有一点意思，悲极无望地往水库里一跳，你想想那种后果吧。'"

"我气得大骂，说我爸爸瞎了眼，只看他长得人模狗样，不管他的脑袋里装的是猪屎还是狗屎，就把女儿嫁给他。你说她家文显虽说调皮，可是他从来不调臭皮，那孩子特别聪明懂事，说出来的话像大人说的一样，你摸着良心说，老老少少谁不喜欢他！再说自己的儿子比他大两岁，就是被他打了也是活该，谁叫你家的儿子没有用。我要是你，哪里还有脸活在世上？你要是不去向嫂子赔礼道歉我就不与你过了。你猜他怎么说的？"

妈妈说："他肯定会说出他的道理，他认为这是合理的。"

"哎哟，哪怕他说出个混账理来，我还不气，只能说他辨不清是非还有情可原。谁知他当着那么多的人大哭起来，丑得我差点上吊。那么多的男子汉丢下一句'真不是个东西'就走了。嫂子，你说我这辈子怎么过哦？所以，我只好来求你，不看金面看佛面，原谅我家新友。"

妈妈说："秀妹，有你如此贤德，我就是有气也没有气了，今天，正如他明生伯父说的，我不该没弄清情况就冤枉孩子以致造成如此后果，害得你淋湿一身，还送来鸡蛋赔礼。真是妻贤夫祸少，子孝父心宽。你放心吧，我不会让他难堪的！再说，哪有女人和男子汉闹对立的？"

秀姨拉摆了一下妈妈的手说："嫂子，同你们读书人说话，不知要学乖多少。听你这么一说，我心里就踏实多了，我不是担心他没脸见人，我是担心你，怕你生他的气而不能早日康复。大家还指望你快点好起来，好帮大家做衣服。"

妈妈反复叮嘱秀姨不要拿此事说新友叔叔。秀姨又一再道歉，要妈妈好好休养，等她家的鸡生了蛋再来看她。

第十一回

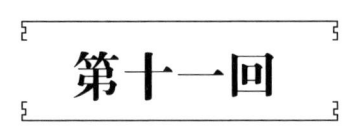

病未愈母子留心病
遇良医油尽灯不灭

好心的秀姨当天又请来了医生帮妈妈看诊，三天后妈妈就慢慢地好了，也算是苦人天照应。谁知安静的日子没让妈妈过几天，灾难又从天而降。那天，我们正在吃饭，只见哥哥文韬从五里牌完小回来，哭着脸说："妈，我的右手抬不起来，已经不能写字了，老师只好要我回来。"

妈妈见他的书箱和被子都拿回来了，人又瘦得像猴一样，一看就知道已经非常严重，她的心就像被针扎了一下。妈妈太了解自己的儿子了，问他："你的手疼了多久？怎么才回家呢？"

"疼了好久了，我怕您担心，心想顶过去就会好，谁知它越来越厉害，您看非要用左手去抬它才能提起来。"文韬说完就用左手去提右手，那样子显得十分痛苦。

妈妈不忍再看，抱住文韬哭着说："儿啊，你为什么要这样懂事不早点回家治疗？你要妈妈说你什么好啊！快把衣服脱下来让我看看。"

文韬脱下衣服露出右胳膊，妈妈看了又摸，摸了又看说："这就怪了，不肿不红的，这是什么病呢？"妈妈急得没有一点办法，只好去请医生过来看。

医生看了后，半天也没作声，他想了一下说："这可是怪事，不红不肿的怎么就会疼得那么厉害？"医生没办法，只好帮哥哥打了一针。

妈妈的粮票

　　到了晚上,哥哥的手疼得特别厉害,他几乎要往墙上撞,那针好像没打一样,妈妈心疼得没有办法,只好把哥哥抱在怀里陪着他哭。

　　哥哥一边哭一边说:"妈,没打针时还没有这么疼,怎么打了针反而疼得更厉害啊!"妈妈见他疼得实在没法,放下儿子就去炒盐,她把盐炒热后用一块大布包好拿在手里往哥哥的手臂上烫,人家说什么办法妈妈就用什么办法,几天几夜妈妈已经快顶不住了,哥哥的疼痛还是没有减轻一点。妈妈只好到大队部开出证明送到人民医院治疗。经过诊断,文韬的手臂是骨髓发炎,必须开刀破骨刮净发炎的骨髓才能好。经过三个小时的手术治疗,虽然治好了文韬的手疼,但却给妈妈心头上留下一块大石头。那是因为当时医疗技术和设备条件都很差,文韬手臂里发炎的坏骨髓没有刮干净,在后来的日子里,每当阴雨和潮湿的天气文韬的手就发疼,严重时好几天都不能做事。

　　文韬出院后,妈妈想方设法地给他弄好吃的。不到一个月,文韬的身体就恢复得差不多了,妈妈的心里不知道有多高兴。那天,听说胥家山村子里死了一头大黄牛,妈妈便请了一气工的假(一气工就是一天工的四分之一),跑到那里找到老朋友方树林请他帮忙称一斤给文韬补补身子。那方家的婶婶听完后哭着说:"我苦命的孩子,总算让他好起来了,可是那牛还在剥皮,要到下午才有肉称,你只有一气工的假能等吗?"

　　"那我就下午再请一气工的假……"

　　"弟妹你就先回去吧,晚上我和你嫂子帮你送过去吧!我看你是不是也生病了,如此面黄肌瘦的真吓人。"

　　"没有生病,你们看我这不是好好的吗?"

　　方家婶婶接过妈妈的话说:"你呀,就是不知道心疼自己,你要是走在路上遇上大风,肯定会被刮上天去。你先回去,晚上我和你哥去看看铁砣。要不是时间紧张我是不会让你走的,怎么也得留你吃餐饭啊!"

　　"嫂子,那样不是太麻烦你们了吗?还是……"

　　"去吧,留你的客气话我说也没用,不如让你早点回去,这天气只怕还要下雨,你就早点回吧。"

　　妈妈说:"那可就麻烦你们了。"好一阵客套后妈妈才往回走。俗话

说,"六月下雨隔田埂",妈妈刚走到半路,天上一声响雷,"哗"的一声,瓢泼的大雨倾盆而下,把妈妈淋得一身透湿。下午,妈妈收工回家后就显得无精打采,怎么也提不起劲儿。她硬撑着接待完方伯父他们后,又把送来的牛肉炖得香香的让文韬吃。半夜刚过不久,妈妈"水,水,水……"的喊声,把文京吵醒了,她连忙爬起来:"妈,您怎么啦?"

"快给我倒杯水来。"文京起来倒了一杯水送到妈妈的面前。妈妈又说:"你来扶我一下吧,不知这是怎么了,我的一身骨头像散了架一样疼得实在难受,只怕是今天被暴雨淋病了。"

"妈,您身上烫得像火一样,我去帮你请医生吧?"

"傻孩子,这个时候到哪里去请医生?没事,明天你把那些艾叶煮一大碗水让我喝了就会好的。"妈妈一边说,一边接过文京送来的水,喝完后要文京去睡,说她还要坐一会儿。

早上起来,我见妈妈没起,心想,妈妈今天怎么没有叫我们去上学,难道妈妈也睡过头了?不对,她好像是醒的,因为我好像听到她是在叫谁。我急忙走过去一看,妈妈那不是叫人,是她的咽喉里的气往外一吐一吹,就像要死的人一样。我急得大哭:"哥哥,哥哥,你们快来啊!看看妈,妈……"哥哥和文京见我在哭,吓得跑过来扑在妈妈的身上大声地喊:"妈妈,妈妈,您怎么啦!"我们三个急得一起大哭。左邻右舍闻声而至,他们一见,天哪,昨天还好好的,怎么就不行了呢?快去请医生来。

文韬哭着说:"我不知道医生在哪里。"

"我带你去,来,快随我来。"庆叔说完拉着文韬的手就往外跑。

没过一会儿医生来了,村子里的人几乎都来了,有的在哭,有的在抽泣,都在等待医生的诊断结果。只见医生把完脉,翻看眼睛,听了胸口后叹息着说:"我没有一点儿办法,你们赶快送到医院去试试吧!"

望春伯母说:"你们几个男子汉还看什么?快去绑轿子啊!难道还要谁来请你们吗?新友,你不是说总想找个机会补偿她吗?"

新友叔叔擦了一下眼泪说:"是,大嫂,我是急蒙了,哪里想要谁请我们呀,再说……"

125

妈妈的粮票

"别说了,快去啊!"

"哦,是,老庆、老云快来。"他们几个用一把椅子往两根竹竿中间一夹,两头各绑上一截短棍,把被子好好地铺在中间的椅子上,再把妈妈抱到椅子上用被子盖好后抬走,不,基本上是一路小跑,四个男子汉轮换着抬。就在他们绑轿子的时候,望春伯母安排好一切后又说:"文韬,你快去大姐姐家,要他们直接到五里医院去,就不要到家里来了。"哥哥文韬一边哭一边往大姐家去。望春伯母手扶竹轿,我和文京还有秀姨好几个跟随在后,一路小跑来到医院。只见医院里走出一个绅士模样的中年人打招呼说:"嫂子,这是谁啊?"

"方医生,你别问,先救人再说。我在路上最担心的是什么,你知道吗?"

"是什么?"

"就是怕你没在医院。快救人啊!"

"好,好,好,快把她抬到病床上去。"方医生握住妈妈的手,把脉一阵后说,"你们怎么才把她送来?照脉搏上看,气血枯干,脉相微乱,心不养血,血不养脑,上下脱节,应该早就没有命了。我看你们还是把她抬回去吧!顶多也就是今天晚上的事了。"

我和文京听他这样一说,就像五雷轰顶一样,"哇"的一声扑在妈妈的身上大哭起来,所有的人全傻了眼。望春伯母大声地哭着说:"你一没打针,二没吃药,怎么就说没有救了?她昨天半夜还起来喝了水,今天一早就送来了,她不是还有气吗?你要是给她打了针吃了药还是不行,我不怨你,可是……"

"嫂子,你别急,我……"

"我不急,你知道她是多么好、多么善良的人吗?她要是就这么死了,死得太冤不说,她用生命换来的儿女和家不也完了吗?我求你了兄弟。"望春伯母说完往地上一跪,痛哭流泪。所有去的人全都跪下求方医生下药。"医生,您就做个好事吧!救救她吧,她可是太苦了啊!"

"好了,好了,你们快起来吧,我这就下药,不过我把话说在前头,我下药也是死马当作活马医,治好了那是她命不该绝,不是我的医术好;

126

要是没有治好，你们可千万不能埋怨我呀！"

"快下药啊！谁还找你的麻烦？"

"冬梅，快点先打一针强心针，我这就开处方好抓药。"方医生一边开药，一边又吩咐快配药打吊针。床边衣架上吊着的一大瓶药水从妈妈手上插的针管里流进她的体内，望春伯母用扇子拼命地扇风煎药。大家忙了一天，妈妈换了五大瓶药水，喝了两大碗中药。大姐和姐夫在文韬的带领下来到医院时，妈妈还是没有一点反应。大姐哭得特别伤心："妈，您不能死啊！我们都已经长大了，以后都会孝敬您的，您要是丢下我们不管就走了，那我们怎么办啊！我们都会跟着您一起走的，您想看到那样悲惨的事吗？"望春伯母走过来说："你们别哭了，妈妈听到你们的哭声后会更加伤心，那样她的病就会好得慢，这是医生要我来告诉你们的，快别哭了，你们的妈妈一定会好的，放心吧！"

我们抽泣着围绕在妈妈的病床边，望着她那奄奄一息的样子，眼泪就止不住地往下流。大姐怕我太累就抱起我放在妈妈的脚头，要我还是像往日一样抱着妈妈的脚睡。我这个没心没肺的家伙一会儿就睡着了，也不知道过了多长时间，我被哭声吵醒了，迷迷糊糊地说："哥，姐，妈妈没有死啊！"

"你知道什么，刚才医生说，这么久了都没有活过来……"

"姐，我开始摸妈妈的脚是冰冷的，现在好热乎，不信你们摸摸啊！"

大家听我说得那样肯定就都伸手去摸妈妈的脚："妈妈的手在动，你们看，妈妈的手动了。"文韬哭泣着说。

"妈，您醒了，妈妈醒了，妈妈醒了。"大姐惊喜地说。

大家望着妈妈非常吃力地微睁眼睛，眼泪顺着耳根往下流，望春伯母高兴得流着眼泪转身就往后屋跑，她一边跑一边喊："兄弟，兄弟，兄弟，我那妹子醒了，她确实醒了。"

"嫂子，这可是奇迹啊！你可不是搞糊涂了吧？"那医生一边穿衣，一边说。

"是你自己睡糊涂了，你去看了不就知道了！"

"她要是活过来了，不但是奇事，而且是一件怪事，我下的药量在三到四小时若还不醒过来，她就活不成了，可她却能在八个小时后活过来，你说这不是天下的一大怪事吗？"方医生在谈话中来到病房，翻看了妈妈的眼睛后又把她的手平放在自己的膝头上，把脉好久一阵后说："是活了，可是她的热量耗尽，元气尽失，气若游丝，要想恢复如初太难啊！"

"兄弟，请你讲得明白一些让我们听懂了好照着做，看怎样才能让她早点好啊！"

"哦，那是，那是，这么说吧，她可能是由于长期以来的过度劳累和各方面的压力太重，或者又加上生活艰苦，营养无法跟上，慢慢地把体内的热量用完了。好比一盏灯，如果你一直不往里加油，等油烧尽了，灯就灭了。她虽然油尽灯不灭，但想让她很快恢复得像原来一样太难了。因为，就现在这样艰苦的生活条件没有什么进补的东西，就是有了也不能进补太急，要是太急了，那就会死得更快。看来，只有让她在医院里多住几天了。"

"我可不管你是多住还是少住，反正我只要一个健康的人。"

"我说嫂子，那你也得告诉我她是谁呀，你们为什么都如此重视她？"

"她叫玉琴，就是这样一个弱不禁风的女子养活了一家六口，服侍卧床三年的婆婆，去年为了把粮票省给儿子吃，自己却饿晕，后被好友救活。她可是我们村子里的大好人，全村子里几十户人家的衣都是她一个人做，她从来不分穷富强弱，一视同仁。从清早进屋到天黑回家，她从来不说你家的长、她家的短。要是有人打了架挨了骂要她评理，她就想着法给你讲故事，讲道理。我们在外面做事时就讲这些，无形中村子里就很少有人吵架了，用我自己比别人，我想就是她的那些不起眼的故事在起作用。因为有好几次在要和你那大哥吵架时，一想起她讲的家和福自生的故事，那气就消了一半。前天，你大哥为你侄儿的事和我争吵，他竟然说：'我男子汉大丈夫岂能与你一小女子一般见识？'他还真的就不和我争了。我们几个妇女有时说起类似的事情都是大同小异，有时笑得腰疼。一个这样的人，你说我们该不该重视？你要是不信，再看有多少人来看她就会知道。"

"好人总会有好报的，我一定还你一个健健康康的人。"

"这我信，今天打针，下药，都是你亲自动手，还到病房观察好几次，这些我们都看在眼里，你别看这几个孩子都小，可是他们个个都是聪明绝顶的家伙，他们会记着你一辈子的。"医院里面没有地方睡，望春伯母带着姐夫和文京、文韬回去了。我这个老幺谁也哄不走，只好让我留了下来。大姐要我抱着妈妈的脚睡，她自己就伴坐在妈妈的头边望着妈妈。

头脑简单的我没有一会儿就睡着了，不知过了多久又被大姐哭醒了。原来，大姐拉着妈妈的手，坐在那里望着满面憔悴的妈妈心如刀绞。是啊！妈妈从出嫁后离开长沙至今近二十年来没有过上一天舒畅的日子，光搬家就有二十六次。妈妈在日军投降后要爸爸回家只求过安乐日子，一九四八年南京解放不去台湾也是只求过安乐日子，谁知越求越不安乐，几次差点把她自己的命都搭上了。妈妈十七岁那年就生了她，十七年她没有离开过妈妈，妈妈的酸甜苦辣只有她最了解。妈妈才三十六岁，原先那头乌黑的美发消失得无影无踪，剩下一个癞子头，难看死了。一个知书达理、温柔体贴、大度贤淑的小姐太太，像是年过花甲的老太婆。妈妈经常说，这东西是你们外婆最喜欢吃的，这可是你们外公最喜欢吃的，要是能回家，哪怕是一次，能让我尽一点孝多好啊！二十年来，可怜的妈妈一次也没有回去过，她在用她自己的生命保护着她的儿女。大姐越想越伤心。

我见大姐哭得那样伤心就问她说："大姐，妈妈的脚好热乎，她没有……"

"呸呸呸，不许你乱说，我不是哭妈妈，我，我是……"

"哦，我知道了，你是在想爸爸，大姐，你能告诉我爸爸在哪里吗？"

"你呀，怎么又提起爸爸来？爸爸是最让妈妈伤心的人，妈妈要是再伤心，我们就永远没有妈妈了，这是医生说的，你千万要记住，知道吗？"

我非常认真地点了几下头表示记下了。大姐望着我可怜巴巴的样子又补充说："爸爸在哪里，等你长大后妈妈一定会告诉我们的，她不说，你千万别问噢。"

从那以后，我再也没有提起过"爸爸"两个字。

第十二回

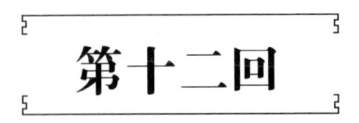

散食堂自家重开伙
开荒种地收获满满

在方医生的精心治疗下，妈妈在第三天就能坐起来了，村子里和她关系好的人陆续来看望她，方医生不得不承认他嫂子所说的句句属实。妈妈出院后没有多久，就到了一九六一年的腊月三十。这个大年三十的年饭只怕是每个人一辈子都不会忘记的年饭，那天中午有肉，有鱼，还有酒，四菜一汤，八人一席，大人小孩都有座位，吃饭前还放了很多鞭炮。我们一边吃饭，一边听那个大干部站在中间的高处说："各位父老乡亲，今天，我向大家拜个年，同时告诉大家一个好消息，今天的大年三十年饭是食堂大锅饭的最后一餐。也就是说，从此以后再也不会吃食堂了。吃过年饭后，一户去一个当家人到食堂领取油、盐、米、菜，从今天晚上开始，大家就各做各家的饭，一家人过上一个团圆的除夕之夜吧，食堂从此解散了！"

"哦，哦，哦，哦"的声音和鼓掌声一阵高过一阵，经久不息。好多人都流下了兴奋的泪水，还有很多人抱在一起狂跳，高兴得不知如何才好。吃过饭后，妈妈和那些当家人一样从食堂分来了少得可怜的食物，能干的妈妈有模有样地做好了年三十的晚饭，一家人坐在一起有说有笑，好不热闹。妈妈一边洗碗一边对围着火炉烤火的我们说："不知你大姐她们那里的食堂散了没有，今天晚上是不是和我们一样这么高兴

地在一起守岁？"

"妈，过两天姐夫和姐姐来拜年时，你一问不就知道了吗？"

"初一子，初二郎，初二一早大姐他们不就来了？"

"对，对，对，还是哥哥说得对，只过一天大姐他们就来了。"

"两天，就是两天，你看今天……"

"别争了。"妈妈打断我不服输的争吵后又说，"你们都听我说一件大事，看怎么办好。听他们干部说，在搞三自一包，四大自由，听说是分到自己的田地和自己开垦的荒田荒地都包给自己种。还能言论自由、居住自由、信仰自由、结婚自由。他们现在都在家里装锄头，只等开会一宣布就会只选最好的荒开，你们说我们是不是也要准备一下，免得到时他们把好的全开了，我们就什么都没有了，那些远在山边的你们怎么种？"

"妈，这事您就别操心，明生伯父早就悄悄地告诉我了。他说：'文韬，你家就你是个顶梁柱，那些男子汉该做的事，你可要操心做好，免得你妈妈劳累过度又犯了病，你到山里砍几根好锄头把放在我这里，等我有空时帮你们装好大小四把锄头，到时你们就只选近的和好的开几块田。这可都是你伯母吩咐的,知道吗？'所以，我早就把这些事准备好了，嘿，到时他们只怕还没有我们快。"

我用手指指着一个一个地数了一遍后说："哥哥，你说四把锄头，难道还有我一把？那我挖得动吗？"

"挖不动你可以搬着锄头抢占地方，那不是你最擅长的吗？别指望妈妈还有粮票给你吃。现在我们都长大了，再也不能让妈妈受苦了，知道吗？"

"妈，你看哥哥又说那个事，我不是没有要了吗？他……"

"他不是说你最擅长抢占地方吗，那是表扬你能干知道不？"妈妈说得我的心里像喝了一碗蜜糖一样。我连忙表功说："嘿，我现在就有好几个地方可以开出来，明天我就去把它抢占到手。"

妈妈说："不行，要等开完会后才能抢，免得别人说我们比他们还狠。"

131

妈妈的粮票

"那怎么办？我们哪能抢得过他们？他们大人一锄头可要顶我们三锄头，我们要是不先下手为强，那就只有吃人家的剩饭了。"

"儿子，你就放心吧，你是不是忘记了你还有两个机灵的妹妹和弟弟，有了他们两个你还怕得不到消息？"

"哥哥，你放心，我们经常和他们干部一起开会，所以，我和小姐姐什么都知道。"

"什么？你们和他们一起开会？你是不是又在吹……"

"哥，文显说的不是吹牛皮，是见他们开会，我们就故意在他们讲话的地方玩，当然我们玩是假，听他们讲些什么是真。要是听说要去抓磨粉的，我们早就通知庆叔叔他们走了。所以，我们也就经常说，走，'开会'去。"

"哈哈哈……哈哈哈……"文京说得一家人笑得十分开心。

有时候你越是着急一件事情，它反而没有一点动静。从初一开始拜年，天天如此，好像还难解心头之喜，只好又组织舞龙玩灯，大人小孩一片欢欣鼓舞，谁也没有提起过"三自一包，四大自由"的事，我和文京天天往大队部跑两次只想"开会"，可就是不见那些干部的影子，他们只怕也和老百姓一样玩龙去了。

是啊，其实他们那些当干部的心里跟明镜似的，应该想尽一切办法图发展，想生存发展就得安民，只有让人民安居乐业，才能繁荣富强。这是天下人所企盼的，更何况那些干部们，他们当然同样乐在其中。一个缺衣少食的春节过得比哪一年都要热闹，正月十五元宵节的晚上，买不起亮壳的孩子早就自己想办法砍竹子破成篾，扎一个圆不圆方不方的灯笼形，用白纸往上一糊，只要里面的蜡烛不被风吹灭，就提在手里跟着大伙疯狂闹元宵。我和文京虽然闹到快天亮了才回家，可是，依然没有忘记到大队部"开会"的责任。

正月十六下午，我们终于确切地知道了，正月十七要开大会宣布：开荒四十五天，谁开的属于谁。正月十七那天，大人们还在开会，我和文京按照哥哥告诉我们的办法把近处上好的荒地用锄头挖线，形成一块

田样就算是我们的了。等散会的大人们背着锄头出来时，我们已经占了两块上好的荒地。妈妈和文京挖一块，我和哥哥文韬挖一块，我跑来跑去看进度，说妈妈和姐姐两个人挖得没有哥哥一个人的多。再就是把别人家占有的地方和进度告诉她们。

  四十五天的日日夜夜，至今，还很难忘，晚上的火把照得满山遍野一片通明，饭是送到外面吃的，雨天不但没有受影响，人们还望有雨天，因为那些干燥的地方只有下了雨才好挖。谁开是谁的办法不知是谁想出来的，真是天才，整个大地焕然一新。因为，所有能种植的地方全部都开出来了，哪怕是房前屋后的零星小块也被开垦出来种瓜种豆。当时的情景，人们好像就是累死在开荒的地里也心甘情愿。那年的秋季只有笑声和歌声，反正，我家的稻谷收得没地方放，连睡觉用的床都堆上了谷子。

第十三回

长沙城满街闻哭声
妈妈讲伤心的往事

我和文京从学校回来像往常一样，还隔好远就喊："妈，我们回来了。"谁知妈妈没有以往的慈爱，她头都不抬地一边洗衣一边流泪，我们问她怎么了，她就是不理我们。当文京放书包时，她发现桌子上有一封电报，上面写着："妈妈病危，请速回。兄忠涛。"聪明的文京知道了是怎么一回事，便对妈妈说："妈，您快到长沙去看外婆吧，家里您就放心……"

"我也要去，反正妈妈去哪里我就去哪里。"我对文京和妈妈说道。

"你不读书吗？老师会开除你的。"文京说道。

"开除我也要去，我要去办一条大事。"我反驳道。

"天哪，'一件'都不会说，他还要办什么一条大事？不就是想去长沙玩吗？你要是害得妈妈去不成，哥哥回来不打死你才怪。"文京说道。

"哥哥从来不打我，就是你坏，就是你坏。我要去！我要去！哇！"理屈词穷的我见妈妈一直没有说话，心里一急，唯一的看家本领就使出来了。

"别哭了，快去把作业做好做完，带你去就是。"我一边做作业，一边流眼泪，妈妈见了说，"讲了带你去，还哭什么？"

"先是急得哭，后是喜得哭，怕我不知道？"文京姐姐嫉妒地说。

妈妈说："要是不把他带走，他会闹得你们都读不成书，那样我会

更加不放心。你和你哥哥在家要听话，我只要几天就回来了。"

晚上哥哥回来，妈妈千叮咛万嘱咐，要他不要做坏事，每天要早点回家，妹妹一个人在家里会怕，要他一定带好妹妹。哥哥文韬满口答应，还要妈妈放心，在长沙多住几天。还要我别到处乱跑，在那样的大城市里会找不到东南西北，要是走失了妈妈会担心。在那种非常时期，不管是谁说的，我都点头答应，只要让我跟妈妈去长沙就行了。

第二天，我和妈妈在千针坪火车站坐上了去长沙的车。二舅舅在车站接到我们，妈妈哭泣着说："二哥，妈妈现在怎么样了？"

舅舅笑了一下说："七妹，你别哭啊！妈妈她老人家好得很，就是每天叨念你，你要是再不回来她老人家一定会病倒。所以我只好与你嫂子商量给你发一封假电报，一是要你回来看一看，二是好让你拿着电报去请假。"

妈妈破涕为笑说："哥，你真是的，害得我哭了一夜不说，就这样两手空空地回来了，你说这有多难堪？"

"你呀，谁不知道你这二十年都苦死了，只要你能让妈妈多看几次那可是比什么贵重的礼物还要值钱。"

舅舅带我们坐上公共汽车到了仓后街，他还隔好远就喊："妈，您快出来啊！她大满姑回来了！"

只见不远的一家门面里走出一位白发苍苍的老太太，手拄拐杖匆匆忙忙地朝我们走来，一个中年妇女连忙跟上一把扶着说："妈，您慢一点，走这么快要是绊倒了那怎么得了啊！"

舅舅告诉我："调皮崽，快叫外婆，外婆和你舅母接你们来了。"

我挣开舅舅的手跑上前去，扑在外婆的怀里："外婆，舅母，我妈妈看你们来了，我好想你们。"外婆丢掉拐杖用双手抱着我，亲了一下我的额头，再用手摸着我的头发。我感觉到外婆的手在发抖，便抬起头来看外婆，外婆滚滚而下的泪水正好落在我的脸上。

妈妈走上前叫了一声"妈妈"就跪在外婆的面前泣不成声，外婆抱着跪在跟前哭得像个泪人似的女儿，两人一句话也没说就只哭。哭泣流露出真情，连上来想劝解的舅母也被感动得抱在一起哭。因为妈妈写给

135

妈妈的粮票

外婆的信都是舅母读给外婆听的,虽然妈妈从来没有说过自己的苦难,但是就凭这二十年搬那么多次的家和好几次的风险,就可想而知妈妈吃了多少苦,受了多少罪。只要一想起一九五〇年十月生离死别的一幕,就可以足足地哭上三天三夜。她们越哭越伤心,左邻右舍都围拢来想劝说,但都被舅舅拦住:"让她们哭吧,只有哭完了才能轻松些。"

没想到妈妈和外婆的哭声把大街上的警察都惊动了,他们了解情况后含着泪水说:"老人不能过于伤心,哭太久会伤身体的。"

妈妈怕外婆伤了身体,连忙擦干眼泪帮着大家一起把外婆劝扶回家。外婆休息片刻后对舅舅说:"忠涛,你给他们的电报都发了没有,也不知什么时候才能回来,他大满姑能住那么久吗?"

"妈,您就放心吧,在三天内他们都会赶来的。您老人家的'圣旨'是没有谁敢违抗的。玉琴,你也别哭了,和妈妈讲点高兴的事吧。"舅母抽泣着端来了两碗莲子汤,一碗给外婆,一碗送到妈妈的手里。我连忙跑进厨房端起我自己的那一份,舅母说我蛮懂味。

我三两下喝完莲子汤就伴在妈妈的身边坐下,听他们大人讲话。妈妈讲的全是长沙话,我听了一会儿乘机溜到门口看热闹。我的眼睛被斜对面的图书摊吸引住了,情不自禁地朝书摊走去。天哪,什么样的图书都有,还都是一套一套的。想起我拿自己最喜欢吃的李子换一本图书看一会儿的可怜事,我的手毫无顾忌地伸向图书摊上拿起一本《桃园结义》看得聚精会神。看了一本又一本,由于尿急只好放下图书按照舅母带我去过一次的厕所解决完事后出来,该往东转的却往西边巷子里一钻,跑了好一阵,才觉得不对,转身就往回跑。我不知跑了多少条巷子和街道也找不到那个图书摊和外婆家的门牌。这时我想起了妈妈在车上讲的,要是走失了就找警察叔叔,当我找到警察叔叔后,由于我不会说长沙话,害得警察只好拿出纸和笔要我写给他们看。我那些歪扭的画符让他们研究了好久才弄明白。警察将我送回外婆家,见到舅舅就批评说:"'乡里伢崽进了城,两头两尾看不赢。回头就只转个身,再也无法转回程'的道理难道你这个长沙通还不懂吗?这孩子都跑到南门口了,你说你们到哪里找去?"舅舅千谢万谢,又是递烟,又是泡茶,还送出好远才回来。

136

舅母找到很晚才哭着回来，舅舅开玩笑地说："你不是说，找不到你就不回家吗，怎么又回来了？"舅母说："我想那伢崽不蠢，他会找回来的。"我在楼上听到舅母讲话，连忙跑下来抱住舅母哭了起来，妈妈和外婆都哭了。我又一次让妈妈伤心，气得妈妈要打我，说我不听话，害得全家不安宁。舅舅拦住妈妈不让她打我，说我是个角色。我问妈妈，角色是什么？妈妈告诉我，角色就是不听话的调皮崽。从那以后我就失去了自由，由舅母专管。谁知我因祸得福，舅母特别喜欢我，她怕我偷出去玩，只好天天带着我到处玩，还给我讲了很多好听的故事。舅母听了妈妈的介绍后，帮我借来了大批的图书，使我大饱眼福。我一边看书，一边听妈妈她们讲各个姨妈家里的情况。这时只见进来几个人："妈，妈妈，妈妈……""七妹……""姐姐……"大家好一阵招呼后，妈妈拉着见人多就跑到她怀里的我说："文显，你快叫姨妈、姨父、舅舅、舅母啊！你看，这是三舅舅和舅母，那是你玉棋姨父母，这是你玉书姨父母，那是你玉画姨父母。"

我随着妈妈的手转一圈后："舅父母好！姨父母好！"

在厨房里的二舅舅说："你看他还蛮会省事，这么多人他两句话就算打发了，咯唖伢崽还真是个角色。"

我没有在意二舅舅的讽刺，用手指点菠萝一样数了一遍后说："妈妈，还有一个大舅舅和三个姨妈怎么没有来？"

妈妈把我的手往下一压说："只能在心里数，用手指是不礼貌的，等下二舅舅又要说你是乡巴佬。"我很认真地望着妈妈点了一下头。

妈妈告诉我："大舅舅忠汉、二姨妈玉娇、三姨妈玉柔和四姨妈玉舒他们等一会儿就来了。"

"来了你不就是两句话吗？"二舅舅总是和我过不去。

妈妈为我辩护着说："只怪他的舅舅和姨妈太多了。"

"要是他们的玉怀姨在世的话，那就更多了。"玉画姨妈说。

玉棋姨妈说："文显，你就不要走了，给我做崽，我还蛮喜欢你这个调皮崽。"

"只要我妈妈不走我就不走。"

妈妈的粮票

　　玉书姨妈见我那样回答，把我往她的胸前一拉，摸着我的头发说："玉棋姨妈住在天心阁游路，呷的是白沙井的水，她家的房子很大，又是派出所的所长，工资高，还可以买很多的图书给你看，那可是比你们临湘乡下好多了，我看你做她的崽是最好的。"

　　我抬头望着玉书姨妈说："妈妈和我哥哥姐姐都一起去不好吗？"

　　大家听我说完大笑起来。外婆说："家无小孩不乐，他还是舍不得那个家，只要和他的妈妈在一起就什么都行了。"

　　玉画姨妈说："只要把他们全都接到长沙来，一切问题就都解决了。"

　　"只能按原来那样说的安排才行。"二舅在隔壁厨房里说。

　　"不知道玉琴的命为什么就这么苦？"外婆接着将一九五〇年民兵押着妈妈来长沙找爸爸，回家后我生病的事讲了一遍，大家听后心痛得直流眼泪。这时只听得一洪亮的声音说："那唖家伙，看起来像个人样，哪晓得他的心比毒蛇还要毒。就是要死一家人也要死在一起，那才像个人，算得是个角色。为了他自己活命，丢掉五条性命不管，那可真不是个东西。"

　　"大哥，你们来了？我们还以为你们明天才能来。"

　　"我的七妹子呀！你为何这样苦啊！呜呜呜……"大姨妈玉娇跑进来抱着妈妈大哭，二姨妈玉柔和三姨妈玉舒跟着进来抱在一起痛哭流泪。不，是全家又一次哭得伤心欲绝。原来，她们几个都没隔好远，为了不让老母牵挂，就相约赶来吃晚饭。当她们到家时，正碰上外婆在讲我们一家生离死别的悲情惨景。她们为了不打断外婆的话，只好站在外面听。谁知越听越难以控制感情的激发，便出现了前面那一幕。

　　哭了一阵后，只听得二姨妈说："你们看玉琴的头发怎么那么稀疏？唉！不是累得直不起腰，就是病得死里逃生，你看她受了多少苦，还是那样一个人扛着不作声，像原来在娘家做女儿时一个样。"

　　"七姐，你的头发到底是怎么一回事？说出来好让大家放心啊！"

　　妈妈将文韬的病好后不久她就病了，送到医院不肯接收，讲了一个大概，哭得一屋人又骂妈妈的丈夫不是人。妈妈说："不要再问那些不愉快的往事了，免得大家都伤心。只要你们告诉我家里的那些幸福事，让我从中得到点享受就足够了。"

外婆呷了一口茶轻声慢语地说:"是啊!不说,不说,免得你们太伤心。今天,要你们回来,是因为我自己觉得这身子每况愈下,只怕是时日不多了,我的心里最放不下的就是玉琴。现在我才知道,每当我的心里特别难受的时候,就是玉琴大难临头的时候,这只怕就是母女连心的原因。二十年来她与长沙基本断了音信,就像一只孤雁拼命地守护着她的四个儿女,现在孩子们总算成林,你们都得帮她一下才是。忠涛发了一封我病危的假电报,才把她请来长沙,让我看到你们的大团圆并对玉琴有了一个好的安排,我才能死得瞑目。"

早就听得心如刀绞的妈妈扑到外婆的怀里,泣不成声地说:"妈,都是女儿不孝,害得您为我担心受累,万死也难赎其罪。"

外婆扶起妈妈说:"这不能怪你不孝,要说还是我和你爸害了你,爱什么鬼才华,又想什么当官的前途无量,不然的话,哪里会让你受这么多的苦?其实,世上只有种田打土砣的才最为可靠。以后你们千万记住,不要想什么升官发财,一辈子能过上安居乐业的日子比什么都值。你们十个人中就有六个是共产党员,就不能商量一下,看怎样把玉琴一家的事安排好,让我在有生之年看到她也能像你们一样,我才能放心地走,也才好向你们的爸爸交差呀!"

女儿女婿、儿子媳妇几十人一看外婆动真格的,大家一时还真呆住了,就连大家一致认为是掌上明珠的满姨老十,也只能用眼睛望了一下二舅,因为真正能拿主意的还是二舅。聪明的二舅把头一低装作没看见,是想让大家都发言,看看大家怎么说。

坐在大姨妈玉娇身边的大姨父说:"妈,您别太伤心了,现在不是'土改'时期了,再也不会有那么大的苦难要七妹子去承受了。人民还可以居住自由,她要是愿到我们农村去,那就什么都好说了。"

"你还莫说,长沙历来人多田少,要说到农村里落户口还真是蛮难的,我看还是在城里想办法为好。"大舅舅说。

玉舒姨妈说:"玉琴怎么能在农村里做事?我们这是瞎操心,二哥他们只怕早就商量得差不多了。"

"那是,农村里要是有花绣,七姐去了还是有用武之地的。二哥说,

139

妈妈的粮票

只要她愿回长沙，一来她就可以跟双双一起做缝纫，文显给她棋姨妈做崽，再把文韬和文京转到长沙来，好让他们想在哪里读书都行，只有这样才能算是解决了她的根本问题。"

外婆听了满姨的说辞高兴地说："好啊，都瞒着我，害我让你们看笑话，你们……"

"妈，看您说的，我们哪里敢瞒您啊！这是昨天才说的事，不是没有一点空余时间向您老人家汇报吗？再说，最了解您的，还是您的这些儿女啊！您说，七妹的苦其实根本就不需要说，从她出嫁到现在，就只说她搬家就搬了几十次，而且还跨省，又逢上抗日战争和解放战争。接下来就是土地改革、人民公社、'大跃进'。您说她该有多苦？恰好她又正赶上生儿育女的节骨眼上，拖儿带崽，流离失所的孤儿寡母，你们说，那可是说有多苦就有多苦。哦，还有一大条最为重要的是她又没有钱，遇上这样的情况要是有钱还好点，没有钱的日子那才是度日如年啊！七妹如此苦不堪言，她都没有回来向我们伸手，她的心里到底又是怎么想的，只怕只有她自己才知道，弄不好只怕我们都是红萝卜白操心。"

"要是你们把这事办好了，我可能要多活几年。只是……"外婆打住又接着说，"哦，玉琴，你二哥的话你都听到了吧！我看你和文显就不要回去了，依你二哥他们的先安置下来后，再把文韬和文京接来不就是了吗？"我正准备要妈妈就依外婆的，心里高兴极了的时候……

"妈，我知道您为了我不知流了多少眼泪，把心都操碎了，我也知道兄弟姐妹们都是为我好。要是我回长沙，别说是我们一家五口，就是五十口回来也有吃有喝，不愁穿住。还是二哥说的，您的儿女，您应该最了解，您和爸爸的教育，在家从父、出嫁从夫、夫死从子的三从四德，我们怎么也不会忘记。我要是想回娘家，只怕早就回来了。可是，我不能回来，因为我只要一离开临湘，黎家的门牌就倒了。只要我不死，孩子们就有一个家的念想，他们要是到外面去讨饭，到了晚上还是都会回这个逐步形成的家。我要是死了，也就什么都看不到了，那才是一了百了的事。要是我离开了他们，看到他们四处漂泊，死活不明，或寄人篱下，受前娘后母的白眼，那我也是生不如死，还不如早死。所以，我就在心里打了一个死结，那就是要活，五个一起活，要死也是死在一起。

再说，我连死都不怕了，还有什么样的苦不能吃，什么样的冤屈不能受？就是这个死结让我坚持到现在。有好几次，我真的是挺不住了想给您写信，当提笔写时又改变了措辞，写的是'妈，您就当我死了吧！'那些一句话的信都还存放在那里。现在我们再也不会有死的分离了，因为他们都能养活自己了，而且还能养活我。最让我感到高兴的是，他们个个都很聪明能干，又有孝心。再说，五四年的那封信，我始终认为一定是他们的爸爸写的，如果真是那样，他就没有死。终有一日他回来了，我不也有个交代，总算保住了黎家的门面没有倒掉！所以，我只能心领全家的情，我还是只能回临湘而不能回……"

外婆不等妈妈说完，就连忙接过话说："好，好，好，好，你们都不要说了，也不要管了，让她回去保门面，去忠，去孝！"

"妈，您千万别生气啊！爸爸要是在世，他一定会支持七姐这么做，他老人家就是最恨那些临阵逃避而不负责任的人，只怕还要把大哥他们骂得狗血淋头。您这样发脾气只会让七姐为难，反正我同意七姐的做法。"三舅舅说完，望着外婆好像在等着挨骂。

"要说妈妈也是看不得自己的女儿受太多苦才说的。其实，她老人家的心里不就是希望她的儿女个个都是好样的吗？不过，我要是七妹那样的情况，说良心话，我只怕早就死了。"

"七妹，不是我们说你！现在国家基本稳定，火车正常到点，你就不能多回来几次看看妈妈吗？你以后还是要做到才是。"大家你一言我一语，都是在表扬妈妈和巧妙地劝说外婆莫生气。

由于妈妈的坚持以及讲得在理，大家口服心服地让她毅然放弃了唾手可得的城市生活，带着我回到老家临湘。在车上妈妈一句话也不说，六个小时就那样一直望着窗外，不管我怎样提问或找话说她都不理我，一路上她的眼眶内始终饱含泪水。一下车，妈妈就牵着我快步往家里走，好像家里出了什么事。

离家还好远我就脱开妈妈的手朝家里跑："哥哥，姐姐，我和妈妈回来了！"

文韬和文京闻声从屋里跑出来同时扑在妈妈的怀里哭着说："妈，我们好想你。"妈妈把文韬和文京紧紧地抱在胸前，无声地流着眼泪。

妈妈的粮票

第十四回

肩出血妈妈暗流泪
幼年失学妈妈痛哭

　　妈妈的眼泪滴落在儿女们的脸上，聪明的文韬连忙用手拉了一下妹妹，离开妈妈的怀抱说："妈，我和妹妹这些天没有做一点坏事。"

　　"妈妈，哥哥天天在家里看书，我从学校回来就有饭吃。哦，他还把家里收拾得干干净净，不信您快进去看啊！"

　　妈妈擦了一下眼泪，破涕为笑说："我怎么会不相信我的乖儿女啊！我这是为你们而感到高兴才流了泪。哦，文韬，你快去打开那个叔叔帮我们挑回来的包裹，那里面全是你们的舅父母和姨父母给你们的东西。文京，你快去倒杯茶给叔叔喝。哦，他叔叔你快坐，真是辛苦你了。"妈妈一边说，一边从口袋里拿出一元钱送到叔叔的手里又说："刚才为了接孩子他们，只怕把你给耽搁了，真是对不起，你就别找了！"

　　"不行，不行，讲好了五毛钱就是五毛钱，我看你们也是可怜人，你一个人养三个孩子多不容易，如果我不是急用，还真的不能要你的钱。"那个叔叔把五毛钱往妈妈的手里一放，转身就走了。

　　大力士文韬提起两个包往家里一放，打开一看："哇，我们发财了。你们看，吃的、穿的、玩的全都有。"尤其是衣服，不管新的旧的穿在我们身上都很合适，那些不合身的通过妈妈的巧手一改，也变得合身了。妈妈还帮望春伯母家的凤兰改了两身，高兴得她天天穿着到处显摆。最

142

让我们骄傲的是，有了很多图书可看，我们三个书呆子看了一夜，因为妈妈从来不限制我们看书。到了第二天才要我给他们讲在长沙看到的新鲜事儿。

好日子对妈妈来说总是一瞬即逝，当时逃到外地去谋生的人们知道家里在搞"三自一包，四大自由"后，陆续地从外面往家里赶，这样一来住房问题就摆到了首要地位。那天晚上，妈妈说："我们要做屋就不如做到老家去，前几天你们的堂兄树祖来接我们回老家，说和我们一起把原来的老屋做起来，慢慢恢复祖辈们的基业，想重振我们书香世家的雄风。他的妈妈下堂到何家去了不会再回来，说现在我是黎家唯一的长辈，全靠我回去主持大局。我说小沅对我们一家特别好，我想就在这里做屋安家算了，我虽然是唯一的长辈，可是，你婶婶我一个妇道人家又能做得了什么主，你是黎家的长子，一切还得靠你这个做大哥的操心，照顾好你下面的三个弟弟才是。他说他一定能做到，一再要我放心，他是不会做有损书香门第声誉的事的。他还说，老家的人都要我们回家，只要我们同意回去，老家的人全都来接我们。他说他过几天再来，要我给他一个准信他做好安排。所以，要做屋就不如到老家去做，迟做就不如早做好，反正以后还是要回去。文韬，你也懂事了，你说哪样好？"

哥哥文韬想了一下说："妈，这里的人对我们这么好，就住在这里不好吗？"

"傻孩子，树老千年，叶落归根，你们都是黎家的子孙，怎么能不回老家呢？不在老家树立门面，那我们黎家的门面不就倒了吗？"

"妈，那些事我不懂，还是您说怎么办吧？哦，昨天明生伯父不是说队里要帮我们做屋吗？还说什么都不要我们管呢！"

"是啊！他们为我们一家专门开了会，前天，大家都劝我，要我千万不要信你大哥的甜言蜜语，还说他的人品很差。只要我们不回去，他们全队人个个都高兴，谁也不把我们当外人看。有关你大哥的为人，我也知道一些，他总不会不分亲疏吧？他跑了几次来接我们回去，不就说明他对自己的亲人不一样吗？"妈妈总是只往好的想。她觉得她的叶落归根，一定要撑起黎家门面的决心是正确的。加上老家的子孙们三番

143

妈妈的粮票

五次地来接她回去,这样风光的机会妈妈是不会放过的。

九月初九是妈妈拖儿带崽又一次搬家的日子。妈妈选这个日子意在九九归圆,她这一生再也不想过流离失所的日子了,她要认祖归宗,堂而皇之地成为黎府这个久负盛名的书香门第的掌门人、倒而复兴的创建人。搬家那天,老家的人都来了,妈妈向那么多送我们到村口的人们深深地鞠了一躬说:"我感谢大家这么多年来对我们母子无微不至的照顾和关怀,我没有能力报答大家,只能将大家的好永远铭记于心,为你们祈祷祝福。"

望春伯母说:"显儿啊,你们要经常回来玩噢!"

我一头扑在伯母的怀里抽泣着说:"伯母,我不想回老家。"

"傻孩子,你不能不听妈妈的话啊!你到了老家一定要听妈妈的话,千万不要让你妈妈生气,你要知道你的妈妈是天下最好也是最苦的妈妈,你知道吗?你们要是不听话,那她这一生就真是白活了啊!孩子。"我点头答应后抬头望着伯母,她的眼泪正好滴在我的脸上,她用手帮我擦了一下我的脸和眼睛又说:"显儿,你伯父说要是老家有人欺负你们,你就回来告诉我们,我们就去把你们接回来,好吗?"

我又点了一下头,朝着围上来的小伙伴们打招呼,和他们话别情。伯母见我们是那样难舍难分,便吩咐说:"你们都一起去送文显到他老家后就一起回来,在路上可不准贪玩,谁要是不听话,下次就别想去了。"

"喔,喔,喔!"天哪,十几个臭虫一样的东西像得到阎王的赦免令一样,疯狂地跳啊,唱啊,一会儿超过妈妈她们,一会儿又落后好远,害得妈妈大声地喊:"文显,你们再不赶上会迷路的。"

回到老家后,一切都与堂兄树祖在接我们时说的相反,十六岁的文韬被堂兄算计得没有丝毫的空余时间,屋后山上砍树、抬树和刨树皮都是哥哥文韬的事,更可恶的是,在抬树时大头都是哥哥的,再就是提砖。提砖是一种非常辛苦的工作,一担练好了的泥土一二百斤,文韬哥哥将泥练好后就主挑,堂兄理所当然是掌合,那样重的担子哥哥一挑就是几天。一天妈妈收工后问:"文韬,不是说我们只要五百砖就够了吗?怎么提了那么多呢?"

144

"妈,他们家要一千五啊!他说明天还要我帮他踩练一堆泥。妈,我好累哦,您帮我看下这肩膀,怎么像针戳一样啊!"文韬说完把自己的衣领往后一翻。

妈妈就着一看:"儿啊!这是扁担磨起的泡破后掉了皮,露出的红鲜肉,能不疼吗?你忍着点,我去拿雄黄油来帮你擦一下。"妈妈拿来自制的雄黄油后,一边帮文韬擦,一边流着眼泪说:"孩子,你堂兄也难,他不也是没有一个帮手吗?现在有了你这个好帮手,你就帮帮他吧,反正都是一家人啊!要是太累了,明天你就休息一天,好吗?"

刚刚吃完晚饭,堂兄树祖进屋说:"婶婶,您要文韬去把那十几根树皮刨完。"

妈妈说:"那些树都要得很急吗?要是不急就过两天再刨吧!"

"怎么啦?又想住新屋又不想出力吗?这可才开头啊!"

妈妈连忙接住堂兄的话说:"不是,不是,我是说文韬肩上磨破了皮,一动就出血,要是不急用就让他休息一两天后再做,行不?万一要得急,我就去帮他刨也是一样。"

"那好啊!要不他提合,我来挑,不过,要是砖没提好那只能做在你们的屋上,我是不会要那种偏东倒西的砖的。"堂兄说完转身就走。

"妈,别求他了,我这就去刨,我把事做完了,看他还有什么说的!"哥哥说完拿起柴刀就一根一根地刨了起来,文京和我帮哥哥扶压着树便于他刨,不要妈妈帮忙,妈妈只好站在临时性的草棚里望着她的儿子流眼泪。没过多久做屋就开始了,小沅村子里的人一天来好几桌人助工,每天帮我家助工的人都被堂兄安排到他那边去做事,他们每天一桌人,因为我们是共用一个堂屋,所以,只能一起做起来。我家的人多事少,他家是人少事多,妈妈又正想帮他一把,这就正好中了堂兄的算计。可是,那些助工的人却看不下去了,后来他们就自己安排,除了屋上要用的人外,其余人就要妈妈去借柴刀来,他们到山上去帮我们家砍柴。屋建起后,人家说,"他们家的工人真好,不但帮他们把屋做起了,还帮他们把一年要烧的柴都备齐了"。新屋完工那天,妈妈将桌子上往日的八盘四碗加到十盘八碗,她给四桌斟满酒后,又给她自己也斟了一杯酒,

妈妈的粮票

站在中间举起手里的酒杯说："我们在小沅与你们一起住了八年，一直是大家在照顾我们，还一再挽留我们就住在那里别回来，可是，大家不但不与我们计较，还来帮我们把屋建起，我们孤儿寡母的无以为报，只好借此机会向各位做叔叔伯伯的敬一杯酒。我一个妇道人家本不该如此，只因孩子们太小不能喝酒。来，我先喝为敬，感谢大家的帮忙。"妈妈说完一饮而尽。

她等大家喝完后又说："另外，我还得求大家一件事，那就是没有佳肴款待大家，回去后千万不要告诉他们伯母和婶婶，免得她们又笑我什么都不会做。"

"哎哟，我的好嫂子，你知道她们在家里是怎样说的吗？她们说你每餐要做那么多的菜，又都做得那样好吃，真是让人难以相信。一个娇柔得弱不禁风的官太太，她哪里会有这么大的能耐？你们要是不帮她多做一些事，怎么对得起嫂子的三餐饭。所以，明生兄除了安排屋上的用工外，还安排我们到山上去帮你们砍柴。"

"每天不还是有几个在帮树祖做事吗？他哪里是接你们回家，我看其实就是接嫂子他们回来帮他树祖做屋。现在他就这样，以后还不知道要怎么样算计你们……"

"来，我在这里代表树祖再敬大家一杯，大家要多喝几杯淡酒，我这心里才好受些，不过，你们回去后好坏话都别对她们说，免得又讨骂。"

"哈哈哈……"大家笑得前俯后仰，把那些不该说的话都抛到九霄云外去了。这次起屋，所有的远亲近友都前来帮忙，他们不但夸妈妈的饭菜做得色香味俱全，而且将妈妈曲直分明、善良、贤惠、能干、内刚外柔的美名传得沸沸扬扬，无人不知。认识和了解妈妈的人更是说她不但衣服做得好，还是个什么都能干的女强人。

可是，现实是不是谁能干，谁的命运就好。越是能干的人，她的命运反而越是不好。后来搞集体所有制，共同生产，以计工分为分配原则。跟我们差不多大小的孩子们都不读书了，都要帮家里抢工分。我和文京姐姐也没能幸免，她丢下六年级的课本跟着妈妈做缝纫，

146

一年上交生产队三百元钱买最高的妇女工分。农忙时姐姐还要做割草、打青、插田、锄草等杂事多挣工分。我丢下四年级的课本看两条大水牛，一年可得二千四百工分，到年终结算时我们家进的钱最多，可是妈妈一想起我和文京辍学太早，没有读书，就气得大哭。她从帮我新做的书包里拿出我考完小的考试卷子哭着说："我的显儿他真听话啊！说要双百分考取完小，他就真的做到了。我答应帮他做的新书包却用不上，原来想他最小该让他多读点书，谁知道反而就他的书读得最少。儿啊！我苦命的孩子，你为什么要这样懂事，非要帮着做工分啊！别人说有爸爸的孩子都不去读书了，你一个没有爸爸的孩子还读什么书，你能听他们的吗？"

一次，我拴好牛回到家里吃饭时，妈妈说："孩子，你还是去读书吧。"

"不，我不去读书，姐姐不也没有读书吗？"

"看你这孩子说的什么话，你姐姐比你大，她可以跟着我学做衣，你还只有十二岁，这不是太小了吗？"

"不，我不要读书，我要和你们一起挣工分。"

妈妈将我的头抱在胸前哭泣着说："文显，你怎么总是要往这上面想啊！孩子，你长大了会后悔的。"

"妈，您放心，只要您在外做衣时能帮我借些书回来就行了，有您的指教，我肯定比他们强。"后来，妈妈真的借了好多书给我看，再后来就是自己买着看，谁知这一看就看了几十年，妈妈也为这件让她最伤心的事哭了几十年。后来她的儿子成了作家和书法家，妈妈看到儿子出版的书后哭得更加伤心。不知是高兴而哭，还是为她儿子一生的辛酸而哭，只有妈妈自己才知道。

第十五回

阎王爷不收美孝女
调皮崽最让妈操心

一九六四年的春节，人们坐在禾场里陪那些前来拜年的三亲六戚们晒太阳，天南海北、古往今来地聊着，几个大人围在一起用扑克发十点半赌钱。

只有妈妈好像天生就是一个永无休止的劳作者，刚吃过早饭就要我们帮她把缝纫机抬到禾场坪里，她要帮人家的孩子赶做过元宵节的衣服。姐姐文京坐在妈妈的缝纫机旁帮忙钉扣子，她对妈妈说："妈，我的头有点昏，想到床上去躺一会儿。"

妈妈说："去吧，要把衣服脱掉，把被子盖好，不要着了凉。"文京放下手里的针线就到房里睡去了。我一个人玩了一会儿觉得无聊，就到屋里去喊姐姐起来玩。我还在门口就看见姐姐用手乱抓被子，牙齿咬得"咯咯"响，喉咙里发出"嘟嘟"的怪声。我急忙冲上去抱住她大声地叫："姐姐，你怎么啦，妈妈你快来啊，姐姐这是怎么啦？"

妈妈连忙跑进屋里，只见她的眼珠往上翻，手脚一下一下地抽搐，开始口吐白沫。妈妈吓得抱住姐姐大哭："文京，你这是怎么了？你们快来救我的文京啊……"妈妈的身子一软就倒在姐姐的床边。哥哥文韬飞快地跑去请来了二爹，大人们分成两个组，一边救文京，一边救妈妈。经过大家好一阵急救，姐姐的眼睛才慢慢地睁开，有气无力地哼了一声。

148

二爹对醒过来的妈妈说:"赶快想办法将文京送到医院去,如果不及时治疗,再复发了,就更严重了。"哥哥不等妈妈吩咐,急忙找来两根竹竿,在大家的帮助下很快就绑好了竹轿,妈妈抱着文京放在铺上被子的躺椅上,要他们抬起快走。妈妈跟在后面一路小跑来到医院,经过确诊后医生说是急性脑膜炎,要是迟来几分钟就没有救了。

妈妈望着病床上输液的女儿,心疼得低下头去用脸挨着她的额头,伤心的眼泪像断了线的串珠滚滚而下,站在旁边的医生们看到妈妈如此伤心便安慰妈妈说:"这是怎么啦,你女儿的病情已经控制住了,过几天就可以出院,我们不是告诉你了吗?"

那个时代经常出现脑膜炎病症,有很多患者因为治疗不力,就是没有死也是个痴呆留在世上。所以,妈妈每天除了抱着文京和她说这说那谈心外,还要问一次文京的情况。

住了七天院的文京出院了,没有留下一点后遗症,压在妈妈心头上的那块石板终于落地。可是,可怜的妈妈却瘦得风都能刮起,差点又被累垮了。妈妈原以为儿女只要养大了,就什么都不用操心了,可是,从现实生活中看,孩子越大,妈妈越是操心。小姐姐的病好了没有多久,我和几个伙伴一起玩站竹筒,我说站在上面不算本事,要玩就要站在上面滚,滚得最快的才算能。我得到第一后还不服气,把两个竹筒拿到斜坡上,炫耀着说:"你们信不信,我能站在竹筒上滚下去?"说完往上一站,哪里知道在斜面上的竹筒当你的脚往上一站,失去控制的竹筒像擦了油的滑轮一样往下滚,带得我本能地往后一仰跌,反手往地下一撑,只想不跌下地,争回逞能的面子。谁知右手四指撑在一个半块砖头上,手掌落空,"咔嚓"一声手腕骨脱节,手腕上的皮鼓起一个小包,凭我左手断了两次的经验,就知道右手的腕骨又错腕了,怎么办?为了不让妈妈着急,我就学着上两次大人的方法将左手五指插入右手五指的指空里,压在自己的膝头盖上将右手往回拉。刚一用力,天哪,那可真是撕心裂肺的疼,我咬紧牙齿用力拉,又是一声"咔嚓",看着那鼓起的皮消失了,这就说明腕骨下去了。疼得满头汗水的我也没敢用手擦一下,就那样捏拿着右手离开小伙伴,慢慢地走到家里坐在大门墩上等妈妈回来。

"妈，你看弟弟那样子肯定又做了坏事。"

"只怕是，他从来没有做过的。"

"不，是跟谁打了架，那副沮丧相好像是刚刚打完。"

"他打了架是不露声色的，你看他的手，不好，你弟弟的手又断了。"妈妈说完就起了小跑步。我看见妈妈来到跟前，钻心的疼痛让硬撑好汉的我再也撑不下去了，止不住的眼泪直往下流。

妈妈上前把我往胸前一抱说："文显，你怎么啦？是不是又跌了手？是你自己跌的吗？"

我抽泣着说；"嗯，不要紧，现在没有多疼了。"

"来，让妈看看。"妈妈一边说一边伸手往我的手上一摸。

"哟……"我疼得忘记了自己说过的话，叫得妈妈心里像刀扎一样。

"妈妈，您别信弟的，肯定是又断了，他是怕您骂他不听话、不争气，他那个样子只怕早就疼得昏过去了，一看他就是在硬撑。"

"你放屁，你胡说，你看，我的手就是没有断。"我出言就骂姐姐。

妈妈一看我松开左手的右手："天哪，都肿得像包子一样了，还在骂姐姐，要不是这样了，看我怎么教育你。"妈妈望着我的手气得一屁股坐在大门槛上流眼泪。我知道妈妈不光是心疼我的手，更心疼的是，我没有读书而少教育，活像放牛场上没有受过教育的人一样，出言就是恶语，动手就是打人，一个地地道道的文盲加流氓。因为这是妈妈经常在我耳边唠叨的一件大事。今天，我竟敢当着她的面骂姐姐，这不是伤透了妈妈的心吗？妈妈最怕她含辛茹苦养育的人，被别人说成是没有家教的东西。

我知道妈妈的心思，又抽泣着说："妈，我知道姐姐是为我好，以后，我再也不骂人了好吗？"

妈妈这才走进屋里拿了手电筒和做衣用的尺与剪刀走出来对姐姐说："快做饭，等你哥哥回来后好有饭吃，就说我和你弟弟等一下就回来。"妈妈说完又对我说："走啊，你坐那里不动，难道还要我背你不成？"

"妈，我的手不疼了，天都黑了不去行吗？"

"看你这孩子，妈妈带你到钟医生那里去看一下，听话，只看一下就回来，我知道你的手没有断，是妈妈不放心。"

"不去，不去，我的手没有断，我知道，你是骗我的，等我到了那里，就有几个大人把我压得死死的，没有断的手也会被他们扯断。"

"不会，不会，这次妈妈是带你去找那个真正的医生，就是断了他也只用药，不是像那个土医生一样，妈妈不会骗你。"

"不去，不去，我就是不去，反正我不去。"这是因为我想起前者就害怕。那是我六岁的时候，有一次和几个小伙伴一起在草堆上玩，我一个人站在草堆顶上不让下面六个人上去，他们就设法往上冲，都被我赶了下来。他们几次没有成功后，就躲到一边去商量对策。我在上面大声地喊"来啊，你们就是一起冲上来我也不怕"。谁知，他们六个一起冲到草堆的一边，一声大喊"起"！六个人竟然掀起草堆往上一抬，草堆就往另一边倒去，我自然也就随着草堆垮了下来，一个倒栽葱，左手的肘骨错腕了，疼得我在地上乱转圈。妈妈急得不知如何是好，那些大人们说，这是小事，不要急，请老谭来帮文显拉一下就好。请他来后，他要几个大人将我压住，然后握住我的左腕用力一拉，天哪，那根翘起好高的肘骨不但下去了，而且前后还脱离有二寸远的空洞，要不是人的皮有松缩，只怕早就让他给拉断成了两截。我疼得差点昏过去，他没等我喘过气来，又顺手将我的前手臂往前用力一推，两根骨头相撞，这一下疼得我全身发颤。我破口大骂，骂到他的祖宗十八代，他说我不该骂人，是少家教。帮忙的说，要说你还真的该骂，要不是人的皮能扯长，孩子的手早就被你扯成了两截，别说他还是个孩子，就是一头牛它也会受不了。妈妈心疼得一边流泪，一边留他吃饭道谢。用杉树皮包住的手刚过七天，我又和小伙伴们逗着玩，一不小心左手还没有长好的骨头又错腕了，妈妈气得哭着另请医生接好后，十天没有去做衣，天天将我牵在手里，我的手这才好利索了。

所以，我一听说又要去找医生就一千个不愿意，那是谁都愿做个残废赖活在世上，也不愿活活地疼死的缘故。幸好又是姐姐提醒我说："弟弟，妈妈带你去找的钟爹那可是你认得的，是你说在姚里山放牛时，有个叫四云的说他的脚跌断了是钟爹用药治好的，没有一点疼的感觉。你还说要是你碰上的是那个钟爹，你就是给他老人家磕几个响头都值。这不正好碰上了，你怎么还不想去了呢？"

"姐，你真好，我还真的把那事给忘了，要不是去钟爹那里，打死我我也不去。"

我和妈妈好不容易摸黑来到钟家，说明来由后，钟爹要我伸出手让他看看。我在极不情愿的情况下还是将手伸了出去，钟爹轻轻地摸了一阵后说："这手断了，好像又是谁给接上了，难道说是没有断？国英兄，请你帮我看一下，不知是我诊断有误，还是看不出来？"

"看你说哪里话，我怎敢在你面前班门弄斧，你要是看不出来，那我更看不了了。"那个叫国英的人说。

"看你把话都说到哪里去了，你是徐步青大师的嫡孙，不知治愈了多少疑难骨碎骨折，能遇上你，也是这孩子的命大，要不然，我还真的拿不准。怎么还和我客气起来了？"

"好好好，不客气，来吧孩子，你用手抓紧我的一个手指，要用你最大的力气抓紧知道吗？"

我点了一下头以示知道后便使劲捏紧，是想说明我的手没有断，可是，不管我怎么用力，就是使不上劲，没有办法只得放开了他的手指。

那个叫国英的伸手拉起我的手轻轻地摸捏了一会儿，笑了一下说："吉太兄你看准了，这孩子的手是断了，可是被接上了，而且还接得很好，这其中的缘由只有他们母子心里才有数。"

妈妈连忙接住说："文显，你的手跌断后是不是有人帮你接好了？你不告诉妈妈，害得伯伯他们产生误会，说我们母子为人不实在，看你这孩子，难道把我往……"

"妈，我没有骗你们，我也不知道自己的手真的会被我自己接好。再说……"

"慢，你说什么？自己接好了？你能从头到尾慢慢地讲给我们听听吗？"那个叫国英的人说。

我不慌不忙地把事情从头到尾仔细地讲了一遍。

"原来真的是他自己给接上了，我钟吉太行医几十年，这可是第一次见到这样的奇迹,这可是一个大男人都无法做到的事,他一个小孩子做到了,而且还接得这样好,国英兄,你说这样的孩子今后会是一个什么样的人物?"

"以后的事不敢说,现在可以说他真是一个蛮子崽,更是一个调皮崽。调皮崽,回去后要你家人帮你到小溪里捉一些小螃蟹用布包裹住,用木槌捶碎后放在锅里炒热到不烫手后敷包在伤骨处,最好是一天换一次,如果没有新捉的螃蟹,就把原有的加热后重敷。因为热螃蟹对接筋接骨特别有效,要是你能一天一换,包你十天就可完好如初……"

"别说一天一换,就是一天两换也做得到。"

"就算有那么多的螃蟹,你家人也没有那么多的时间啊!"

"我是捉螃蟹的高手,哪个港滩上最多我都知道。尤其是晚上它们都出来晒月亮时用手电筒一照,要多少有多少。"

"我只听说过晒太阳,看月亮,今天才听你说什么晒月亮?"

"嘿,你们大人不是说月亮晒黑了的人就长不白了吗?"

"哟,看来你的学问还不少?那你的手还疼吗?"

"好像没有原先那样疼了。"

"钟医生,您看还需要别的药配合吗?"妈妈接过话说。

钟医生说:"你娘俩回去吧,什么药也不用配,只要按照他国英伯伯说的做就行了。谁要你生了个这样的调皮崽,要多费多少心啊!"

"是啊!四个儿女最让人操心的就是他,不过也有他的好处,那就是他的自理能力特别强,都还喜欢他。哦,还没给两位大恩人钱啊!多少,您说吧?"

"哎呀!别说我们没有动手,就是动了手也不会收你一角钱,因为,你可是我们地方最贤惠的女人,所以,谁都不会收钱的。"

妈妈拿出的钱被钟医生挡住后用手把我们推出门外说:"这么晚了,天又黑,快带着你的调皮崽早点回去吧!"

我和妈妈回家的当天晚上,哥哥和姐姐打着手电捉了很多螃蟹,一天换一次,仅仅五天我的手就完全好了,热螃蟹接筋接骨果然厉害,真是谢天谢地。

第十六回

娶媳妇贤德远传
嫁小女肝肠寸断

一九六四年，哥哥文韬不但二胡拉得特别好，而且笛子吹得悠扬婉转，有时音拔巅峰，回荡九壑，如高山流水。一次，县文艺团到大队检查文艺演出评审优秀奖的压台戏《红梅赞》，在哥哥文韬的二胡伴奏中，姐姐文京翩翩起舞，一会儿有上九霄揽月之志，要拨云见日，一会儿又如轻燕掠水，自由畅快，把那种渴望自由、想冲破黑暗、寻找黎明、匡扶正义的精神显示得淋漓尽致，引发一次又一次的掌声，而且每次都是那些行家们发起的，他们的品头论足无不击中要害，说得条条有理，道得处处在点子上，行家就是行家，他们才能说出那些精彩的琴舞合一的行话。从那以后，十八岁的文韬和十六岁的文京就已经成为大队宣传队的台柱。

可是，世上的事情就是那样离奇地变幻莫测，文韬没让妈妈知道就报名到矿山去打石头。文韬担心妈妈不同意，回家后犹豫了好久才开口说明事由。谁知妈妈非常深明大义，她老人家说："孩子，你们都已经长大了，是你们出去干大事的时候了，我听说那里什么都好，就是不太安全，不过，事在人为，要是大家都喜欢你，事情就不一样，自己注意再加上大家的关照，不就没有事了吗？孩子，你千万要记住，人不管在哪里，最重要的就是勤快，勤快的孩子在哪里谁都喜欢。你们说，一个被很多人喜欢的人和一个不受欢迎的人对比那将是一种什么样的概念，我想你们应该知道。要是你们按照妈妈说的做到了，对你们会有很多的益处。"

文韬说："妈，我一定会照您说的去做，您就只管放心吧！"两个月后，文韬回家高兴地告诉妈妈，他没有上山采矿破石，而是被一个姓方的铁匠师看中了，要他跟着他学艺做帮手。矿区的领导和朋友们还要他做东请客，说他一年多没有找到合适的人选，这次找到了，不但解决了矿上钢扦煎火的紧张状态，更减轻了他本人的工作压力。因为师傅不但手艺高，而且为人正直，又平易近人，邻居矿区的钢钎求他煎火，他也是来者不拒。所以，他的威信特别高，就是矿长也得敬他三分。能被这样的师傅看中的徒弟肯定也是高人一筹的主。原来，师傅看中的正是文韬的勤快和诚实。

转眼中秋节到了，文韬放假回家，中饭时对妈妈说："妈，师傅帮我在矿区那里相了一门亲，他们家姓李。师傅说……"

"孩子，你不是已经同意了牡丹这门亲事吗？怎么又去相亲呢？那可是个难得的好姑娘啊！"

"师傅说，结过婚后就是过婚，我可不愿结一个过婚。"

"看你这孩子，那个媒人不是讲得很清楚吗？她那是结的假婚。孩子，婚姻大事关系到你一生的幸福，这个你可一定要有自己的主见啊！"

"师傅说，您要是同意，他们过几天就来看人家，踏定。我不知道这是干什么，师傅说您知道，只要我回来告诉您就行了。"

妈妈笑了一下说："那就是女方家里的女字辈到男方家里看看，看中了就答应这门亲事，这样就算把这门亲踏踏实实地定下来了，不过，她们要是真的定下了才收男方打发的红包。看来你和你师傅都已经定下了，那我就什么也不说了，回去告诉你师傅，她们什么时候来都行。"

"哥哥，你了解她吗？你说牡丹姐是过婚，那你就选兰芬姐吧！她前天见到我还问你什么时候回家，她想来家里玩。"文京一边吃饭一边说。

文韬笑了一下说："她，还在大队搞宣传吗？"

"没有了，现在的宣传队人员全部都是原来那些打杂跑套的上台，因为他们的组织不同，经常发生斗殴，有一次在台上演出时还打起来了。上次听兰芬姐说还是要我们回宣传队。她说，大家都在各自的工作上有了自己的安排，怎么能半途而废。再说……"

"她真是我们的知音，回答得真好。原来不知道，以为演戏搞宣传很好，现在才知道那是没有一点出息的事情。"文韬打断妹妹的话说。

文京笑了一下说："哥，我看你很喜欢这个嫂子，是吗？"

"我觉得师傅说得还是蛮有道理的，你一个小女孩知道什么？"

"妈，你看哥哥他怎么什么都护着他的师傅，好像他的师傅不管是什么事全是对的，从来就没有一点错，他自己为什么就不能拿个主意？"

妈妈笑了一下说："你哥哥他喜欢不就是主意吗？"中秋节后的第五天也就是八月二十日那天，哥哥的师傅带领着嫂子她们家的两代女字辈一共来了八个人，吃过午饭她们在一起商议时只听见她的妈妈说，好是好，就是这样的茅草屋太难看了……

"妈，他们这里不都是茅屋吗？依我看这还真是一家很难得的好人家，你看文韬他妈妈那可真是官太太的谈笑和举止，要是能让妹妹学会她妈妈的一半，这户人家那可就是地方上的第一户了，我看这样的人家要是错过了，只怕再也找不到第二家了。"

"我看她嫂子说得是。"

"我也是这样认为的，就连文韬的弟弟和妹妹都与众不同。"

"嫂子，你在路上不是说会看的看儿郎，不会看的看田庄吗？我看她们几个妯娌说得在理。"

"好吧！既然你们大家都这样说那就定下了。"她妈妈的一句话，这门亲事就算是定下来了。媒人告诉妈妈后，妈妈连忙把准备好了的定亲礼品全拿出来交到师傅手里，媒人夸奖说："您老人家真的是天下最好的妈妈，您办齐的这些彩礼比很多大户人家的还要好，这样一来她们就更没有什么话说了。"果不其然，男方经过媒人把彩礼送上后，她们真是高兴极了。

送走媒人和女方家的人后，妈妈首先就是要请一位技术高超的木匠师傅打造一张三重滴水的琳玻床。在当时，年轻人结婚就是比看谁的琳

玻床打造得最好。一重和二重滴水的床代表下中等级，三重滴水当然是代表上等级。妈妈要我到大姐家叫大姐和姐夫一起回家商量造床的大事，姐夫说："打造三重滴水床的琳玻床只有请方老师傅来才行，那上面的雕龙画凤刻狮凿虎和那些栩栩如生的百鸟朝凤、龙凤朝阳、鸳鸯戏水、花鸟呈祥，只有他老人家才能有那样的技艺做到这些，也只有他老人家才能想调谁来帮忙就能叫谁来帮忙。妈，您看是不是改变一下计划就只打二重滴水，行不？"

妈妈说："你今天就去把这件事办好，最好是你能同他老人家一起来，那样的话你还可以帮他挑些工具来。"

姐夫知道妈妈一向说一不二，他看了一下大姐的脸色连忙说："妈，那我现在就动身吧？"

妈妈说："我也正是这个意思，那就只有辛苦你了。"说来也巧，姐夫到了方老师傅家里，他老人家正好从别人家里完工后回家才休息半天。他看到姐夫，打趣道："哟，这不是我们方家的少爷来了吗？是什么风把你吹到我这寒舍来了，这不是为难我吗？拿什么招待你这个公子少爷啊？"

"我说您啊！这都什么年代了，哪里还有公子少爷，我可是无事不登三宝殿！今天什么也不要您招待，我是特别来请您去帮我舅弟做一个三重滴水的琳玻床，最好是现在就同我一起去。"姐夫也很随和地说。

"三重滴水，就得有三重火檐配套，这可是大工艺啊！你岳父家是不是很有钱，非得要花这么大的心血来操办？"方老师傅说。

姐夫笑了一下说："其实我只有岳母，可是我这个岳母只怕要顶十个男人，她不但仁慈善良又贤惠能干。她老人家宁可委屈自己，也不愿让儿女受半点委屈，她最怕别人说她的儿女因没有父爱就要低人一等，所以，她不管是嫁女还是娶媳妇，都要办得比那些有爸爸的还要热闹，这不，媳妇刚定下就要我赶过来请您，还一再嘱咐要我同您一起走，好帮您挑东西。"

"哦，原来是这样，看来是个很贤惠的女人。我原本要休息两天的，既然是这样，那就不休息了，同你一起走吧！"方老师傅说完就开始收拾东西，让姐夫挑了一大担，他自己还有一小担。姐夫一边走一边说："您出去做艺要带这么多工具，每次不都要请人帮您挑担吗？不过您的徒弟多，是不是都由他们挑啊！"

"你呀！只有像你岳母家这样的大工艺才要这么多工具，别的小作就我担的这点东西就足够用了。真的是公子少爷命，什么都不懂，看你……"

"你别总是公子少爷的，您看今天要不是我这个什么都不懂的公子有一身好力气，我看不把您这身老骨架压垮才怪。再说，这次您可一定得把您的看家本事全拿出来，不然我还真没办法向我岳母交差。"

"哦，这是什么意思，是不是在你岳母面前吹牛了？"

"我哪有那样的本事，只怪您自己，谁叫您的手艺做得那么好，我在她老人家面前只是说了实话，谁知我还没有说完就要我赶到您家，还要我……"

"难怪你进门就只要我快点同你走，好像生怕我又被别人接走。"

"这一点还真的被您说准了，我在来时的路上最担心的就是您不在家，见您在家我真是高兴死了，所以，什么都没说就逼着您快上路，我知道您是不会怪我的，不过您就是怪我我也不怕，因为您打不过我。"

"还是小时的无赖皮，哈哈哈……"两人虽然是一老一少，年龄有差距，但他们是本家，以派辈论、家、敦、孝、友，他们两个都是家字派，那就是兄弟辈。再说，他这个方玉林的独子少爷虽然被划为大地主子弟，但是他的声誉还是很不错的，这样一来他们之间就这样随和地相处着。两人一路说笑到家时，正好赶上妈妈的中饭，进门一番亲切的客套后，妈妈吩咐大姐送上洗脸水先让老师傅和姐夫洗手脸，妈妈又继续炒菜。洗完手脸的他们刚坐下就接到小姐姐文京送上来的甜酒冲鸡蛋茶，收走他们的茶碗，大姐的清茶又送了上来，还说请老师傅漱口后稍坐片刻再吃饭。两个能干的姐姐将桌子摆好，再将妈妈炒好了的菜一样一样地往桌面上端。炒、炸、焖、煮、煎、炖、烧、烤，每样两碗，十六碗摆放一满桌，色香俱全，真让人垂涎欲滴。这样的一餐算不了什么，难的是妈妈在以后的三十二天里，每天五餐的正餐和加餐都有更改，从来

没有连续不变的。方老师傅的帮手和徒弟们来自各地，妈妈的贤德和能干也传遍了各地。当时当地第一床竣工那天，只见方老师傅把最后一块花板装完后站在床头前用斧头敲了一下床檩后开口吟咏："吉日吉时吉床安，'有'善德之家伴福眠；'有'鲁班先师说床宽（'有'这个'有'字是围观的人帮答的），子子孙孙睡得安；'有'鲁班先师说床高，'有'子子孙孙戴官帽；'有'麟趾呈祥龙光照，'有'家出贤臣坐当朝；'有'不是我先师奉承好，'有'是尔忠孝仁恕礼义高；'有'天地昭彰得好报，'有'永发无疆天不老。'有'恭喜，恭喜，恭喜您发贵发富。"

"承蒙，承蒙。"妈妈一边答复，一边伸手将红包送到方老师傅的手里又说，"一些小礼，望您笑纳。"

"受之有愧，受之有愧啊！"

妈妈送走老师傅他们后，接下来就是招待来参观第一床的观赏者。其中，有一个说："我早就说过还是文韬的命好，我们这些有父爱的真的比他这个没有父爱的差远了，我去年结婚我爸帮我做了一张平头床，上面的五块玻璃只怕还是从哪里捡来的。"

又一个接着说："我看你是在咒你爸爸，哪里有那么一合一的玻璃捡，真是败人不要本。"

"事实胜于雄辩，你们看文韬床上的玻璃，画得既鲜艳夺目，又活灵活现。用他这些大大小小三十六块玻璃比我那五块，只怕你还不愿捡！"

泡茶给他们吃的妈妈说："看你这孩子说的哪里话，你爸爸妈妈为了你们六个兄弟姐妹多不容易？一张床的好看和不好看都是小事，重要的是要你们做儿媳的和蔼可亲那才是大事，只有家和才能万事兴旺发达，到那时做的就不是床了而是雕梁画栋的大厦。"

"姨，您说得真好，我只想能有一间属于我自己的房子就心满意足了，哪里还敢奢望大厦小屋的，要是真有那样的日子，我一定请您上坐。"妈妈就这样一拨一拨迎送了好几天才归于平静。文韬那天从矿区回来看到三重滴水的新床高兴地抱住妈妈的双肩说："妈，您真伟大。"

"好啦，不知是从哪里学来的甜言蜜语，你们可不能学知道吗？"

159

"嗯,知道了。哦,妈,我师傅说,您要是想今年内娶媳妇,您就得早点向她们家求亲,还说要求好几次。"

"只有求亲娶,哪有问女嫁,这些妈妈当然知道,早就盼你回来要你先跟师傅说好,要他辛苦一下到你岳父家里走一趟,就说我请他老人家代表我先去求亲,他去求了后你再回来把情况告诉我,我好再作安排。"

没过多久,文韬晚上回来告诉妈妈,说岳父家同意嫁女,只是担心我们家的条件。妈妈笑了一下说:"孩子,你明天回去后就如此这般地对你师傅说,肯定会顺利的。"

文韬赶到矿区的第二天正好下雨矿区不能开工,他们师徒二人到岳父家里一套客气后,师傅开门见山地说:"亲家,今天本来是该文韬的妈妈亲自来向你们李府正式求亲,可是她说她一个妇道人家实在不好出头露面,只得全权委托我为文韬主持一切娶亲大事。俗话说'一日为师终身为父',我想我这个当师傅的是该担当这个责任,要是你觉得在理我就说事,要是非得要文韬他妈妈来才行,那我现在就动身回家要他妈妈明天再来。"

"看你这个当师傅的说哪里话了?我那亲家说得在理,再说,她确实是太不容易了,天下有如此能干的贤明女人只怕是难找得很。其实要说也没有什么大事,就一些礼节上的事,我们两亲家把它说定就行了。不过……"

文韬的师傅打断了他岳父的话说:"你呀,不过什么?我告诉你吧!文韬他妈妈这次请人帮他把床都做好了,而且是地方上的第一床——三重滴水的床,在你们这里,我都住了好几年了从来还没有见过,你说他们的条件够不够?哦,你那亲家连良辰吉日都请人看好了,十月的十八和二十六,这两个好日子由你们挑一个。"

只见文韬的岳父看了一下他岳母说:"这个由你来定。"

他岳母沉思默想了一会儿后说:"那就定二十六吧!"

文韬的师傅连忙接住说:"好好好,那就这样定下了,二十四送来坐轿礼,其他的一些小节到时再来面议,你们看这样行不行?"

他岳父说:"反正你是一手托两家,既做客,又做主,你说行就行,

反正，我的事就是你的事，也由你全权做主，和文韬他妈妈说的一样，都由你说了算。"

"好啊！你们两亲家是不是已经商量好了，合起来把我推到炕灶上炕啊？这不是为难我吗？"

"看你这个当师傅的说到哪里去了，这只能说明我们两亲家都很信任你，主要还是你值得我们相信。再说，什么事都得经过你这个大媒人来处理，所以，还不如都由你全权做主。尤其是我那亲家，真不愧是官家的人，既明事理又贤淑能干，我虽然身为男子汉，真正相比，哪里顶得她一半！你说是不是应该让你全权来做主啊！"

媒人笑了一下说："好，那我就恭敬不如从命，如果要是有不周到的地方你们两亲家可别怪我。"大家一番客套后才高兴地谈起一些细节和风俗习惯。吃过中饭，师傅对文韬说："今天矿里没事，你下午回家将情况告诉你妈妈，好让她老人家放心并开始准备操办你的婚姻大事，明天上午你赶到矿上就行了。"

满面春风的文韬来到家里，还隔好远就在喊："妈，我回来了。"

正在做衣服的妈妈笑了一下说："是不是你岳父答应了你师傅的请求啊？"

"妈，您是怎么知道的？"

"看你这孩子，不是你告诉我的吗？"

"我不是才到家还没有说吗？"

"你的脸上写得清清楚楚。"

文韬用手摸了一下自己的脸，一副正儿八经的样子说："没有写啊！"转而又一笑："妈，您笑我！"

"妈妈没有笑你，是妈妈自己高兴才说你。你跟妈妈说说你师傅是怎么说的？"

"妈，您真行，师傅去后按照您的话一说，他们不但同意了您定下的日子，还像您一样也要师傅全权做主。哦，妈，您为什么非要选定两个日子，害得岳父要岳母选择，不知道那是怎么一回事。"

"你师傅没有告诉你吗？"

161

妈妈的粮票

"师傅哪能告诉我这些事，哦，不过我也没有问他。"

"你以后会知道的，这不是什么大事。明天你要早点回矿区在领导心中留下好的印象，这样等到你结婚时要多请几天假就方便多了。"

"妈，还有……"

"孩子，你就一心一意地在矿区上好好地干，时时刻刻注意安全就是，家里什么事你也别管，你只要踏踏实实等着做新郎官就行了。"国泰民安的日子那才叫日月如梭，转眼文韬的大喜吉日就到了。那天，亲朋好友都来贺喜，尤其是矿区上的领导和职工们来了好几十个，他们闹新房就闹了一个通宵，那真是前所未有的排场和热闹。

人逢喜事精神爽，妈妈连续操劳不但没有累倒，反而更加精神了。第二年的七月十六日，在妈妈费尽心力筑起的小巢里，一声"哇"的婴儿哭声，让这个筑巢的工程师高兴得绽放出只怕是她出生以来从未有过的笑容，她的手里堆着一挂鞭炮："文显，快去放炮啊！"在万炮齐鸣声中引来的是"恭喜、恭喜、恭喜您喜添龙孙"。妈妈站在家里接受着大家的道谢，那样的笑容是我从来没有见过的发自内心的笑容。可是，就在妈妈高兴至极时，队长请来的媒人送过祝福后说："嫂子，队长的舅弟还是非要娶文京不可，您就答应了吧！再说，您也知道这里面的利害关系，要是答应了他们，您全家不就有了靠山吗？听说这次大队部又在问你们的情况，还不是队长一句话就没有事了，您说他那个舅弟要是真的那么喜欢文京，他就肯定会心疼她的，我们这些做女人的不就是指望有男人心疼就好吗？别信他们现在年轻人的那一套，什么爱啊，什么情的，这样的大事还得您拿主意才是，他们可是一再说八月十八是个好日子，要您准备嫁女。"

"他们这不是强迫吗？再说，就算他们有权有势，难道有权有势的人就不需要办结婚证吗？那可是违法乱纪啊！"

"队长说结了婚再去补办也是一样的。您啊，就别管那些事，就是违法犯罪也是他们的事，谁叫他们仗势欺人，自作自受，活该，只要他们心疼我们文京就行了。"

"刚过门就被政府说事，那样不是没个好兆头吗？"

"哎哟，我的好嫂子啊！文京不是不喜欢他吗？要是他们结了婚不好，那不正好与他离婚，我那天仙一样的聪慧文京，还不是一样的闺女出嫁！"

"看你做姨的说哪里话了，哪有结婚就……"

"你呀，不是我说您嫂子，您说你们这些官家的人为了那点礼呀、仪的吃了多少亏，现在的人谁还在乎那些事，您要是信得过我，我一定帮我那侄女儿找一个比他强十倍的小伙子。"巧舌如簧的媒婆一反一顺说得妈妈不知如何来回答她，只好说："到时再说吧！"

聪明能干的文京在旁边听了后，她的心里有了主意。第二天，她同妈妈一起出去做衣，吃过中饭她就对妈妈说她到兰芬姐家里去玩一会儿就回来。妈妈要她去了早点回来就是，别耽误太久了。文京一路小跑，进门就拉住兰芬姐的手进入她的闺房，两个人就谈起了心事。文京把自己的困境和打算全盘托出后才问兰芬姐她的计划行不行。兰芬姐笑了一下说："你真行，我看完全可以这样，你交给我的任务你就别管了，一切由我负责把它处理好就行，你就一心一意地办好你自己的事。"

文京的计划得到姐妹们的认可后，觉得自己轻松很多，再也没有了原来的顾虑。当妈妈问她是不是同意嫁给他，她说我们认命就是，您该怎么办就怎么办，嫁妆由我自己去买。妈妈说她为什么不去办好结婚证，她说他们不是说婚后再去补办是一样的吗，所以，我们就等以后去办算了。直到临近出嫁时，妈妈还在问："孩子，你要是觉得委屈，你就别硬撑，我看他们不过是不顾一切地斗我而已，让他们斗不就是了吗？"

"妈，您别为我难过，人不都是赌的命吗？别人都能赌，我为什么就不能像别人一样？您放心吧！我一定会好的。"文京结婚和大姐相比，相差甚远。她的所有嫁妆是男家晚上请人偷偷地抬去的，结婚那天不但没有花轿来接，而且连喇叭鞭炮都没有，一直等到天黑了好久才动身。我们十几个人一路摸黑到家，没有拜堂就直接进了新房（那是因为在典礼时没有结婚证宣读，只好取消典礼）。刚刚吃完饭，青年人就在喊："烧茶娘子的糖茶烧好了没有，他们要喝糖茶闹房。"负责烧茶的嫂子在茶房里答应说'烧好了'，并吩咐文京和姐夫把茶抬出去。他们的茶还没有抬出来，外面一路进来十几个干部一样的人，走在前面的干部冲着就问："谁是黎文京？"

"我是。"

"你们结婚，办理结婚证了吗？"

文京没说话转头望着姐夫，姐夫低着头不吭声。

"我是在问你，你们办没办结婚手续难道你都不知道，你是被抢来的吗？快说，老实交代。"

"因为都是他们说了算，他们说结了婚再去办也是一样，所以，就提前把东西偷来，然后又要我们等天黑了再来。"

"你明知这是犯法还来，就不怕大队和公安局抓捕你吗？"

"我当然怕，可是我要是不来，我妈妈就……"

"我看你是一派胡言，自由恋爱、自由结婚这是党的英明政策，是谁吃了豹子胆，胆敢违反党纪国法。我看你也是不受严惩不知高低的，带走！"

他一声令下，后面的人冲上来抓住文京的手就往外走。走在后面的那个干部转过头来又说："你们娘家送客的快点回去，告诉黎文京的妈妈，要她明天到大队部去接受审查。"当我们一行人走上大路时，兰芬姐她们五个姐妹一起上前悄悄地说："成功了，胜利属于我们。"在分路时，文京姐姐小声地对我说，要我别要妈妈到大队部去，说她今晚在兰芬姐家里住到明天再回家。当我们回到家里时，正哭得伤心的妈妈擦了一把眼泪就问："你们怎么就回来了，你姐姐他们没有吵架吧？"

在一边陪伴着妈妈哭的大姐急切地问："文显，你快说呀！你姐是不是到了他们家后就大闹起来了？我早就说了，她完全是被逼迫而嫁给他的，她说她要以命和他们相拼。一定是她赶你们走的，我知道她是不会回来的，因为，她这一切都是怕连累妈妈受气，天哪，她怎么办啊？他们这样仗势欺人是要遭报应的。"

妈妈听得大姐说出了她小女儿的处境后，心里一阵绞疼，大喊一声"儿"啊！人就往后倒。

我一把扶住妈妈说："妈,您听我说,姐姐她没有嫁成,回,回,回……

妈，妈妈……"

妈妈睁开眼睛有气无力地说："你姐没什么吧！你怎么啦，今天你连话都说不清了是吗？"

"我还没说您就那样了，我还能说吗？"

"快说，快说，孩子你快说呀！"

我从头到尾讲完后，妈妈惊得半天没有作声，过好久才自言自语地说："这闺女，难怪她心平气和，不急不慢，她们可真是长大了啊！这么大的事连我也一无所知，真是后生可畏、后生可畏啊！"

"妈，您这是在说什么呀！无头无脑的这是怎么啦？"大姐文静望着妈妈说，"妈，是不是文京的姐妹们从中帮她，要不然……"

"嘘，"妈妈用手一指外面，要大姐别说话，免得墙里说话墙外有人。果然不出妈妈所料，我们一家人正在讲话就听到敲门声，我连忙起身开门，进来的是姐夫一行几个人。姐夫说："文显，我们是来接你姐姐回去的，快去要你姐姐同我们一起走吧。"

"姐姐被他们押到大队部去了，哪能还要她回家啊！听他们说还要送到派出所去，就是你们，为什么不把结婚证办好？不行怎么要说大话呀？哦，你快走，明天只怕要去抓你，你看，你看，你们真不会办事。"

姐夫一听转身就走，连招呼也没有打一个。文京姐姐直到第二天下午才回家，白天她和谁都不说话，只有在晚上她才和妈妈有说有笑。第二年，文京姐姐与岳阳的一个小伙子自由恋爱后结婚了。

第十七回

自告奋勇改河道
成分太高难成家

晚稻收完不久的一天早上我们站在那里早祝,队长说今天的早祝是报名去长江改道,因为这是非常艰巨的工程,在那里非常辛苦和劳累,所以,要在这里表决心才行。队长的话说完好久也没一个人报名。我见都不去,心想都不去的事我才有份,于是,我往前一站说:"我去行吗?"

"不行,你太小了,才十八岁怎么能去那样的地方?"

"你要不是副队长,需要你在家里带队出工,我真的就让你去才是,他什么都能干,怎么就不能去呢?行,我批准你了。"队长批评了副队长一顿。后来,他见再也没有人报名就指着一个地主子弟和一个富农子弟说:"你们两个比文显要大却不报名,难道还要我请你们去吗?不报名也就这样定下了,就你们三个人去长江改道。明天,放你们一天假,准备好二十斤稻草和日用品,后天到大队部去集合。哦,另外还告诉你们一个好消息,到了工地你们有吃不完的鱼。听说那里的荆江有一段像我这弯曲的手臂一样,要从我手的大拇指处挖一条直河通到腋窝处出口,由三百里的水路改得只有九十里了,你们说把旧江一堵水从新开的江里过,那三百里的干江里该有多少鱼啊!"

我说:"队长,那条荆江是不是像我们八仙台的三汊港一样大啊?"

"应该是差不多吧,可能要大一点才对。"

"那么小的事,您怎么非要我们三个去呢?不过,我是自愿的。"

"好啊!原来你这个家伙是在挖苦我,算你聪明,你就是不报名我也要你去,没有爸爸的小崽子,哪来的大小,你不去,难道要你妈妈去不成?你别指望有人去换,从头到尾就是你,看你狠,还跟老子玩阴的。"队长不服自己的话说得差,反而生气地说。

"你看你说得那么简单,连我都信了,他一个小孩子不就更加信了吗?跟小孩子发飙值得吗?好啦,言归正传吧!"副队长帮我解了大难。

当我回到家里告诉妈妈我们三个去参加长江改道工程时,妈妈惊恐得过了好一会儿才说:"怎么就你们三个去?你知不知道好多身强力壮的成年男子汉都累得趴下了,你说你才多大的一个毛毛虫,队长怎么会要你去?"

"妈,不是队长非要我去,是我自己报的名,队长说那里有吃不完的鱼。您只管放心,那里一定好玩得很,我总觉得到了外面就是再苦再累也比在家里好得多。"

妈妈望着我再也没有说一句话,就是眼泪止不住地往下流。过了一会儿,又见妈妈擦了一把眼泪说:"孩子,在家靠父母,出外靠朋友。你要对人家好,别人才对你好知道吗?还有交友须胜己,似我不如无。就是说,交朋友要与那些比你有才华、有品德的人交往,你才能从中学到很多有用的东西。要是和不如你自己的人交往,你不但学不到有用的知识,还可能学会他们的一些坏样,如此一来,就会将一个好人改变成坏人,甚至……"

"哦,我知道,就是您讲的性相近,习相远。一样相似的本性,由于学习和习性不同,所接受的教育不同,他们后来的人生就不同了。您放心,我不管和谁在一起,都不会变坏的。"

"那就好,你能够懂得这些我就放心了,其实,妈妈希望你像你哥哥一样,能够大胆地到外面去历练一番也好,就是不知道为什么让你们兄弟碰上的都是危险和劳累的重活,想起就让人心疼。不过也好,宝剑锋从磨砺出,梅花香自苦寒来,只要你经受得住苦难,就一定会成才的。孩子,你这个名报得好,像我们黎家的子孙。"

妈妈的粮票

长江改道结束后我回到家里，妈妈把我的头抱在胸前什么也不说就是哭，不管怎么劝慰都无济于事。等妈妈哭了好一阵我才说："妈，您看，我除了黑不溜秋的，身体比原来长得更结实，难道您还不高兴吗？"

妈妈擦了一下眼泪哭笑着说："孩子，妈妈为你高兴而哭啊！他们都是轮班换了好几次人才完成任务回家，而你是全县最小的一个，却能自始至终，你就不累吗？妈妈我真为你高兴，我就知道我们老黎家的人没一个是没出息的，你看，你离家这段时间成熟了很多，像个大男子汉了。"

"妈妈，我一点也不觉得累，大人们都不要我挑重担，做的都是一些零杂活。那里主要是生活好，每两天就有一餐肉吃，鱼一日三餐都有，您说那样的日子，我能不长好吗？"

"那是，那是，你啊，只要让你吃饱了，再累的活儿你也能行，这个妈妈知道。哦，你海西哥告诉我说你差点掉进江里，你快点从头到尾告诉我，看你错在哪里，以后，自己好长个记性。"

"妈，我已经记下了，以后绝不会出现那样的事情，不说好吗？"

"不行，你快点如实地告诉我。"妈妈说得很干脆。

"妈，别信他们的，没有那么危险，当时我们坐的船刚刚行入荆江，天就下起了雨，我怕箱子里的衣服淋湿，就提着它跟着大伙往机房里走，我见机房不大，根本就容不下三分之一的人。于是我就跨出船边的保险铁链，一手提箱，一手抓紧铁链在不到一尺宽的船边沿上行走，我想快速跨进铁链挤进机房，谁知提在左手的木箱撞在立柱上，使得我的身体失控往后一翻，左脚一滑的一瞬间，我……"

"妈，你怎么啦？"我快步上前一把扶住往后倒的妈妈说，"妈，我这不是好好的吗？我说了不说，您非要我说，说了您又着急。"

妈妈的眼泪直往下流，我急得手足无措，不知如何是好。这时妈妈轻哼一声，擦了一把眼泪说："你说你这孩子，要吓死我吗？你为什么这样不让人省心啊！你快接着说完。"

"怎么，还要我说啊！妈，后来就没有事了。"

"你快说实话，后来是怎样脱离危险的。"

我见妈妈态度坚决，知道非说不可，只好如实地说："我用右手反手一抓，正好抓住那根铁柱子，刚沾上荆江水面的左脚被手的力量拉了回来，借助众人惊呆之际，跨过保险铁链，提着箱子一头钻进机房里再也没敢动一下，主要是怕领导知道了挨批评。"

"谢天谢地，谢天谢地，谢天谢地……"妈妈不知念了多少遍"谢天谢地"才又擦了一把眼泪说，"儿啊！但愿你大难不死必有后福就好。你能不能成人，我怕只有天才知道。"

我笑逐颜开地说："妈妈看您说的，我这不已经成人了吗？长江改道工程五十六天我能坚持到底，比他们那些大人还要厉害，您怎么说我难成人啊？"

"因为你不管做什么都会遇到危险，你怎么就这么不让人省心呢？"

"妈，您不是说男子汉就要顶天立地吗？"

"妈妈只想你顶天立地，没想要你去翻江倒海啊！我看你现在是越来越贫嘴了，以后，一定要学会踏踏实实做人，千万不能油嘴滑舌的。从今往后你再也不许做那样的冒险事。"

"妈，您放心，我会做到的，不信您就等着瞧吧！"妈妈笑了下，摸了一下我的头就去准备做饭，我跟在妈妈的后边说："妈，您一个人在家还好吗？没有受什么气吧？我听说堂嫂总是找您的碴，那是为什么，难道他们真的想把我们挤走吗？"

妈妈回头看了我一眼说："你这孩子刚进门怎么问这些事，是丽兰告诉你的是吗？难道她还去接了你？放心吧！没有什么事，她不还是那样时好时坏吗？你一个小孩子管这些女人们的烦琐事干什么？"

"妈，我已经是十九岁的人了，能参加长江改道的人还小吗？她要是有理还可以，要是找碴欺负您，我一定要管。"

"你知道吗？青年人就要有个好名声，要是别人说你与嫂子吵架，以后不打单身才怪！"难怪妈妈瞒着我，她是怕我娶不上老婆。

"好好好，原来您是为了我而甘受委屈，那好，我现在就告诉您，受这样的窝囊气过日子，我宁可打一世单身也要管。而且我还要好好地管教她，她都胆敢指着您拍手叫骂，在她的心里连长辈都没有了，我

169

还要去找她那个在大队当书记的哥哥评理才是,看她们家是怎样教育人的。"

"她可是你的大嫂子,你要是和她一般见识,人家又会怎样说你呢?你千万不能和她一样,再说,她是一个没有文化的妇女,你一个男子汉就要有大丈夫的气派才对。"

我笑了一下说:"好,那我就以大气派对待她。妈妈,我的肚子早就饿了,只怕是五十六天没有吃您做的饭菜想起就馋。"

"你又在油嘴滑舌是吗?刚才还说那里的生活好,怎么一下子就变了?"

"妈,看您说的,我只说了有肉有鱼,可没有说有味啊!那种大锅里炒出来的,怎么能与您炒的菜相比!"

妈妈一边说"那倒也是",一边开始做饭。她把火点着后又说:"你一边看书一边帮我把火看好,别让它烧到柴角里去了,我去剥碗白菜来。"

"妈,让我去吧,水太冷,您……"

"看你这孩子就是不长记性,我都说你好几次了,男做女工清瘦难穷,这些事哪里是你做的,男子汉要是能够在外面呼风唤雨那才是好样的,用长沙的话说,那才是个角色……"

"伯母,您这是去剥菜啊!来,把篮子给我,我比您要快得多,您要文显看火太危险,去年要不是您回得早,只怕现在住的就是新屋了。"丽兰一边说一边从妈妈的手里接过菜篮就往菜地里走。

妈妈笑了一下说:"我是忘记了你这个书虫,一爬进书里就什么也不管了。丽兰这孩子真好,你没在家的这些日子里,那些重活都是她帮我做的,特别是那……哦,我问你……"

"妈,那次要不是丽兰帮您,她肯定会打您是吗?"

"你说你这孩子,怎么又说到那事上了,过去了的事就不要再提了。"

"好好好,不提,不提,您放心,我不会亏她的,我不也帮她们家里做了很多事吗?以后,我多带她到县酒厂去拖几次糟不就行了吗?"

不一会儿,丽兰从菜园里剥来了半篮洗干净后的大白菜交到妈妈手里,妈妈看着丽兰含笑地说:"谢谢你孩子,今晚就在我家吃晚饭,这几十天真是辛苦你了，是该好好地请你吃餐饭才是。"

"伯母，看您说到哪里去了，我是来通知文显今天晚上去学习室开会的，我爸爸说我就是天天帮您做事也顶不上文显的功劳……"

"那你就说，我帮他做一辈子该行了吧！看你爸怎么说。"我打断丽兰的话，故意想占她的便宜。

丽兰朝我送了一个秋波，满面通红地低下头轻轻地叫了一声："伯母，我走了。"又大声地对我说："我在家等你，你去时叫我一声。"她说完转身就走了。

晚上开会回家，我对妈妈说："妈，今天晚上开会主要是要人到窑厂去做事，我见没有一个人报名去，我就举手报名了。"

"不行，不行。俗话说'好马不进磨坊，好崽不进窑坊'。窑棚、鸭棚、更棚这三棚是强盗都不偷的地方，在江湖上这三棚是最低层，这种地方不是你去的地方，种田再苦再累我也不能让你去。"

"妈妈，我不是怕苦怕累，您老人家在外面做衣就没有听人家说吗？大家都说，只要是参加过荆江分洪、长江改道的人，他这一生不管做什么都不会说累，那可是……"

"听说了，唉，不是亲骨肉真可怜，这么个小不点就让他参加长江改道，不知是……又一个说，儿要亲生，地要深耕，一看这孩子肯定不是亲生的，不然的话谁也不会让他参加这样的工程。你说，一些这样的话，当一个做妈妈的听了是什么样的感受，你知道吗？听说现在的窑有两三丈的直径要装几丈高，不到两尺宽的杉木跳板放在木架子上像走钢丝绳一样，挑着一担砖上下，那是多么危险的事，你说你才多大，你能跟着那些大人们干吗？所以你……"

"妈，不是您说的那样，我们这样的青年伢崽只搬砖，哪里会要我们去装窑，那些事一定只有师傅们……"

"你呀，妈妈太了解你了，只要到了那里，就是没有事，你也会在那么高的跳板上跑上跑下，你这孩子从小到大就没让我放心过一天。想到你的脚都沾上荆江的水了，我的心就碎裂地疼。当年我和你爸爸从怀化坐船回家就是走的荆江，那里的江水混浊，汹涌澎湃，别说一个人，

171

就是一条大船翻了，顷刻之间就会消失得无影无踪，几百人都那么安分守己，唯有你一个乳臭未干的孩子竟敢从保险铁链外的船舷边上跑，天哪，你是不是孙悟空转世啊？"

"妈，您怎么又说那件事，我不是说了吗，以后我一定不做那样的危险事了，您也太不相信我了，我要到砖厂去是因为我实在看不得那些倒行逆施的事。再说，您也知道，我就是不喜欢种田，好去的地方没有我的份。只有他们谁都不去的地方，我才有去的希望，要是我也挑肥拣瘦，那这一世就只有种田了。"

"孩子，种田有什么不好？与世无争，无忧无虑，谁当官执政都不会为难种田的人。再说，种田的人半年辛苦半年闲，只有这样，你才有很多时间看书练字，对你今后是有好处的。"妈妈接着又说，"好崽不进窑场，你听听这话多难听，想起心里就难受。"

见我半天不说话，妈妈长叹一声说："唉，你们真的是长大了，说得也在理，这就是你爸爸说的时也命也，也许这就是你们的命吧！"就这样，我又走进了大队部主办的企业红砖厂。

进厂后，我的勤奋得到了同事和师傅的一致认同。第二年，大队要师傅带一个学徒，理由是怕师傅有事，家里好有个照应的人。师傅满口答应，要求是允许他带文显，安排别人他就不带。厂长开会回来说大队书记要培养贫下中农子弟，要师傅另外选择一个，师傅回答说："我也是共产党员，带学徒是不论成分的，我有言在先，除文显外，我谁都不带，要是不要我干了，明天我就走。"书记问厂长："文显怎么样？"厂长说："论成分他不合格，要是论谁能真正为大队的砖厂负责，那就非他莫属。"书记只好依从。就这样，我荣幸地成为师傅的学徒。他们的来回较量，我当然什么也不知道，这些都是后来才知道的。谁知在我跟师傅半年后的一天中午，师傅家里的公社书记和大队部的大队长等一行四人来到砖厂要他回去当大队支部书记，师傅是党员，党员就必须服从党组织的安排。临别时，他对大队书记说："你们放心，我知道不会误你们的大事才答应回去，因为文显完全可以对这个砖厂负责，要是出了问题，你们

到我家里去找我，我负全部责任。"就凭师傅这句话，我坐稳了厂里"吴用"的位置。为了报师傅知遇之恩和使自己坐得更稳，我全力以赴，掌火十年没有烧坏一个窑，使大队收入猛涨，红红火火成为全县红旗大队。在一次垮窑的情况下由于我果断指挥抢救有力而没有垮掉，更没有遭受分文损失，相反还赚了大钱，我才有幸得了个口头表扬，妈妈听说后高兴得热泪盈眶。

这十年是我人生中多事之秋的十年，更是妈妈的灾难年。那是一九七二年的酷夏，当我晚上从砖厂回家，不但没有看到妈妈的身影，连灯亮都没有。我一阵小跑到家连喊几声没有回音，我急忙推门而入才听见妈妈在床上有气无力地呻吟，吓得六神无主的我转身就往外跑，请了两个人扎了一顶竹轿抬起就往医院跑。医生说我为什么才来，这是严重的中暑后脱水，要是治疗不及时就会死亡。

医生很快为妈妈挂上了点滴。我以此为由不离妈妈左右专心服侍，急需装窑燃火的厂长闻讯后赶到医院，当知道事情的原因后，和我谋划了如此这般的一场好戏。李厂长从医院直接来到大队部找到牛书记说："文显的妈妈昨天在地里锄芝麻草中暑差点死了，现在还在医院抢救，他要……"

"他要赶紧把窑装起好燃火啊！谁有事都行，就他不能有一丁点儿事。他可是我们大队的造钱机啊！他们五里、新球、千针等大队不就是没有像他这样的人才，砖厂才一直办不起来吗？你得赶紧想法解决，必须要他把窑装好再说，否则，我就批斗他。"

李厂长苦笑了一下说："你要是真的那么处理，那你威信扫地的日子也就不远了，你经常说，不管是谁都要把行孝放在第一位，你说要他丢下病重的妈妈不管而去厂里装窑，你就是让他死他也不会那样做，相反都会说你无理不讲孝道，这样一来，一个威信很高的书记，在无形中降低身价，你说你冤不冤！再说，我认为你这是避重就轻处理不当。"

"嘿，听你这么一说，还真是有点像，只是这避重就轻是指什么？"

"牛书记，我说你这是揣着明白装糊涂，就是那天，李党委不是说文显在砖厂当师傅，队里的保管员和会计都有意见，非要曾队长把文显

妈妈的粮票

要回去，要是不把文显放回来，他们都要到砖厂去？你没有答应，他们就像变戏法似的决定不许文显的妈妈做衣了，要她天天同妇女一起出工，所以李党委就上门安排他妈妈去锄芝麻草，结果，倒在地里昏死好久，吓得大家不但没有锄芝麻，还跑了好远请来男子汉才把他妈妈背回家。幸亏文显回得早，送到医院还被医生批评说他是怎么做儿子的，严重脱水，不及时抢救就没法救了。你说你要是不把他们队里那些红眼病治好，我看砖厂肯定就会像其他几个大队一样要死不活的。"

"原来是这样，真是反了他们，明天开队长会时我要老曾撤销他们的职务，安排到砖厂去搬……"

"慢慢慢，我的好书记，这些只说不做的人我们砖厂可不要，要是带坏了其他人，我可就无法完成你交给我的任务了。"

"那就让他们出工不行吗？"

"我看是该给点颜色让他们看看，要是都像他们一样，大队企业就没法办了，明天……"

"从明天的队长会后，你再看还有谁敢动企业一根汗毛。"后来厂长告诉我，那天队长会要我们队里的保管员和会计列席参加，当面问他们是真不当了，还是假不当，从那以后还真没有再发过红眼病了。后来，妈妈再也没有出过一天工，可能是怕我分心把窑烧坏的原因。可是，让妈妈头疼变为心疼的事，就是我的婚姻大事。妈妈请了两个媒人带我去相亲，回来汇报大同小异：人可以，就是成分大。妈妈不知流了多少眼泪，人家一二十岁就有了孩子，她的文显都二十三了还是光棍一条。在七十年代，二十三还没结婚就象征着一生单身了。妈妈最伤心的还是我赶走三个媒婆后说："难道你这一辈子真的决定不娶妻吗？不是我说你，你说丽兰她们一家对你多好，她爸爸还说了要你请个媒人就行，可是，你连个信都不回，难道要他把女儿送到家里吗？都夸你聪明能干，我看你就是一个大草包，你要明白一个道理：了解你，你就是一条龙；不了解你，你就是一条虫。你看……"

"妈，我看您还是不了解您的儿子，难道您看不出我去相两次亲都是您逼我去的吗？其实，我早就决定这一辈子不结婚。您哪里知道，那

174

个杨昆要人才有人才,都说他是文武双全的角色。相了三次亲,他爸爸还在女方的家里求得哭,结果,还不是黄了!再说丽兰,别说结婚,只要我们一订婚,她那一身的光环就会立即消失,就算她不后悔,我们俩娘崽的心能安吗?"妈妈虽说没有直接回答,可是她的心里已经承认这是事实。

第十八回

三请媒为儿再相亲
奇女子出语惊四座

妈妈当时虽然被我说服，可是她的心无时不在为我的婚事着急。那是一九七三年的秋季，队长杨大海大清早就在各家的门前喊工，安排干什么事。当来到我家门前时大声地说："婶婶，文显贤弟回家了吗？"

妈妈说："他好几天都没有回了，因为下半年的砖厂雨水少，是最忙的时节，你找他有事吗？"

"有一件大事要找他，但是要先和您商量好了再跟他说，等我把工安排完后再来。"杨队长一边说，一边朝前走。

"好好好，我做你的早饭，等你转来吃饭，我也正好找你有事。"妈妈说完连忙打锅做饭。原来这个杨队长在二十世纪六十年代时，就和文韬、文京一起在大队部搞宣传，因为他的老家是长沙人，一口流利的长沙话说得很好，花鼓戏也唱得好，自然就和妈妈这位老长沙更加亲切。在我家吃饭只怕比在他自己家里吃饭的次数还要多。主要是他们唱戏经常在一起也占了一定的因素。果然，没有一会儿，队长转回来还离好远就在喊："婶婶，您的饭熟了吗？"

"熟了，熟了，你快来摆桌子吧！"妈妈也很随和地说。

杨大海一边摆桌子一边说："婶，其实今天来吃饭是假，找您有事才是真。"

"找我有事？看你老侄说到哪里去了，你婶就一个帮你兄弟做饭的老太太能知道什么事。你啊，别拿你婶寻开心。"

"婶，您还别说，要说商量事，还真的只有您才能说上正事，您才是识大体、明是非、有见识的人。您别一直以前几年的处境做人，现在别说我兄弟有能耐，够面子，就是什么都没有，只要是我在当这个队长您就没有任何顾虑。以后，您就只管大大方方地说话，大大方方地做人。大队要再为难您，我就要我兄弟不为大队当师傅，我正好在自己队里办一个大砖厂。您是不知道，其实大队能有如此红红火火的局面，全是我兄弟一个人的功劳，因为他的砖烧得特别好，每年为大队赚很多钱，您说他一个当大队支书的能不考虑到吗？所以，您比谁都有面子。"

"你啊！好恁不进窑厂，他就再有能耐又有什么作为，到现在不还是光棍一条吗？连一个妻子都……"

"婶，文显要是打了单身，那天下的男子汉全是光棍了，我今天来找您，就是为了我兄弟的婚事来的。"

"唉，是为这事啊！那不是红萝卜白操心吗？他已经决定不结婚了，媒人都赶走三个了……"

"婶，您放心，我这个媒人他是赶不走的，因为这个妹子是我的姨妹妹，岳父家的事全是我管，由我说了算的事，您说能不成吗？"

"不行，不行，他不去相亲有什么办法？总不能把他绑去吧？"

"所以，我今天就是趁他没在家，才来和您商量的。"

"这件事他一点也不让步，他说他绝不去伤害别人。"

"这些事都不须您操心，您只想办法要他跟我去相亲就行了，其他的一切大小事情都由我来处理。"

"你不知道，人家说的都是怕批斗，怕影响他们的子女受牵连，连参军都不要，说实在话，这样的担忧就是我自己也一样啊！杨队长。"

"婶，此一时彼一时，您看现在的文显可是全大队的红人，牛书记在开会时一再表态，文显是大队的特殊人才，由大队直接领导。这不就是已经说得很清楚，他就是大队企业的骨干了。再说，有我担保怎么能和他们一样啊！只要文显同意，这事就成了。"

177

妈妈的粮票

"照你这么说是不一样了，可是，他不去谁都没有办法。"

"有办法，只要您开口非要他去不可，他就一定会去，因为一个大孝子看到他的妈妈哭得伤心，他就会知道该怎么做，您说是吧？"

"你真有把握吗？要是你这次不成，那文显一世的光棍可就打定了。我之所以没有逼他再去相没有把握的亲，就是为他留下最后一次机会，如果，我哭着脸逼他去后又是像以前一样，那可就是我这个做妈妈的害了他一世。再说他文显的脾气坏，到时也许找你的麻烦。所以我一再考虑，你要是没有十成的把握就算了，让他听天由命吧。"

"婶，您怎么不相信我，我说了，只要文显同意，那就有十一成的把握。"队长喝了一口酒又说，"我那姨妹妹虽说只有十六岁，可她特别聪明能干，只要他们能见面，肯定会越爱越深，这就叫惺惺相惜。"

"要真是那样就好，我就是想娶个聪明的媳妇，外美不如内美，等他回来后我试试看吧！"

酒足饭饱的杨队长用手抹了一下嘴巴："婶，最好要他明天就去，我一早会来的，到时您一定要配合我。"

"只望你能办成就好，要不然，我就太对不起我那苦命的儿子了。"

我边走边哼唱着"太阳出来照四方……"，进门就喊："妈，我饿了，饭熟了吗？"

"你这孩子，每次回家就是这句话，好像没有吃过饭一样，中午就该多吃一钵饭。"

"妈，我每餐都是吃得有点撑肚皮了，就是不知道怎么一会儿就饿了，反正它就饱那么一会儿，基本上每天都是饿。"

"那有什么办法，妈妈我总不能把饭锅背在背上跟着你走啊！等一会儿，看妈妈帮你做什么好吃的？先去看你书桌上是什么。"

"《薛刚反唐》？妈，这是哪里来的，是您帮我借来的吗？妈妈您真好。"

妈妈一边做饭一边自言自语地说："好了，好了，不饿了，不饿了。"不知过了多久，只听见妈妈在喊："文显，你是不是吃饱了，这么好吃的糯米灌肠，你要是不吃我可就收了。"

178

"好好好，嗯嗯……"

"嗯什么，拿来，吃了再看。"妈妈说完书也到了她的手里。

"哇，好香啊！妈您也快来吃啊。"

"慢点吃，看你这孩子，吃得多凶，这要是到了你岳母家也是这样，那就别怪人家说你成分大，只怕又得加上一条食量太大。"

"妈，您怎么光看着我吃自己不吃啊，难道您又有大事了？"

"是，有大事要对你说，明天，你大海兄带你去相亲，他……"

"妈妈，您这又是怎么啦？生活得好好的为什么又要讲这些事，不是说好了再也不相什么鬼亲了吗？您不要以为他是队长就管用，不是他的女儿他怎么能做主？是他的亲妹都不一定有用，哪个女孩子也不愿意生活在恐惧中。您忘记嫂子当年说：'宁可和叫花子在一起，也比这样的日子好得多！'"

"好啊！现在的翅膀真是长硬了，妈妈一句还没说完，你就有一大套理由。我不是经常告诉你，不管遇上什么事都要沉得住气，先让别人把话说完，自己听清楚后再说出自己的看法和理由，那才像男子汉大丈夫所为！我为什么答应你大海兄，是因为他说那个妹子特别聪明我才动心，才答应让你同他去看一下，更重要的是他岳父家的事，是他说了算，否则，你妈是不会让你去的，这次去了自己要占主动权，要想了解她是不是真的聪明，就得找机会和她谈话，只有通过语言交流，才能相互了解，只有了解了一个人才能知道她是天才还是蠢材。你不就是要追求聪明的吗？要是你大海兄说的是真的，那还是一桩美满姻缘。再就是她比你要小七岁，这可是再好不过的事，不是说宁可男子大十岁，不可女子大一春吗？所以，我才答应这件事。"

"妈，我想还是不去的好，他们这些人不都是一样吗？何必去自讨其辱，一个才十六岁的小姑娘再聪明又能知道些什么？"

"你呀，别以为自己了不起就瞧不起别人，有志不在年高，无志空长百岁，甘罗十二为丞相，要是过去十六岁的姑娘早就出嫁了，聪明是贤能的根本，一个男子汉娶不上一个贤德妻子，一辈子就只能低头做人。这就是俗话说的'妻子不贤，霉运连连'的道理。我就是听你大海兄说

妈妈的粮票

她特别聪明才动心的,难道你就不想去见见特别的女孩子吗?"

"以前那些媒人不都是这样说的吗?"

"姐夫说姨妹子聪明,肯定就是真的,因为他们相处的时间多了解就多,所以,他说她特别聪明我就很信,再说,我好像有一种很好的预感,这种预感是上两次都没有的。孩子,明天你只管去……"

我抹了一把油腻的嘴巴,伸手去拿妈妈缴没的《薛刚反唐》,妈妈比我还快将书拿在手里又说:"想不到你是一个没有半点出息的东西,男子无丑相,好汉讨亲,沿途撒金。一个大男子汉还不敢去相亲,真是枉做了黎家的子孙,什么你不害人,她和你结婚是明媒正娶,有什么谁害谁的事。只要你们相爱,说不定别人还没有你们幸福。害别人是一个懦夫的借口,不答应去我就把书送回去,因为书看多了会变傻。"

"妈妈,就是去也得先请假啊!要不然……"

"那些事都不要你操心。"

"好,行行行,您先把书给我吧!"

"给你,这才像我的儿子。"

第二天一早,大海兄来到家里:"婶,是不是文显答应了?"

"文显,你大海兄都来了,快吃饭好早点动身。你说你这孩子看书看得天大亮了还不丢手。"

我放下书连忙从房里出来跟他打招呼:"哥,我还没有请假能行吗?今天厂里还得装窑,你看……"

"婶婶,您昨晚没有和文显说好吧?昨天下午我和他们的厂长一起在大队开会时,不但向厂长请了假,书记都答应了。厂长说'这两天正好没有窑装',您看他的面子已经够大了。可是,他还是不愿去,就以没请假来推辞。您看……"

"放心吧,吃完饭你们就动身,他啊!就是面子放不下,生怕又像上两次一样,什么怕受牵连……我看这些都不重要,重要的是你们兄弟俩这次只能成功。要不然,你们都对不住我。"

"婶,我还是那句话,只要文显答应了,出别的岔子全由我负责。"

"好好好,你们去吧!我就在家等你们的好信儿。"

180

她家里果真像大海兄说的那样，是个很殷实的人家，没有一会儿的工夫就听她爸爸在喊："平凡，帮你妈妈铺桌子端菜。"只见她春风满面，大大方方，该摆在什么地方的菜就放在哪里，利索、简洁，满桌面的家禽野味还真让人口馋。从见面的第一印象到现在做事来看，是个特聪明的样子。我想，她可能会接受我的直接对话，因为我早就在心里有了决定，那就是必须要和她当面对话。我一阵狼吞虎咽后，礼貌地要大家慢用就坐到一边去了。很快就伸手接住她送上的泡茶并端着茶走进了她的房间。她一边叠衣服一边说："菜不多，你吃饱了吗？是不是讲礼啊？"

"你看我是会讲礼的人吗？"

"听说你们书香门第的人就是礼貌多，是吗？"

"是啊！就是这个书香，香得我相两次亲都没人要。"

"只怪他们有眼无珠。"

"不，只怪我的家庭成分不好，两间半茅草屋和一间破猪栏，再加上一个二百五的人，虽然我们兄弟俩，但是我决定由我一个人抚养母亲，和这样的人在一起谁不怕牵连她们的亲人！所以，人家不要也是应该的。这就是真实的我，不知你姐夫是不是这样介绍的？像我们这样的人是不该害人家的。"

"不是说石头也有翻身日吗？"

"我还是第一次听到这种高论。"

"我没有那样的本事，是听后面李伯父他们说的，他们也是地主成分，那个大儿子快三十了还没结婚，好像一点也不在乎。"

"你不怕说你糊涂吗？"

"我和他们家的满妹子玩得好，在他们家玩听他们谈话好像很受教育，我觉得学会了不少的东西。是有人说我怎么和地主家打成一片？我说没有什么一片两片的，哪里好玩我就去哪里。"

"这就是你们苗子红的好处。"

"还不是天天一起出工、一起收工，本来就是一样的，何必要那样神神秘秘的有什么用？我就不信你们没有出头之日。"

"我看是难有。"

妈妈的粮票

"就算没有又有什么关系？凭劳动所得，只要身体好人勤奋，像你们这样的聪明人，比他们的日子只会好而不会差。"

"看来你很会宽别人的心。"

"不会，和你一样只会说实话。你和前两位也是说得像辞亲一样可怕吗？她们是怎样回答你的，能告诉我吗？"

"和她们没有说过一句话，当我去接近她们时，她们就走开了，不知是什么原因。"

"她们是怕你二百五吧？哈哈哈，哈哈哈……"

"不会，二百五又没写在脸上，她们怎么知道我是二百五？"

"幸好她们没有理你，要是她们听你那么说，肯定认为你是去辞亲而不是去求亲的。"

"你是不是也认为是辞亲？"

"这个只有你自己知道。"

"我只知道应当如实告诉你，情况就是这样的，你要是认为可以，就得从你的内心上同意，不知你能不能当面告诉我，是……"

"我只能听爸爸妈妈的。"

"我觉得和你谈话很投机，不知你有这种感觉没有？"

"我也一样，可能因为我是二百五的缘故吧！哈哈哈。"

"你应该有很开朗的性格。"

"你是不是不喜欢这样的笑？"

"这样的哈哈听一辈子都喜欢。"

"那我就笑一辈子给你听。"她一说完，脸红得像苹果一样又说，"你真坏，让我话赶话上你的当。"

"难道你不愿上这样的当吗？"

"别急，到时我会报复你的，谁上谁的当还不知道呢。"

"听口气你好像愿意与我同甘共苦。"

"我愿意你不愿意就叫分甘共苦。"

"为什么说我不愿意？"

"你不是说，不应该害人家吗？你说的那些话就是来辞亲而不是来

182

求亲的,你说你是愿意还是不愿意?"

"原来你是在挖苦我。说实在话,原本我是不来的,妈妈骂我说'莫害别人,是懦夫的借口,你口里说只要聪明才值得你去求,现在有了特别聪明的你又不敢去,你这不是没有半点出息的男人吗?'所以,我现在改变了原来的决定,因为你确实有点特别……"

"你们队里那个叫艳香的嫁到我们这里后,经常和我们说你才是特别聪明的人。你和他们不一样,小燕、宾梅、李英英她们的男朋友来相亲时都是在家里不出来,就你一杯茶还没有喝完就到晒谷场上去玩,全队的劳动力都在那里,你却大大方方地一个个递烟,难道就不怕别人笑你吗?"

"我妈妈说,好汉讨亲,沿途撒金,要想娶走他们这里的特别人,去和大家套点近乎,让他们抽几支常德牌干部烟是应该的。"

"你真能说,我们才刚刚相认,你就有了什么娶走的决定,这不是在乱编吗?像你这样没有一点责任感的决定,我认为谁都会怕。"

"你真能冤枉人,那不是你姐夫说的吗?他说只要我同意,这个事就成了。妈妈听了很高兴,加上说你是特别聪明的女孩子,才逼得我无话可说,只能乖乖地跟着姐夫来……"

"慢着,怎么一下子就变成姐夫了,好像人家已经答应了一样,就不觉得自己太……"

"对不起,我是太自信了,不过,按照姐夫说的,现在我完全可以做出决定,因为我同意。我妈妈说'出门观天色,进门观颜色',照我妈妈说的去做应当没有错。"

"照妈妈说的是没错,上午你在晒谷场上,大家对你的颜色都那么好,你就值得自信,要是我有你那么能也同样会感到……"

"慢着,你刚才不也喊妈妈了吗?好好好,我看的就是你这样的颜色,你还真别讲,要是你真的做了我妈妈的媳妇,像我一样叫妈妈,那才是你的好福气,比你家屋后的李太太要强得多。"

"一个女孩子一生能与一个贤德的婆母共度人生,确实是福命。可是,不知我的爸爸、男人同不同意给予我这个福命?爸爸同意了,又不知那

183

个出嫁后的丈夫好不好，所以，我说最可怜的还是女人。"

"妈妈在教育我和姐姐时也是这样教的,妈妈说女人是菜籽命，但是，有些事跟自己的为人也有关系，不分男女都要明事理、懂是非，要是以为自己是个女人，总想占便宜，不愿付出，好吃懒做，就算碰上了再好的男人，她的幸福也不会长久，这就是人为地将好命变成苦命。妈妈还说，其实女人不可怜，因为女人是男人的家。别看男人在外风光，他们的心还是在这个家里，越是凶悍的男人，他就越是需要温暖的家，女人要是能把家变得更加温暖，他就是杀到天边也会回到你的身边。有的女人相反，男人好久没回家，回家遭到一顿骂，硬是说他的心野了。结果，男人回家没有得到温柔，却找了一肚子的气，只好快点离开是非之地。女人望男人回家说点俏皮话，商量些家事，结果，又是愁肠百结，尽找孩子出气。逼得男人日久无爱，只得铤而走险，遭受无法弥补的灾祸，这就是不明是非的人所造成的人为痛苦。"

"她老人家这话说得真好，屋后的云姐和张哥他们正是那样的，我劝云姐不要那样对待张哥，本来全队只有你们最幸福，可是，你们比谁都要痛苦，不是太可惜了吗？云姐说张哥在外有情妇，要是你碰上这样的事不一样生气吗？我说要是我，我一点也不气，因为那些事都是你听人家说的，其实你自己根本就没见过，你就不怕有人眼红你而从中挑拨离间吗？再说，就算张哥有那样的事，你装作不知道，你还是像刚结婚时那样对他好，让他舍不得你，他不就只想回家了……"

"你真聪明，你这是从哪里学的这一套，要是用来对付我那可就惨了，不会又是从那个满妹子家学的吧？"

"不是，我想应该是这样的道理，这不正和你妈妈说的差不多吗？我觉得做女人就是要气量大，不能别人没有闹，自己却吵得不可开交。"

"难怪姐夫说你特别……"

"好啦，别以此为由又占便宜，你还不去问你的大海哥，看他能不能当你的姐夫？我听姐夫说你是大队的红人，是你们大队的造钱机，说你能干，特别聪……"

"就是特别蠢也可能会成,因为听你爸爸的口气好像很满意,主要是我也很满意。"

"不,我看主要是你太……"

"对不起,我说快了,应当说是你很满意。不过,我还是提醒你一下,你要是同意,那可就要当真的,如果你也和别人一样怕批斗,那我可就惨了。"

"真要是那样,到时候还不知道是谁斗谁呢?"

"是啊,只要你不做错事就没有什么可怕的。你看,这么好的知音要是没走到一起,岂不后悔一辈子?所以,我更加自信。因为,你也找到了知音,宁可挨斗也心甘情愿。"

"你的大男子主义很强,肯定是个欺负人的人,真要是那样……"

"真要是那样的人好吗?"

"那才叫男子汉,我认……"

"我认为你也是个欺负人的人,就凭'还不知谁斗谁'就可见你是个颇有主见的人,这就是聪明人……"

"我发现你的嘴甜,喜欢夸奖别人,不像男子汉所为,你不觉得……"

"不对,是你在回避事实,你不觉得过分的谦虚是骄傲吗?要是以前的那两个请我夸她,我还真的很为难,因为没有事实做话题而夸夸其谈,那就叫胡夸,别人听了会恶心。"

"自己更觉得难受,你喜欢海誓山盟吗?"

"反对那样的做法。"

"你不发誓谁相信你是真还是假。"

"发了誓就能保证永远不变了吗?可是我发现,很多人的誓词越是响亮,变得越快。喜欢下跪哭求,会做检讨的男人,我认为是世上最坏的男人。我在书里和现实生活中看到的就是这样,信不信由你。"

"我认为你说的没有事实证明,只能算是你个人的想法。"

"没有事实有道理,说句不好听的话,要是有人发誓一辈子对她(他)好,结果,在结婚的第三年,他就去世了,你说他发的誓有用吗?黄泉路上无老少,谁能知道后事?有诚信的人不管发生怎样的困难与荣耀,

妈妈的粮票

他始终不弃不离，同甘共苦。没有诚信的人，就是用铁丝把他（她）绑缚在一起也是空忙，因为他与她的心早已经不在一起了。"

"你真会说，正是这个理。梅姐的男朋友与他本队里的一个少妇好上了，梅姐知道后要悔婚，她的男朋友请了担保人，在梅姐面前下跪、哭泣、发誓，那样子真可怜，大家都说他是一时鬼迷心窍，以后肯定再也不会了。梅姐也认为他对她还是真爱，可嫁过去不到一个月就闹离婚，回家说她没有听我的话才有这样的结果。"

"你是怎么跟她说的，能告诉我吗？"

"我说这样的男人是没有半点出息的人，也是最靠不住的男人。"

"你凭什么那样说他？"

"就凭那些做法就不是男子汉所做的事，加上一副小人相难看死了。当时要是你看到，你一定会恶心得呕吐。"

"好啊！原来你是试探我的，你真坏。"

"哈哈哈……还好，看来你不是那种人，要是那样，我会瞧不起你，就是做朋友也一样。"

"我可不愿做朋友，最好还是做……"

"好，打住，你们今天回去吗？要不，下午我带你去看看江南的田野和长江好吗？你肯定会喜欢的。"

"你怎么知道我喜欢？"

"我看应该不会错。"

"我承认你看准了，来的时候我就对姐夫说你们江南的风光迷人。"

"到春天，更加迷人，就怕你舍不得回家。"

"我现在就舍不得走了。"

"你就不怕别人笑话你？"

"我妈妈说'男子无丑相，天生就是厚脸皮'，所以，男人就得到女方家里去相亲。一次，二次，三次就成功了。"

"我发现，你真的是个厚脸皮，连媒人还没有说一句话，你就成功了。不知你凭什么就成功了？"

"我妈妈说事不过三，特别是碰上特别聪明的女孩子，要我的脸皮

186

厚到一丈也要把她'厚'成功才是。再说……"

"平凡，平凡，你们吃饭了吗？今天下午你就不要去……"

"英英，快来坐，不是还没到出工时间吗？今天……"

"好啊！只要英英坐就不要我们坐吗？"

"他们都已经成功了，还要我们坐吗？"

"我们还从来没见过一丈厚的脸，今天可就……"

"好啊！原来你们早就来了，在偷听。你们太坏了，看我以后……"

"什么以后不以后的，我看你这个白马王子只怕今年年底就想把她娶过去，到时候我们的……"

"你们的就是有两丈厚我也见不到是吗？"

最后进来的小燕说："不是见不到，是没有这样的人见。因为，没有第二个特别聪明的女孩子，哪里会有两丈厚脸的男孩子！"

"好啊，原来你们是在笑我的脸皮厚，你们误会了，其实我的脸皮很薄，在这之前我相了两次亲，一句话也没同她们说，想说脸就红了，不知道是怎么回事。我想一定是我的脸皮太薄了。"

"咯咯咯……咯……，那你为什么在平凡面前就变得这么厚了？"

我用手摸了一下后脑壳憨厚地笑了一下说："我也不知道是怎么回事，好像跟她很谈得来，她的话好像有一种磁力能黏合你，让你跟进不离，无法放弃。可能你们这里的女孩子都特别聪明。"

"那你就把她们都娶回去。"

"难道你梅雨就不想去吗？要我说平凡是我们的队长，你就是副队长，文显自然就是书记了。要不……"

"要不还是你当队长，因为你红妹子不但人最美，而且又最能干，你们说是不是这个理啊？哈哈哈，咯咯咯……"六个女孩子闹得满屋喜气洋洋。

我们订婚后没有多久就是春节，我没有按初一子，初二郎，初三初四女拜娘的规矩，而是初一那天就去了岳父家拜年，妈妈要我初二就把平凡接来，好让难得到我们家过年的舅父母看，因为他们二老初四就要

187

回长沙去。当我高兴地来到岳父家里时却没有感到欢迎的气氛，比我先到的四个姨姐们好像对我都是一种敌视的态度，我感到情况不妙，问平凡才知道，四个姐姐全部反对我们的婚姻，主要是怕牵连他们子女的前程。一生没有主见的岳父推卸得一干二净。我据理力争，说岳父对儿女的终身大事不负责任，视儿女的名声如儿戏，说姨姐们只顾自己儿女的前途而没有为她们妹妹的一生着想。经过三个小时的舌战，岳父只好答应要我另外再请媒人洽商，并且要我带上订婚开销的清单，他好如实赔偿损失。我说没那样的清单，他说那怎么好算账？我说没有账算，就是您彻底改变态度而悔婚，我也不会要一分钱，所以，我没有必要留什么清单。他们见我可怜都留我住一晚到初二回家，我说我答应妈妈和舅父母今天一定回家，所以，我必须回去。当我道谢动身回家时却没有看见平凡，我的心一下凉到了脚掌，心中决定不再来这里了。谁知当我走到出村口的最后一户人家的门前时，平凡从他们家出来，往我的口袋里装进十元钱说，这么晚了肯定是没车了，在路上要是有便车你多给他一点钱，他还是会让你搭的，她说完转身就跑了。可是，我还是感觉到了她的眼泪在往外流，声音变得抽泣。我望着她的背影说了一声谢谢，转身快步赶路。回到家里，妈妈知道一切后什么也没说，只要我好好地睡一觉。当妈妈喊我起床的第一句话就是，孩子快起来，你大海兄在家等你去岳父家接平凡呢。

我一边顺从地穿衣服，一边蒙蒙眬眬地说："妈，还去什么啊？算了吧！您不是常说强扭的瓜不甜吗？我不去。"

舅妈说："孩子，你睡着后，你妈妈就一直哭到现在，天刚亮就去了你大海兄家，你说……"

"文显，我是这么想的，就冲着平凡哭泣着给你十元钱，而且是用那样的方法，我认为这是一个贤德、善良、特别聪明的孩子，像这样的女孩子，你就是去接她三次也不为过，该求的就是下跪求也值，不该求的妈妈是不会要你去的。所以，你今天一定是要去的，你要是不听话，我就只好请你的舅舅代我教育你了。"

"你妈妈这话说得在理，我认为这个女孩子确实不错，从你和她初

次见面时的对谈，完全可以看出她是一个非常优秀的女孩子，你要是能和她结为伉俪，伢崽，这就是你的福气，听舅舅的没有错。"

在妈妈和舅父母的劝说下，我只得同大海兄和队长小川叔叔一起来到岳父家里，他们得到岳父的热情接待后，便开始说服岳父。我和平凡坐在隔壁房里一边烤火一边谈笑。有时被他们的争吵声打断，我们就停下来听他们大人们的高谈阔论。

只听得大海说："岳老子啊！不是做崽的说您，您一辈子就是欠缺担当，儿女的终身大事怎么能听她们几个的，难道我还会害自己的姨妹妹吗？我要不是看在已去世的岳母的份上，我还真的懒得管这些小事，要是岳母在世只怕她老人家早就在表扬我，说我为姨妹妹找了一个好婆家。再说……"

"你呀，你那三个姐姐都在骂你没办好事，以后要是她们的孩子受了牵连，看你怎么收场？她们是要找你的。昨天回家时她们走到路上还在叮嘱我，要我千万不能答应你的事，要你去找她们。"

"我说你啊！六哥，你是命太好了，儿女多了不知道听谁的，不过我认为凡事都得自己有个主见才是。俗话说，会选女婿的选儿郎，不会挑的挑田庄。你看他是基层民兵，又是砖瓦厂师傅，这孩子又特别聪明，在家里出工老少没有一个不喜欢他的。在外面更不用说了，砖厂上百十号人，那个师傅就只看上了他，从这一点看，就足够说明这是一个打着灯笼也难找到的好孩子。有这样的好孩子做女婿真是你天大的福分啊！"

大家谈了一晚上，岳父还是没有改变他的立场，他在坚守着外孙儿女们的美好前程。大海兄无奈地说："文显，你看这事我们已经尽力了，你说怎么办呢？今天初四，明天我们还要研究初六的开门红啊！"

我说："好，那我就说说我的看法，首先，我得万分感谢诸位前辈和同辈的关爱，尤其是贵地的李队长。就我的婚姻大事来看，我认为大家不应当硬要我的岳父同意表态，我认为是要平凡当着我的面说一声，就只说一个字就行了，一个'去'字或一个'不'字，因为从初二到初四，我们的目的就是要接她到我家去拜见我妈妈。同意，她就与我们一起去。不同意，她就不去。所以，她只说一个字就行了。为什么非要她

妈妈的粮票

说，这是因为我所求的是要她能与我同甘共苦一辈子，而不是岳父，就是岳父同意，我也不同意，因为岳父不能同我生活在一起。希望大家同意我的意见。再说，我是当面如实地对她说明了一切，我要她再当着我的面说'不'，我才心甘情愿。"

　　此言一出，那个李队长首先表态说我说得好，是该这样。大家都同意，就只大海兄和他请来的帮手不同意，大概是怕一个才十六岁的小女孩肯定只能说她听老爸的。由于少数服从多数的通用道理，平凡的哥哥只好喊平凡出来表态。只见她穿戴整洁，肩上背了个黄色布袋，站在大门前说："爸爸，我的终身大事您还是让我自己做主吧！您要是只顾姐姐她们而不管我，就不怕我怨您吗？走吧，姐夫，只怕没有车搭了。"说完，便转身往外走去。

第十九回

成大礼妈妈去心病
回娘家姐妹九家轮

话说平凡语惊四座后,我们连忙道谢告辞上路。他们走得很快,像是担心岳父又反悔,总是催我和平凡走快点,说以后有的是机会谈。走得足有三里路远,我们才慢下来。小川叔叔说:"文显,今天如了你的意,你用什么来感谢我啊?"

我说:"等到了沅潭乘车的地方,让您喝成不倒翁好吗?"

"不喝,不喝,我只要你讲故事给我们听,这比什么都强。"

"不知您想听什么故事,请报上书名。"

"就讲《薛刚反唐》吧。"

初五的早上,我们一行四个人才出现在妈妈的面前。平凡走上前去:"妈妈,我初二没有来给您拜年,您不气吧?"

"不气,不气,来了就好,来了就好,你要是不来,妈妈才生气,气你不是真聪明。走了一个晚上,累了吧,你快坐下休息。"

"妈妈,我不累,让我去帮您洗菜吧!"平凡说完端起菜箕就往屋前池塘走去。

"别管她们婆媳的事,一看就是贤德婆婆配上了一个乖巧媳妇,唉,命好的就是命好。"

妈妈的粮票

"看您说到哪里去了，这不是托你们的福吗？要不是请您挂帅，我到哪里去找这样的好媳妇！他大海哥，你说是……"

"好，好，好，您快做饭，文显你还是接着往下讲，就只讲他们薛家最后团圆了没有。"

"他们的大团圆说起来还是樊梨花的功劳，黎山老母算定周朝武则天皇帝气数已尽，才要樊梨花再次下山指引薛刚进攻长安，助李旦灭了武皇帝。果然不出所料，武则天死后，他们捉住武三思献给李旦，被加封为双孝王薛刚太保，加封薛蛟为上将军，兼中书令，定唐王。薛魁为中兴侯。薛氏满门会齐后没有留住樊梨花，她谨遵师命回山修炼……"我在小川叔叔和大海兄的催促下，只好又将第一百回——功成名就薛氏大团圆从头到尾讲到平凡把菜摆满了桌面，妈妈喊我斟酒才打住。谁知一边喝酒的他们还在往下问，大海兄喝了一口酒，话题一转对我说："文显，你和平凡昨天就讲好了，怎么不告诉我们，让我们空费许多口舌，差点跟岳父吵起来！"

"没有说好啊！我去睡觉前问她，明天要是要你出来表态，不知你打算表个什么样的态。她说她肯定是在家从父，爸爸表的态就是她表的态。我说她应当那样，不然，她的压力确实太大了。可是，她今天又好像是早就胸有成竹，我也正想问她。"

妈妈夹起一只鸡腿放进平凡的碗里说："孩子，告诉他们，让他们男子汉知道我们女人也是有主见的。"

"妈妈，我那是试探他的脾气是好是坏，谁知他说我应当顺从父意，其实我初二就准备同他一起来，我见他在那么多人面前说得我爸爸流泪，说得众人无话可答，姐姐她们都说他是能人强人，今后一定会欺负我。妈，您说是那样吗？"

"傻孩子，他要是欺负你，还能和你谈得来吗？"

"他和我谈的就是去看长江，爱我们那里的平原大、风光好，说他的伙伴们在一起怎样好玩。当然，我说的话题和他的一样，不知为什么，他就是不说一句要求我的话。"

妈妈摸了一下平凡的头说："孩子，他不要求你，才是真正的爱你，

192

那是让你自己选择，只有自己认可的东西才珍贵，才会珍惜。"

"妈妈，您说得真好，难怪文显那样能，我才知道你们读书人家说出来的话就是好听，我……"

"来，来，再喝一杯，这次要不是您去，我还真不知道该怎么办。"

"唉，惭愧啊，惭愧，不是我说你大海，这酒还真的不该喝，我和你说了一日一夜，嘴巴磨损一层皮，还不如文显看长江游平原，睡得香，谈得甜，关键时候几句话，胜过废语几千遍。以此为鉴，我看处理问题一定要抓住要害，不存私心，只认理，不认人，如果是非不清，带着观点说事，最终结果是费力不讨好，无能。"

"看您说到哪里去了，要不是您和大海兄先把我岳父说通，我那几句狗屁是行不通的。"

"千万别说你那老岳父，真理他又搞不清，歪理他倒能坚持。不知怎么生了个如此乖巧的好女儿！老鬼下次来了我非要让他喝醉不可。"

"您说得好，岳父没给您面子，由我大海赔礼道歉敬酒三杯，来，来，再来一杯。"

平凡说："你们根本就不知道我爸爸为什么那样固执坚持，那是因为从初二一直陪坐到我们走的那个李队长，才是我爸爸的真后台，他想把我嫁给他的二儿子做媳妇。他们都是心怀鬼胎，在那里监督我爸爸，我是为了不中他们的计，才做出来的决定。"

妈妈站起来又是敬酒，又是敬菜，左一个得罪，右一个辛苦，还说，等娶平凡时再请平凡爸坐首席。可惜的是，他舅父母昨天上班走了不能敬平凡爸的酒，要是再来了一定多敬他几杯。

转眼就是一九七六年春节，妈妈在年三十晚上对我说："孩子，明天去给你岳父拜年时，一定要向他们求亲，正月平凡就满了十八岁，你接她来时就到公社去把结婚证办了，二月或者三月你们就结婚。"我遵照妈妈的吩咐，好说歹说岳父才答应我五月初八完婚，后来才知道，他不愿把女儿嫁了，是因为平凡特能干，一年可做六千多工分。三月，我和平凡到公社办理结婚登记，回来吃过晚饭，妈妈坐在我们的中间说：

193

妈妈的粮票

"今天妈想和你们说点事，好让你们自己拿个主意，平凡那边他爸说什么也没准备好，我们当然不怪，因为是我家今年要娶媳妇。俗话说，男子粗办，女子细办，你岳父一个大男人能细办什么？所以，我就要做到既娶媳妇又嫁女。平凡，妈虽然老了没能力，但是我要嫁女就要嫁得像个样，我准备好的就是四抬四挑，三圆八椅，两挑担。我们这里现在做结婚衣有四套、六套、八套、十套、十二套的，我想帮你做八套，我觉得做太多了不好，衣服的式样一直在改进，别人穿新式的你还是老样不好，所以……"

"所以，我决定只做一套。到……"

"看你这孩子是怎么说的话，你以为……"

"妈妈，其实我早就和文显说好了，结婚那天就只带那套新衣去就行了，只有那样大家对我说的话才信以为真。"

"不行，不行，传出去太丢人，还说我亏待了你，不行不行。"

"妈，就我们母子三人知道的这点小事都瞒不住吗？就算有人知道，不还是我一句话？"

"妈，平凡说的是真的，我认为她说的在理，就算做一百套，那天不还是只能穿一套吗？我觉得这就是您说的聪明人之所为。"

"理是这个理，可是我的心里总觉得不安啊！床没他哥哥的好，平凡的衣又没有他嫂子的多，俗话说满崽是娘的心头肉，可是等到你结婚，不说超过，反而还不如以前，我，我……"

"妈，您别伤心，是我们不好，事先没有和您商量好。"我和平凡一起跪在妈妈的膝前。

平凡拿出自己的小手帕一边帮妈妈擦眼泪，一边说："妈，您对我像对亲闺女一样，为我操的心太多太多，就是我们大队的胡书记嫁女，都没有办得如此周全，我能有这样风光的婚礼，是我做梦也没有想到的。妈，我都不知道要怎样感谢您才好。"

妈妈用手摸着平凡的头说："孩子，你们起来吧！这事妈妈依你们的。"

平凡见我伤心，擦了一下眼泪说："妈，您放一百个心，在我还没

194

有订婚之前我就想过，要是我做了地主家的媳妇，我就上台去顶替公公婆婆站台角，看他们怎么办，以后只要是大队来找您的麻烦都由我顶事，结了婚的人就是大人了，我们就该顶事。妈，您说是这样吗？"

"是这样的，文显这孩子什么都好，就是心太软。我常说，男儿有泪不轻弹，可是他的眼泪太不值钱了。看来你比文显有担当，等你们完婚后，我就可以放心地把担子交给你，看他能长大不？"妈妈说完转身就忙她的去了。

我们结婚那天，妈妈坐在家神下面的太师椅子上，礼仪先生高喊"一拜天地，二拜宗祖，三拜高堂"时，我和平凡跪在妈妈的膝前，恭恭敬敬地三叩首。坐在高堂之上的妈妈，在亲朋好友的祝贺中开怀大笑，她笑得大度而自然，笑出了高门大族的风范，笑出了太太的本色气质。一切程序按妈妈事先安排的执行，摆上香案，拜堂成亲。大锣、喇叭、鞭炮一样都不缺，还抬茶收钱，中午三亲六戚摆坐十二桌，晚上六桌是砖厂和学校老师们的专席，闹洞房通宵达旦，从头到尾全是整套旧风俗。对联是我自己写的，大门联是：自由结婚天长久；道合同志人成双。横批写的是：喜结良缘。洞房联是：高低两个完婚配；好坏一双入洞房。横批写的是：天作之合。妈妈的门上是：操劳辛苦终有日；子孝媳贤乐无穷。横批是：长享天伦。长联是：京兆娶贤淑，高朋满座，举杯共庆，君子好逑成眷属；堂上尽名流，亲友会齐，淡酒薄肴，愧无佳肴谢浓情。家神榜上的对联是：尊祖宗毕恭毕敬；教儿孙勤读勤耕。

原来妈妈也会笑，二十六年来我第一次看到妈妈如此开怀大笑。只有我知道，她那个笑是一种真正发自内心轻松的笑。她老人家在如此的环境中，竟然按照她自己的意愿把基本脱节的中华民族传统文化，有条不紊地一一展现在众人面前。一个人在没有了任何牵挂和顾及时，她就会觉得一身轻松自如，什么也都不在乎，因为她想到的是她的最后一个任务而且是一个最艰难的任务已经完成，还完成得让她出乎意料地满意，她看在眼里的儿媳能让她一百个放心地离休，她现在就可以向儿媳宣布：她什么也不管了。

还真是母子连心，其实我和平凡在婚前就讲好了，我们结婚后的第

妈妈的粮票

一件事就是让妈妈完全休息。六月初十,也就是我们结婚后的一个月零两天,我和平凡把妈妈送上了去长沙的火车。在之后每七天一封的信里,我们得知的是妈妈又被哪个姨妈家接去了,什么时候我们的信寄往哪个地址,哪个舅舅收。转眼半年过去了,可是妈妈在信中说,因为还有二舅和满姨妈家没有去,她们已经做好了安排,要是不去那是要有意见的。临近春节,又是我和平凡结婚的头一年,没有和妈妈在一起的春节,那将是一个怎样的滋味,到时只怕还要流眼泪。

平凡说:"我想你还是应当去长沙接妈妈。"

我说:"妈妈在信中不是说得很清楚吗,去接不也是空跑一趟?"

"空跑也要去,要是舅舅他们说我们不接妈妈回家过年,你这个大孝子就会变成不孝,我就跟着你成了不贤德的坏妻子。"不谋而合的我们很快就达成统一。

小年二十四晚上十二点半,我在捞刀河火车站下车后,冒着漫天飞舞的鹅毛大雪找到二舅家里。舅妈说,因为大雪封路,怕我妈妈受冻,所以改变了原来的计划,让我妈妈在常山左姨妈家过年。舅舅骂我不懂事:"长沙几百人就怕亏待了你的妈妈?难道还让她在街上过年?"我说:"要是我没有来接,舅舅和姨妈骂我说,一个为了儿女把命都差点赔上的好妈妈,要过年了都没有人来接,真是不孝的狗东西,看我老子不揍死……"

"好啊!还是舅老子没有理。哈哈哈……好,将门无犬子。"

"这不是我说的,是你那个外甥媳妇说的。"

舅妈说:"好媳妇,好媳妇,我就知道平凡是个好媳妇,你妈妈出头了,这下可真的是出头了。"

第二天,我和表弟又顶风冒雪到常山见到了妈妈。不知为什么,我只喊了一声"妈妈",满眶热泪就夺眶而出了。妈妈摸着我的头抽泣着说:"还是没出息,也不怕你姨父母一家人笑你。"

我擦了一把眼泪,悄声说:"妈,您住得还好吗?难道真的不回家过年吗?满姨和二舅家,过了年再来住不是一样吗?"

"孩子,放心吧!不是妈妈不想回家,是你姨舅们的盛情难却,你们小两口今年自己好好地过个年吧！我看平凡很能干，你教她学我们的风俗，没过初五别让她到别人家去，免得他们说她不懂礼数。哦，三十中午的年饭要她多煮些菜，就是要有余菜，才显得丰盛年年有余；初一要早点起来，要先给天地拜年后再拜宗祖，不要让别人都来拜年了，你们还没吃饭。要比别人早，这样你们就一年精神好。"

"妈，我照您在家时的习俗做就是，要不您还是回家吧！您要是不在家，我和平凡会哭……"

"你们要是哭了，明年也不让你妈妈回家，等你不哭了，有了自理的能力才让她回家。你妈妈只是夸你是个好崽，难道还是个会哭的崽？你妈妈今年在我们家过年，明年我和你姨父就到你们家过年，不知你和平凡欢迎不？"正好进门的姨妈听了后说。

"好啊！到时候我和平凡来接您二老好吗？"

"你不哭了？"

"小时候我真能哭，不过那是饿得哭，现在再也不哭了。"

"刚才不是还在说要哭吗？"

"那是怕我在吃年午饭时，没有妈妈在桌上，心里一酸，眼泪就会止不住地往下流，那样的哭不算是会哭才对。"

坐在火炉边烤火的姨父说："你从来没有离开过妈妈，是吗？"

"十八岁那年长江改道离开过五十六天，但是没有哪一年过年不在一起啊！今年又是我结婚的头一年，没有妈妈主持的春节我真不敢想象会是一个什么样的春节。"

"凭你们的智慧，我想应该是一个非常愉快的春节，也是考验你们的春节。因为一个男子汉要是一直离不开妈妈，这个男子汉就是再有本事，也不会有太大的作为。所以，我们决定不让你妈妈回去过年，是想让你历练，看能不能炼成一块好钢。"

"姨父，您就别炼我了，我肯定不是一块好钢，还是让我妈妈回去吧，不然，我们连年饭都做不好，那不是……"

"好啊！原来你是要你妈妈回家帮你们做年饭，看我不……"

"姨父，不是要妈妈做，是要妈妈坐镇指挥，妈妈从六月初十那天

妈妈的粮票

就彻底退休了，真的，不信您问我妈妈啊！"

"这点我信，听你妈妈说你是个大孝子。不过，像你这样离不开妈妈的孩子，要想养活你的妈妈只怕难啊！"

"嘿嘿，姨父我告诉您吧，我啊，有的就是力气，我就不信凭我和平凡两个人还养不活我妈妈！"

姨父长叹一声说："唉，孩子，你错了，俗话说，设法养得千张嘴，死做难养一个人。这其中的道理你能懂吗？"

"这话我爱听，您真是说得太好了，明年您到了我家一定要留您多住些时日，要您多教些怎样设法，那可是终生受用的法宝。"

"说得好，这话我也爱听，真是有用儿孙听仔细，无用子孙枉费心。看来我们父子很投缘，那你还是要接你的妈妈回去？"

"我听您的，不过，您二老明年一定要去我家，好吗？"

"下半年去你家，上半年我要去湖北的朱河义子家，这是早就定下了的决定，这点我必须说明，以免你说姨父说话不算数。"

198

第二十回

为传艺妈妈复旧业
离老家新居迎开放

屋后山上的映山红开得特别鲜艳夺目，兰草花的香气随着亚热带的季南风扑面而来，让人神清气爽。一对喜鹊栖息在门前的梨树尖上又是唱又是跳，高兴得不知道要怎样才好。

平凡说："只怕是妈妈要回来了，不信你看。"果不其然，当天下午小学生放学回家，还离好远就听见前面屋里的小军手里举着一封信高声地大喊："爷爷奶奶又来信了。"

果然不出所料，妈妈在信中说，三月二十日十二点半在千针坪火车站下车，有我们表弟送，不需要我们去火车站接。那天，我和平凡站在门前守望四二八快车的到来，要是妈妈真的回来了，就一定会在窗口向我们招手。"文显你看，那是妈妈在招手，妈妈还喊了我们。"我一蹦老高地说："我看到了，快，我去接妈妈，你在家等着。"

我的"着"字还没出口，人就飞出几丈远了，我越跑越快，真的很像铁道游击队里的爬飞车、搞机枪。妈妈下车我就到了她老人家的面前，抱紧妈妈的双肩，一句话也说不出来，泪流满面，抽泣有声。

妈妈擦了一下眼泪哭泣着说："看你，就不怕你表弟笑你没出息，你姨父的话可不能忘记。"

我只点头，还是说不出话，就是只想哭。妈妈说："看你这孩子，

妈妈的粮票

怎么还不向你表弟问好，妈妈这不是回来了吗？好啦，走吧，平凡在家等着急了。"我松开妈妈擦了一下眼泪，接过表弟的担子，一再道谢后才跟在妈妈的后面往回走，交谈着长沙与临湘的风土人情。

"妈妈，妈妈，您还好吗？"

"文显不是要你在家等吗？看你跑得多累！"

"妈，我一点也不累，让我来提包吧！"妈妈伸手将小提包给了平凡，摸了一下她的头说："你看你怎么能和他一样，文显可是出了名的飞毛腿，能上无皮树捉鸟，可下有龙潭摸鱼，臭皮蛋一个。"

"妈，您还别说，他还真是飞毛腿，天哪，要是在公路上他早就抓住了火车的扶手，我在后面看到他真的像在飞。妈，他是不是又哭得厉害，他有三个晚上把我哭醒了，说他，他还不承认。"

妈妈长叹一声说："唉，我知道，这次是想借此机会让他历练，可是这孩子天性如此仁慈，看来只怕是谁也无法改变他了。"

"妈，您这次一住可就是八个月零十天啊！别说没有离开过您一天的文显，就是整个村子里的人都在念您，说您怎么住这么久。"

"他们哪里知道，你外婆家在鹅羊山是大户人家，几百号，几十年来，他们一直都在念我，因为只有我一个人远离他们，见了面谁还能让你走啊！我们亲姊妹十个，你们的六个姨妈、三个舅舅，都是你二舅安排的轮转住。到哪里都有你二舅妈陪同，因为她是你外婆家的大孝媳，上上下下，老老少少……"

"就是那个把自己手指剁一节给外婆做药引的舅妈？"

"正是那个舅妈，是文显告诉你的吧？她不管在哪里，人家对她都是恭恭敬敬，可是她自己从来不拿架子，像个小孩子一样戏闹，所有人都很喜欢她。"

"妈，您怎么不要她老人家同您一起来住一两个月呢？"

"她说她要明年同你桂姨妈一起来。"

"要是我们住在一起，您说那是多么热闹的大家庭啊！"

"这就是命，要是离他们近，文显他们就不会挨饿了，幸亏他们都还能干没有饿死，要是……"

200

"老奶奶回来啦！老奶奶回来啦！"村子里的人都来到铁路边，前呼后拥，嘘寒问暖，好不亲热。一进门，妈妈就要我快点放下担子，打开包裹拿出很多好吃的，老人的、大人们的、小孩子们的一应俱全，平凡当然是分配员。那样的热情、亲情直到现在，不，是到与世长辞的那一天，都叫人终生难忘。

不知是天天开会的时间太久，人们都感到枯燥无味，还是我在砖厂有了技术权威，姐夫当队长，反正大队部对我们宽松了很多。妈妈去长沙住了八个月，没有请假，没有人问，后来才知道，是"文化大革命"即将结束了。两间半茅草屋被她们婆媳俩收拾得干干净净，每次傍晚从砖厂回来还离家好远，就能听到平凡的哈哈笑声。都说她们不是婆媳关系，是娘俩的关系。我一进门，妈妈就开始炒菜，平凡一样一样地往桌上端。在吃饭的时候，妈妈说："我告诉你们一件事，从明天起，我要重操旧业做衣，我要将缝纫的手艺教给平凡，让她学会后就不用泥里水里的去拼死拼活地做。俗话说，百艺好藏身。只要有了一门好手艺，在什么时候都能养家糊口。"

平凡夹起一个荷包蛋放到妈妈的碗里说："妈，我们不是说好了吗？您已经彻底退休了，为了我学艺又来做衣，这不是为难您吗？"

"我说你们真是孩子气，说玩笑话，农村人有什么退休，人家七老八十的都还在做，我凭什么就不做了？做衣是我喜欢做的事，帮别人做了衣大家喜欢，还有钱挣，又能让你学到缝纫的手艺，这可是一举三得的大好事。再说，队里有你姐夫照着，别人也不好说什么，能有个一年半载，你的手艺就学出来了，到那时你想出工就出工，想做衣就做衣，谁也难不倒你，多好的事！你妈妈我就只能做衣，那年不要我做衣非要我出工，结果，差点死在地里。"

"妈，我们只收布在家里给别人做，谁家请上门工一律不做，只要您不做上门工就轻松多了。"

"我同意文显说的，妈您就别做上门工了，再说，我们俩娘崽在家里做衣，才好给文显做饭，不然，他从砖厂回来没饭吃，不饿得您心疼才怪。"

妈妈的粮票

"是你自己吧？"

"妈，您看他一餐吃那么多，走出门就说饿了的人，要是从砖厂里回来没有饭吃，还要等到我们天黑回家再做饭，您说他不饿得哭才怪。小时候饿得哭，长大了还是饿得哭，那才真冤。"

"好，好，好，就都依你们的，妈妈以后只找你管吃，看你冤。"

"妈妈，我高兴那样，看您怎么着吧！哈哈哈……"有了一个天真、单纯、会打哈哈的媳妇真好，妈妈从此再无挂念，天天与一个无忧无虑的媳妇儿在笑声中度过。妈妈不但告诉平凡怎样做衣，更重要的是告诉她怎样做人，村子里哪个是什么样的性格，该怎样对付才能和睦……妈妈说得认真，平凡也听得非常认真。因为她认为妈妈说的这些比她在娘家时听到的还要好，尤其是讲一份气量一份福、一份气魄一份财时她听得十分认真，还好几次打断妈妈的话题，提问自己还不懂的要领。妈妈不厌其烦，还举例解说，总是让她听得一清二楚、高高兴兴地满意接受才算完。

俗话说，时来运通，船走顺风。万事如意的日子转眼就到了一九七九年的中秋节。改革开放近一年了，在农村，我们看上了百花齐放，能看到电影和戏。我连看了三场《三打白骨精》后，又看了三场《泪洒相思地》《刘海砍樵》和《朱买臣卖柴》。当然，妈妈和平凡也一起看。小姐姐文京和姐夫带着四个小外甥回来了，妈妈高兴地抱抱这个，摸摸那个，心疼得不知要怎么样才好，四个小东西也真是聪明伶俐，叫得外婆答了大的没应小的。两个小男孩子一文一武对付的对象当然是我这个舅舅，小武子双手抱颈吊在胸前，大文子一跃抱颈挂在背上大叫"吊死舅舅，要你认输"。要不是他们的舅妈拿来很多好吃的，不知还要吊我多久。亲人团聚的欢乐和亲情是任何东西都无法代替的，一大家人闹腾好久后才平静下来。没过一会儿，平凡就帮着妈妈做好了一大桌子菜，妈妈自己不吃，专为几个孙子夹菜取乐。文京姐姐夸奖平凡已经成为妈妈的合格接班人。她接过平凡帮她剥去了蛋壳的咸鸭蛋闻了一下说："嗯，真香，你说这蛋腌得多好！妈，您可要把这门手艺告诉我啊！这次您一定要去我们家住几个月好吗？我们全家都来的目的就是接您老人家的。"

202

"外婆，你不去，我，我，我就哭，哭得你头疼，疼……"

二孙女打断了才三岁的小弟弟的话说："谁要你说了，你是想说疼死你吧？妈妈会打死你的。"

"你还好意思打断弟弟的话？他还没有说一个不吉利的字，你却一下就说出两个……"

"是，是，不，是在路上你要，要我们说说……说的。"

"说得好，说得好，你真是我的乖孙子，外婆的头现在不疼了，等你们做了新屋外婆就去你们家住一年好吗？"

姐夫喝了一口酒，放下酒杯说："妈妈您放心，我们就是再难也不会让您挨饿啊！这次您要是不去，文京又会哭几天几夜的。"

"妈妈，您不公平，大姐家您都去过两次了，哥哥家也去了好几次了，为什么就是不到我们家去啊？他们不也没有做新屋吗？"

平凡见文京姐姐的眼泪在往下流，连忙夹起一只鸡腿送到她的碗里说："姐姐，你别伤心，其实妈妈早就想去你们家看看，你接了几次都没有去，是因为她老人家见你们的孝心都好，去了你会花很多的钱。你们现在都很困难，是想等你们的日子好过后再去。"

"看你都四个孩子的妈妈了还哭哭啼啼，也不怕孩子们笑你。这次你们多住一晚，到后天我就同你们一起去行了吧？"

"真的？妈，好，好，好，太好了。"文京见妈妈答应到她们家去，高兴得又破涕为笑说，"平凡弟妹，妈妈现在答应是见不得我流眼泪，要想她老人家真的能去还得靠你帮姐姐的忙。"

"姐，妈妈去你们家真的就那么重要吗？她老人家的病多，主要是怕在你们家犯了病，那可就真的让你为难了！"

"你呀，一个女子嫁出去后，娘家一直没有人来，别人就会说你在娘家肯定是个没人喜欢的小姑娘，你说重不重要？"

"那是，那是，妈妈您就是再不想去也要去，家里您就只管放心，再说您在长沙住八个月不也没有生什么大病吗？"

妈妈笑了一下说："好，好，好，依你们的，这次就同你们一起去。从你嫁到他们曹家后，我还真不知道门朝哪方开，树往哪里栽。"

203

妈妈的粮票

第二天，平凡帮妈妈准备好了应带的东西，在姐姐一家人的拥戴下，平凡送她们一起过了铁路才回家。走不到三百步，妈妈就讲了十二次要平凡注意火车，还写了一张"注意火车"的字条贴在门上。是啊，今年以来门前那段不到一公里的弯道上就有三个无辜者的生命被火车轮夺走了。四月，公社的妇女主任到铁路那边去检查生产，被火车轮撕碎得只能用火钳夹着一块一块地往化肥袋里装。在那样的年代里，可怜的妈妈只要是听说火车撞了人，她的脚就发抖，心里发慌，问这个，问那个，死者的年龄、性别，认不认识。有一次，平凡去出工上铁路不久就听到有人喊："不好啊！铁路上又一个年轻女子被撞了。"闻声从屋里出来的妈妈一听是个年轻的女子，大喊一声："儿啊！"身子就往后倒，站在旁边的邻居连忙一把扶住："老奶奶，您这是怎么啦？"

妈妈声泪俱下地说："是平……是我平……儿吗？"

众人这才知道她老人家以为是平凡出了事。刚好从外面回来的曾孙子说："老奶奶，那个被撞的不是平凡奶奶，是塘湾生产队的人。"

妈妈哭泣着说："我知道，你们怕我难过，就只好都来骗我，你平凡奶奶刚出去……"

"中华，你快去喊你平凡奶奶回来，只有她回来了才能治好你老奶奶的病。"

中华转身就跑，还隔好远就大声地喊："平凡奶奶，老奶奶要您赶紧回家。"

平凡放下手里的活儿，一边往回走一边问："我刚出来，有什么事？"中华这般一说，平凡拔脚就跑，她见很多人围在家里，急得大声喊道："妈，您怎么啦？我没事。"

妈妈伸手抱住眼前的平凡，放声哭喊着说："儿啊！我就只担心你，因为你才来，不了解火车的规律，时间又正好与你出去的时间相同，我以为他们都是在瞒我，怕我受不了。"妈妈为了她的儿女们把心都操碎了，连自己的性命都不顾，在她的心里，儿女们就是她的心头肉。她老人家不知多少次后悔搬回老家，害得她的儿子到砖厂，出工也罢，不管做什么都得必须在铁路上来来往往，害得自己不知有多少个夜晚难以入睡。

世事难料，妈妈去文京姐姐家没有多久，和我们同屋的堂兄突然请来帮工将他们的东半边拆了，准备重盖新房子。我认为他身为长兄，如此大事，应当在头几天就要和我商量才是，他倒好，连要拆了也没一个信儿。平凡说："文显，大哥他们怎么是这样的？那我们怎么办才好？"

我说："你放心，他既不仁，就别怪我不义，我们当什么也不知。我还是像往常一样一早去砖厂，你早点吃饭后就站在外面只看好他们拆下来的堂屋木料是怎么放的。哦，你千万不要进屋，怕他们那边一拆，我们这边会垮……"

"要是那样，我们的东西不就全部被砸烂了吗？"

"放心吧！他会给我们做全新的不好吗？你就站在那里像个看热闹的，千万什么也别说，照我说的做，我们就是胜者。"

果不其然，晚上我回家，平凡告诉我，堂兄那个在大队负责的舅哥来后问他："今天，你拆房子怎么没有看到文显，难道你事先没有和他商量？"堂兄说："我拆我的和他商量什么？他知道个屁！"

他那个舅哥说："你真是个混世魔王，我妹妹嫁给你，是说你们是书香门第，才同意了这门亲事。原来，文显他们才是。那年我的妹妹，文显的堂嫂去世时，是他一手操办得井井有条，谁不说他是难得的少年老成，是个人才！他今天装作什么都不知，你知道他是什么用意吗？他倒要看我们这些人来后怎么办。处理得好他好说，处理得不合他的意，你的屋别想做成。尤其是，要是你这边一拆，他那边倒了，一切损失全由你赔偿，我们这些做亲戚的不但费力不讨好，还落下个不明事理的混账的名声。你要是不去把文显请回来说好，我们就只好回家等你们商量好后再来。"

堂兄见他们娘家的人全要走，急得慌作一团求他们别走，要他的舅哥帮他拿主意。舅哥要他去求平凡，堂兄果然来到平凡的面前一再赔礼道歉，说他请了这么多人太难，要她做主让他们动工。平凡说："大哥是个明是非的人，他把文显说的全说了，只要你按大哥说的全做到做好了，文显回来后他一定好说，你应该知道他是个好人，你这个做兄长的

205

和他根本就没法比。"

"那是，那是，好，好，好，我一定按大哥说的做好，让我兄弟回来后由他处理。到时还望弟妹在我兄弟面前为愚兄多说几句好话。"

难怪他舅哥见我回来，还隔好远就迎上去拉着我的手说了一大堆好话，说一切都待我来处理，还要我检查一下屋，看有没有裂缝和没有盖好的地方，如有他就立即安排人返工搞好。我见堂兄也一再认错就不了了之了。他拆完后我就必须得做，若不做过冬遇雪，必定压垮无疑。我要做屋的事路人皆知，千针大队的书记和副书记要我到他们大队落户做屋，我只管选址和交给他们建房图样后一个月就只认住房，什么都由他们大队负责搞好。但除了水田，我确实没有找到一处喜欢的地方。小沅的方队长一再要我去他们那里选址，址没选成反被我的连襟也就是姐夫知道了，特地要到我家里吃晚饭，在桌面上喝了一口酒就一再向我和平凡道歉，说他一定是在什么地方得罪了我们，或者是做了对不起我们的事。搞得我和平凡丈二和尚摸不着头脑，他说要不是那样，我为什么不和他一起了，要搬迁到别的地方去？让他这个身为队长的姐夫没有半点脸面。我见他说得在理，反过来又向他道歉说确实没有想到那一层，只知道在本队也没有我看得中的好地方。他说："只要你不走，就是上好的水田只要你看得中我就让你做，这个主我是做定了。"

我说："那好，明天请你到我们的窑上去玩，我叫你看个好地方，你一定满意。"

兄弟言欢后，一切矛盾都云消雾散了。他站在窑上顺着我的手指向的地方说："你也真能，那里却是一个好地方，也是我自己朝思暮想了好多年的地方，因为公社书记都不允许占水田做屋，所以我只好打消了那个念头。不过站在这里看，我才发现老屋井上那一片，也就是你我喜欢的湾里上面不也很好吗？"

我说："那里当然好，可是那里都是私人的自留地，要和几家说情太麻烦，我不愿让别人为难。"

"这一点你别管，只要你喜欢，就可以定下来，明天我就给你一个信儿。"

第二天，姐夫真的说好了，我当时就和平凡带上绳线和木桩，定好屋向后就放线，开荒挖墙脚。白天我到砖厂上班装窑，平凡就到砖厂捡半头砖，一担一担地从砖厂挑到现在的屋基上。等我下午收工后，我就成了做屋的师傅，平凡顺理成章是个非常合格的小工，不到一个星期，一栋连三间加出头的厨房，占地一百二十六平方米的屋基，平坦而方正地呈现在众目睽睽之下。深感惊叹的人们议论说："一个正儿八经的窑匠师傅，怎么又变成了做屋的砌墙师傅？"

　　我将前后经过写信告诉妈妈，并要妈妈在姐姐家多住一段时间，等屋全部完工后回来，但妈妈不放心，在还没有盖瓦时就要姐夫送她回来了。她每天帮我们做饭，倒也省了平凡很多时间。

　　十二月二十日，全家搬迁新居，正式开始了新的生活。

妈妈的粮票

第二十一回

得父信喜鹊报佳音
分田地大家显神通

　　东边的正房当然是妈妈住。在二十世纪七十年代，如此规模的大瓦房确实让人们敬慕不已，个个都夸我们能干有才能。其实总共就三元钱，买了一包常德的香烟，用于联系有关事宜，所有建房用料全是赊欠的。不管怎样，屋不但做起来了而且还做得非常好。早晨，妈妈起来站在门前，平凡连忙拿来长大衣披在妈妈的肩上，妈妈转头看了一下平凡，深深地吸入一口田野的清新空气，一声长叹后说："这一天来得多不容易啊！还是只有国泰，民才能安。但愿我们的国家从此永无灾难，长治久安，让我们的子孙万代长享太平就好啊！"

　　"妈妈，您又在想过去那些往事吧？外面风大您别站太久了，还是进屋里去吧！快过年了，您保重身体，就是我们最大的幸福。"

　　妈妈在平凡的陪伴下慢慢地走进她自己的房间："我们今年每一个门都要贴上春联，要多放点鞭炮，欠账不怕，凭你们的能力，明年一年一定会来个大翻身。"

　　"妈，文显正是这样说的。他昨天晚上就把对联全都做好了，说只等您指教后，他就可以写了。"只见大门联是：改革春风暖民心兴国有望；与时俱进迎盛世四季如春。横批是：春回大地。妈妈屋子的门联是：雾散云消春光照；寿山福海晚景隆。横批是：迎春接福。我们屋的门联

是：虎啸九岭争春气；鸡啼天明富贵长。横批是：幸福美满。厨房门联是：五谷丰登仓廪满；三灶都煮化龙鱼。横批是：勤劳致富。家神榜上的对联是：宗祖厚德传世远；儿孙仁善幸福长。横批是：吉星高照。

我写完这些，妈妈拿起笔笑了一下说："孩子，你帮我铺好纸，让我也来写几幅字。"

"好，好，好，只要您高兴，您就写吧。"妈妈举笔在我铺就的大红纸上用工整的楷书体写上：出门大吉，对我生财。招财进宝，黄金万两。小儿言语，百无禁忌。

满屋齐全的传统文化风俗，充分体现出中华民族五千年礼仪之邦的文明与和谐。它不但弘扬了一个民族的文化精粹，更让一年一度的春节显示出一个伟大民族的昌盛和繁荣。

独一无二的红砖瓦房，贴上大红对联，加上张灯结彩，在那样的年代里，确实显得非常华丽堂皇。妈妈站在宽敞的晒场上笑容满面地说："这才是过年，这样的春节才能显示出风调雨顺、国泰民安的好前景，才有民富国强的希望。"

吃过年三十中午的团年饭，妈妈就吩咐我，要像原来在老家一样给祖坟、秧田、水井、果树、菜园、牛栏、猪栏送灯，据说送了灯就能使家庭平安、无虫、无灾、无瘟疫。我问妈妈这些是不是真的，妈妈告诉我："这些不能以真真假假和迷信活动来评议，这是人与大自然的相互敬奉以求和谐相处的希望与寄托，你有虔诚之心敬他，它才有好的赐予你。俗话说，你敬他一尺，他尊你一丈。就像大年初一早上，一家人洗刷干净，穿戴齐整，在宽敞的晒场上摆上三牲酒茶、糖食糕点果品，装香点蜡，燃放大量鞭炮后，全家人便非常庄重地给天地拜年，以求保佑发财，全家平安。敬完天地后又敬家神以求保佑。人们把很多无法解释的东西都寄予天地，希望天降百福，地呈千祥，使自己又有钱又平安。"

一家人刚刚喝完平凡用祭拜后的红枣、荔枝、桂圆和鸡蛋煮的四宝茶（传说喝了这样的茶，一年无病无灾，万事如意），相互拜年的队伍就来了。年轻人走后，老年人又来了，走在前面的老队长杨爹还隔好远就拱手行礼道:"老嫂子,愚弟给你拜年,恭喜你添福添寿,越活越精神。"

"新年好,新年好,彼此,彼此,要您劳步真还承受不起啊!快坐,快坐。"几个老人刚坐下,我递上的常德香烟还没有点燃,平凡的茶就送到了他们的手上。

唐爹喝了一口茶,笑着说:"老嫂子家里就是不一样,干部烟,上宾茶,礼数周全笑哈哈。"

"有这样的妈妈,才有这样的儿媳,你们要是早搬到我们这儿来就好了,让我们这些无知的人也好学样啊!"

"他雷爹真会夸人,说起你们家的儿媳,谁不是竖起大拇指!"

雷爹笑了一下说:"做事还算可以,要是论……"

"我说你啊!兄弟,只要有这样的年过,管他论什么都值。"

"要想你老怪不开口,只有把你牵着……"

"嘭嘭嘭,嘭嘭嘭。"外面响起一阵鼓声。

"这不是玩龙的战鼓响了吗?文显,快拿鞭炮迎接。"只见玩龙头的口哨一吹,龙头一下冲出波涛,龙身相随翻滚,龙尾就势一摆卷,龙头又一个上翘,大有腾云驾雾之势。几个回合后,龙头把师的口哨又"嘟"的一声后,发彩师喊道:"黄龙玩得喜吟吟,只有老板真贤明。鞭炮接我显仁义,满面春风喜相迎。不是我夸你是能人,大厦落成是见证。团方地面数第一,华堂生辉好爱人。金砖下脚,银砖垫梁,子孙个个状元郎。自从黄龙玩过身,一年胜过十年春。""嘟",龙头把师的口哨一吹,又是一阵翻腾后出现一个"太"字;"嘟",又是一阵翻腾后又出现一个"平"字;"嘟",发彩师又喊道:"黄龙玩得笑哈哈,太平二字祝天下。三中全会人人夸;八仙过海显神通,得民心者得天下。如此兴旺昌盛景,富甲天下可称霸。我回头又把细爹夸,只有她老福气高。教育子孙方法好,个个孝道本事大。书香门第根基深,发富发贵万年春。自从黄龙玩过身,财源滚滚存黄金……"

俗话说,人不走运气,睡在楼上扯潮气。时来运转,好事连连。玩龙的刚走,舞狮的又来了。那些奉承的彩头听在心里特别好受,让你总是抱着美好的希望,拼命地创造财富。是啊!谁都不愿贫穷,因为贫穷

落后的民族，只会遭受凌辱和奴隶一样的挨打招骂，让人民过着苦不堪言的生活。

妈妈目送着热闹的人们远离后，笑容满面地说："文显，你也组织玩龙吧！你们晚上去玩的花鼓灯戏，不但没有舞龙的气势磅礴，还得一个通宵不睡，太累，尤其是合你的……"

"是合他的性格和口味吧？妈妈，文显昨晚正是这么说的。真的是知儿莫过母。"平凡说完拉着妈妈往屋里走，妈妈用手指了一下她的额头说："就你能。"妈妈发自内心的喜悦已经写在脸上。

贫穷艰难的岁月叫度日如年，幸福荣华的日子称日月如梭。我将妈妈的提议与姐夫商量，他兴奋得一拍大腿说："只要你能扎好龙头，我在一星期内把战鼓大锣等必要用品如数交到你的手里。"

初十那天，我们队里十三米长的黄龙横空出世，在晒谷场上操练得有声有色。演练三天后，在队长的带领下，先贺本队各户。我的第一个彩词是：黄龙玩得笑哈哈，三中全会暖万家。改革开放真英明，春风化雨遍地花。八仙过海显神通，九亿农民力量大。翻江倒海为致富，十年再看我中华。五谷丰登仓廪满，六畜兴旺全面发。一日三餐鸡鱼肉，全国人民笑哈哈。自从黄龙玩过身，一年胜过十年春。

元宵节的年饭，是我晚上玩龙回家后才吃的，这天我分得了三十六元钱和五盒烟。妈妈笑了一下说："你看这一天比玩地方花鼓戏的收入增加了十倍还不摸黑路。"

正月十六早晨，我起来站在田埂上，欣赏门前的田园风光，思潮起伏，遐想联翩。冬末春初的早上，寒风习习，让人清爽舒畅，可是残冬留下的萧条，又使人心淡。昨晚守岁时妈妈的谆谆教诲，又如雷贯耳："文显，现在的政策是好了，可是你不管是松还是紧，都要像原来一样勤耕苦做才是靠得住的。"听妈妈的没有错，还是勤耕苦做吧！想到此，我的心情就放轻松了许多，没有一会儿就心平气和，吐故纳新。这时，不知从哪里飞来两只喜鹊落在上丘田埂上蹦蹦跳跳，叽叽喳喳，互相戏耍。"喳喳喳喳……"它们一边叫，一边点头，很像是在为我表演它们的鸟舞。

"妈妈，您快来看啊！文显前面的两只喜鹊好像是在为他报什么喜事，都在那里闹了好一阵了。"平凡边说，边走过去迎接妈妈。

妈妈看了一会儿笑了一下说："喜鹊喳喳叫，好事即时到。好事，好事，一定有大好事。"

也真是巧了，中午平凡做的饭刚上桌面，姐夫从大队开会回来，拿着一封信说："文显，这封信你看一下，好像应该是你们的。"

我接过信说："快坐，快坐，平凡你快给姐夫倒盅酒来，正好一起吃饭。妈妈您看，姨妈她们怎么把地址写成团结乡，这不是写错了吗？"我见信封上写的是妈妈的名字，伸手又给了妈妈。妈妈接在手里一看，脸色凝重，眼眶内出现了泪花。

我疑惑地问妈妈："妈，您怎么啦？"

平凡连忙放下手里端的菜，扶着妈妈的肩膀说："妈，您是不是不舒服啊！不，您是有什么事吧？"

妈妈摇了一下头说："这是你爸爸的信，文显，你把它打开读给大家听吧！大海，这信是不是还得送到大队部去，让干部知道才是？"

姐夫说："这信是公开的，谁都知道。因为我们正在开会，是邮递员将信拿在会上问，看这封信是不是我们大队，他已经问了好几个大队都说不是，有人告诉他，只有我们大队原来叫团结乡。我见上面写的是您的名字就拿来了。您看了后送也好，不送也没问题。今天开会说，今年可以搞个人承包经营责任制，别的省里去年就把田都分到户了，就只有我们湖南还在按既定方针办，所以我认为分田到户是早晚的事。干爸肯定是知道能通信了，他才写信来。去年文白不就有一个台湾人回来了吗？听说，县政府对他还很好。"

我将已经打开了的信拿在手里读："玉琴，你还好吗？我对不起你和孩子们，要是你能接到这封信，就按照信上的地址给我回信好吗？请寄全家照最好，要是没有个人的也行。顺祝福安，夫民敏字。"

爸爸的信只有简单几句，可是他把该说的都说了，听得我们都哭了。妈妈没有吃饭，拿着信到她的房间里去了，吃过晚饭后才要我把信送到大队徐书记家里让他看一下。徐书记听完我的来意后说："你的妈妈真是一个了不起的女性，这是她老人家对我们的充分信任。原来我们是敌

我矛盾，现在是内部矛盾，也就是一家人了，以后你们的信就不要让别人看了，要是有人没有通过你们的允许看了你们的信就是犯了法。现在政府还要你们多与亲人联系，鼓励他们回家探亲，争当'三胞'亲属优秀联系人，为台湾的统一大业贡献力量。另外，我还要告诉你，像你这样有才能的人还可以从政负责，也就是当官。"

原来我们又成了台湾同胞、侨胞、港澳同胞的三胞亲属。我回家向妈妈重复了徐书记说的话，妈妈笑了一下说："孩子，只要有现在这样的日子过就已经很满足了，不要奢望太高就好。做人最重要的是，做一天好人好做，做一世好人就难做了。要不管是顺境还是逆境，都要做本分人就好。哦，明天先把文京的信发出，再去你大姐和你哥哥家里报个喜讯，要他们正月二十六一起回来，去县城照个全家福好寄给你爸爸，让他也高兴高兴。"

我当然是一切照办，正月二十六那天，全家二十多口齐聚妈妈家每餐两围桌，"奶奶""外婆"叫得妈妈应不过来。我们都是电影和戏曲的痴迷者，到了一起最热闹的话题就是讲哪个题目的电影和戏曲的情节，说得津津乐道，有时还争得面红耳赤。

"文显，你快去写信啊！写好了让大家都看看，明天就到县城邮政局发出去多好！"

平凡拿来信笺和笔往我的手里一放说："别讲了，快去写啊！等下妈妈又要说吃不穷用不穷，计划不好一世穷。"说得大家一阵哄笑。

我铺开笺，正襟危坐，举笔好一阵才写了"爸爸"二字，再无一字上笺，千言万语不知从何说起。

妈妈见我一直望着"爸爸"二字热泪盈眶，就对平凡说："文显小时候总是找我要爸爸，今天，我终于还给他了。孩子，你别哭，你把泪水变成墨水，想写什么就写什么，写信就是要写得实实在在，实在的东西能在无形中产生出真实的感情，有感情的信读起来那才叫信。"

我擦了一下被泪水模糊的眼睛，提笔往下写道："您老福安！这是文静、文韬、文京和文显一起对您的祝福，更是我三十年第一次叫爸爸，学语时不会叫爸爸挨打，会叫爸爸了怎么又一直想哭？满纸的泪痕

213

妈妈的粮票

真不雅观,望您见谅。文静嫁方家,生四男一女;文韬娶李氏为妻,生了三个儿子;文京嫁曹家,生二男二女;文显娶刘氏为妻待生中,妈妈当然和我们一起生活。逢年过节,尤其是妈妈的生日,我们家是天下最热闹、最快乐、最幸福的家庭,因为我们都是想尽办法对妈妈多尽一份孝。我们四个人个个是明媒正娶,个个都举办了超过了其他人的婚礼。尤其是祖母磨床三年寿终内寝归山,妈妈得到当地所有人的肯定,被称孝媳楷模。能有今天之盛举,是妈妈前后七次死去活来所换来的。在那样恶劣的环境中,一个弱不禁风的女人要养活六口之家,全靠她以拼命的精神来支撑门面和养活我们,当时祖母要妈妈把哪个抱给谁,哪个抱给谁。妈妈把哪个哪个往自己的胸前一拉说:'妈您以后再也不要说这样的事了,听了让人心里像刀子割一样,我们一家人要活活在一起,要死死在一起,这是我早就铁了心的事。我是什么都没有,但是我就以这条唯一的命顶替。虽然苦不堪言,这些我不怕,命都不要了还怕苦吗?'奶奶擦了一把眼泪说:'好,孩子,妈就要你这句话,加上我这条老命吧,我们娘俩一起拼命。'可惜的是奶奶为了护我和不贤的大伯母吵架而中风后哭诉着说:'天啊!快把我收去吧!我帮不上他们怎么能拖累他们呀?'您说,我们有一个这样的妈妈,还有谁不想多尽点孝呢?爸爸,人老叶落归根是大自然的规律,您就顺其自然回来吧!还顾忌什么?共产党为了统一大业,不计前嫌欢迎您回来。今天寄给您的信和相片都是现有的少部分,让您先睹为快,大家还准备到县城照全家福寄给您。顺祝您福体安康。儿文显叩首。一九八〇年正月十六日。"

  后来,爸爸回信说接到信和相片后,三天没有上床,没有吃好一餐饭,一直坐在书桌前反复地看信和照片。拿在手里告诉他的朋友们,高兴得不知如何是好。骂自己有眼无珠,不了解自己的妻子,以为她根本就没有这样的能耐养活一家人,她只有将儿女抱给人家抚养和带到长沙去投亲靠友。他走后的结局肯定就是一盘散沙,随风而落于五湖四海,不知道看上去一个弱不禁风的妻子竟是一个外柔内刚的烈性女中豪杰,能用她自己的生命来呵护自己的儿女,保护着一个风雨飘摇的家!后悔自己没有为这个家积蓄任何可以用来弥补伤痛的物质财富,不该天天沉迷于

麻将桌上，总以为自己无家无室，生有国家养，死有国家葬，钱对他来说就只有在麻将桌上才有用。所以他的工资全都付给了同他一起在桌上打麻将的人。这就是他第一次只能汇款二百美元给妈妈，要她分给儿女们共用的原因。没有过多久，爸爸来信要我们三月二十日到长沙湘江宾馆九〇九房间找郭太太和宾太太认领两口袋衣服。

"天哪！爸爸上次已经寄了两百美金，到银行兑付成两百八十元人民币，这次寄这么多衣服干什么，难道是要我们天天就穿着那些衣服让别人看？真是让人……"

"唉，你们哪里知道你爸爸他一生最大的爱好就是吃和穿。"妈妈打断我带有抱怨的话说，"他的衣服有很多都只穿一次，有的就只试穿一下，在镜子里一照，觉得不好看就不要了，顺手往衣架上一挂。当年部队发配的领带他不带，他要自己花钱买的。只要是他喜欢的，不管花多少钱他都买定了。你们把东西领回来后一看就会知道我说的不假，那么多的衣和鞋肯定是他穿过后保存下来的，你爸爸说的价值只会多不会少。"

我和哥哥文韬如期而至来到湘江宾馆的九〇九房间，非常礼貌地与两位太太见面后，得到了她们热诚的款待。她们给我们各冲了一杯咖啡后又摆出很多果品要我们吃。她们很在乎妈妈的故事，一再要我给她们讲讲，我端起面前的一杯咖啡喝了一口，顺着她们的提问，我如实地描述大概，她们听得抽泣有声，说妈妈是世上最伟大的女性，她们回台湾后要大举宣扬。她们把我们兄弟的表现全部归功于妈妈教导有方，是妈妈自始至终坚贞不屈地守护着书香门第之家风才能教养出我们这样的子女。在我们一再道谢告辞时，两个太太同时各拿出一百元钱非要我代替妈妈收下，以表示她们对我妈妈的一份敬意和问候，我只好恭敬不如从命。我们回到家里，妈妈听完我们的汇报后笑了一下说："那些都已成过去的事，还提它干什么？你们把……"

"妈妈，这么多怎么好清理啊？"文韬打断妈妈的话问。

"哥哥，你们把那两个袋子全拿出来倒在我铺好的床单上面吧！只有那样才好清理。"平凡的提醒让我们茅塞顿开。

我连忙将两只大袋子拖到堂屋，打开袋口全倒出来，衣服立刻堆成

妈妈的粮票

一大堆，真像个小山包。正如妈妈说的那样，除了女儿和媳妇们穿的是新买的外，男士的衣服全部都是他自己试穿过的。夹克有皮革的、尼龙的、涤纶的、锦纶的。西装服有毛料的，还有皮鞋，有红色、黄色、米白色、黑色、咖啡色，不是羊皮就是牛皮的，尤其是那六十三条领带，不但花色各样，全都是上好的丝绸织品。一九八六年爸爸回来后，他告诉我们其中那条老红花的是一千五百美元买的，还有那十五支专为妈妈买的朝鲜高丽参，价值也是一千五百美元。还有各种样式的帽子、围巾，领带上的带链条的金属别针，扣在领带的中下方，显得人高贵而儒雅。冬装的皮夹克里配套的毛皮有獭皮、狐皮、羊羔皮。不管新的旧的，样样都是货真价实的上上品，没有一件是水货，难怪爸爸说它价值几万元。更巧的是，这些衣服，我都能穿，而且穿得合身，件件显得大气而有气质。真是人配衣装，马配鞍，新娘只佩戴凤冠。

如期而至的几大家欢聚一堂，各自穿上合身的服装，举目观赏，还真让人很不适应。不过老老小小的闹腾却冲淡了不适的感觉，在无形中反而显得落落大方。大姐若有所思地：“妈妈，您看我们现在是不是很像在怀化梦兰姨妈家里时一样啊？那时候您和姨妈天天带着我去看戏，回家后就是讲忠贞不渝、孝道、烈女，谁一定会得到好报，我们现在不就和您当年一样吗？"

妈妈长叹一声说：“唉，这么多年了也不知你梦兰姨妈怎么样了。"

"您放心，我想她老人家一定生活得特别好，您不是说好人一定有好报吗？她们肯定还是在美国，不过再好也没有花鼓戏看是真的。"

"姨妈，你给我们唱一曲花鼓戏吧！别小气好吗？"

"姑妈，你就唱吧！叔叔一直夸你会唱。"

"妈妈，你就唱，还怕他们不鼓掌吗？"小家伙们像是协商好了的一样，大呼小叫地吵着非要文京唱戏给他们看。

文京笑着说："好，只要你爸爸肯拉二胡配曲，姑姑就唱给你们听。"

小家伙望了一下姑妈，跑到文韬的怀里撒娇地说："爸爸，你就拉吧！"

"那是你姑妈给你出的难题，她知道你爸爸没有胡琴了。"

216

"有，我去拿来。"平凡说完不知从哪里真的拿出一把二胡来送到哥哥文韬的手里。

他接在手里看了一下说："这不就是我原来的那把胡琴吗？怎么还是原样，一点都没有损坏？"原来是平凡把它一直挂在衣柜里边，没想到此时还真的派上了用场。文韬调试了几下琴弦，拉了一段过门，笑了一下说："还行，要是有姐夫的口琴就好了，口琴可以顶大筒的哄音，掺和在一起那才别有情调。"

"有啊！我每次来都带了，就怕你们一时兴趣大发，肯定又像以前那样吹拉弹唱尽兴一场才肯罢休。"大姐说完走进妈妈的房里，打开她的旅行袋真的拿出一个小包，一层层剥开后果然露出一把光亮的口琴。大姐到厨房倒杯开水冲洗后，往姐夫的手里一放又说："来吧，看看你的技艺还在不在，把你的拿手戏亮出来摆摆你老大的架子吧！"

姐夫接住口琴吹了几声，笑了一下说："头上没有帽子了，是该扬眉吐气才是，我们今天就好好地庆祝一下，来吧！"

悠扬流畅的曲调过门一完，文京便引吭高歌；"春风吹绿河边柳，社员春忙又开头。个个争夺红旗手，光荣榜上把名扬，我今有幸当劳模。要为人民树榜样……"琴声、歌声回荡满屋，悠扬于四野，飘溢于长空。这时的文京情不自禁随歌起舞，她舞姿婀娜，轻盈而柔和，真是江山依旧，人也依旧，仍然不减当年之风韵。门前公路上的行人止步，进来看热闹的一个中年男子道："哦，这是我们当年的劳模回来了，欢迎，欢迎，好啊！还是原来的样子，一点都没有变。要是再请你回来当我们大队的台柱子，不知给不给我的面子？"

"嘿，老队长来了，你好，你好，好久不见了，你不也还是老样子吗？听说你现在又升书记了，来吧，你还是演队长吧！怎么十年开唱还是老领导在场，好像我不管走到哪里还是在你的领导之下。"

"你呀，听奶奶说你都是四个孩子的妈妈了，怎么歌舞不减当年，嘴也不减当年，人的美也还是当年？请问今天如此盛会是不是奶奶的大寿啊？如果真的是，那我今天的中午饭就和你们一起吃定了。"

文京告诉徐书记，只因家父来信很想看到我们的全家福照，所以只

妈妈的粮票

好不缺一人明天到县城去照相，才有这样的大团聚。到了一起，小伙伴们非要我来一段子，兴趣一来就献丑了，真让书记见笑了。

徐书记高兴地说："现在政策好了，中央号召百花齐放，推陈出新，八仙过海，各显神通。像你们这样的家庭，尤其是你们这些有才能的人正是大显身手的时候，要抓紧抓好才是。从现在起不管是谁都可以经商、做生意和长途贩运，还可以办厂和企业，要是你们有好的项目就向我们大队介绍，我是热烈欢迎的。"

"徐书记请您喝茶。"徐书记接过平凡手里的茶喝了一口，说声谢谢走到妈妈的前面又说，"奶奶，您的福气真好啊！您不但儿孙满堂，而且个个都孝顺，像您一大家人能如此和蔼可亲，在我们地方上可是独一无二的，这都是您的教育有方所致，要是文显愿意，我们想要他做我们的致富带头人，您可要支持啊！"

妈妈连忙站起来礼貌地笑了一下说："我们这全是托您的福，沾共产党的光，才有今天这样的好日子，是我应该感谢您才是。文显不懂事，很多地方还得靠您指教啊！"

我们送走徐书记后才又各归原位，妈妈见大家都在沉思默想，长叹一声说："我们还是那样不卑不亢地做人，勤耕勤读为家规，一生图个平平安安足矣。我这一生就只希望你们一直像现在这样和睦可亲，并世代相传，我就是再死十次八次也值！"

大姐文静说："妈妈，您放心，我们肯定永远是这样的，因为我们都是从苦水里泡大的，只有受过苦的人才会珍惜难能可贵的幸福。"

"妈，我们生来就只能种田吗？依我看，只要不做违法乱纪的事，应该什么事都能做，徐书记不是说都可以做生意和办厂……"

"我看你文显就是不愿种田，世上只有种田好，半年辛苦半年闲，闲中让你尽兴玩。种田人与世无争，悠闲自在，一家人欢聚一堂，男耕女织，夫唱妇随是神仙都羡慕的日子，可是他倒好，去年队里开会说要抽几个人搞副业，他第一个报名连大队砖厂都不去了，带几个人在湖北的蒲圻办了一个砖厂，平儿一个人在家里做事，连个商量的人都没有，让人看到就心疼。这要不是你们来，他哪有时间在家里？你们说分了七

亩多田，总不会要平儿一个人种吧！"

"妈妈，我看一个男子汉就是要到外面去闯天下，要是只待在家里那可是最没有出息的人，我就怕他没那个能……"

"好啊！你们看，还是他们两口子亲，我好心为她着想，她还护着他说话，真是狗咬吕洞宾不识好人心，看我……"

"哈哈哈……哈哈，是您舍不得儿子吧？"平凡的天真味又来了。

"妈，别说文显一个人，其实我们都不愿种田。刚才我送徐书记时，他说想要弟弟出来从政，他对文显的评价很高，我看他也能胜任，到时您要支持他才是。"

"唉，他怎么能当官？"妈妈长叹一声说，"他这个人心太软，处事只认一个理，和他爸爸一样，当年你爸爸反对郑师长克扣军饷，闹得拍桌打椅，气得郑师长说要枪毙你爸爸。"

"妈妈，您今天也像换了个人一样，能把为官之道说得如此深入浅出，做了您三十六年儿子的我今天才知道妈妈其实是个女中豪杰。"

"我说你们知道什么，你们是没有见过那个梦兰姨妈，她那种谈吐不凡的高雅气质真是让谁都倾倒。可是，每当她与妈妈谈论世事时，不得不承认，她的见解很高，看得又远，她跟妈妈谈话特别投机，所以她们不是亲姊妹胜过亲姊妹。在南京住时那么多太太住在一起，有事还得都问她，要是你们听了那样的高谈阔论，那才是大长见识。"大姐摆出老资格的样子说。

二姐夫说："这就是时势造英雄的道理。要是我们……"

"外婆，外婆，你看表哥把我的衣服打湿了，他还好意思笑，你快去把他打哭好吗？快去，快去呀！"原告是文京姐姐的二女儿青青，被告是文韬哥哥的大儿子林林。她一脸的稚嫩天真惹得满堂大笑。她见大家都在笑，板着一副哭相说："你们都还笑是吗？好，那我也笑。"天哪，那个说笑就笑的青青比哭还难看，这下可把我们害苦了，她的外婆笑出了眼泪不说，就是连腰都伸不直了。"呜，呜，呜……快赔我的衣，我看见你们就气，还一直笑，我穿什么给外公照相啊！呜，呜，呜……"青青越哭越伤心。

妈妈的粮票

她的外婆一见，慌慌张张地说："怎么啦？不是说好了你也笑吗？快到外婆这里来。"

"不去，我要大舅赔。"青青跑到她大舅舅的怀里，"呜，呜，呜……要你赔，要你赔，你快赔我的衣呀。"

她的大舅舅逗乐地说："怎么要我赔了？我又没有弄湿你的衣服，真是个小糊涂虫，不讲道理。"

"呜，呜，呜……是你表哥弄脏的就该你赔呀。"

"呦，怎么又是我的表哥了？这不把你大舅舅变得和你们一样大了吗？不赔，不赔。"她的大舅说了又笑。

外婆抱着青青哄着说："是大舅舅不讲理，他的表哥弄湿了你的衣还说不赔，看我怎么收拾他！"

"不是，不是，外婆，不是他表哥，是我表哥。"

"哦，这就对了，不是外婆，也不是他表哥，林林是你的表哥，我说了就我的青青最聪明，大舅不赔，外婆一定赔一条更好的给你。让你外公看到他的青青后多亲亲他的好外孙女儿。"

"嗡啊，"青青抱着她外婆的头亲了一下脸拍手叫好地说，"还是我外婆好，大舅就是不乖，表哥不乖。"

一家人就是在这样的笑闹中度过了一天，吃完战斗一样的晚餐后又都聚集到妈妈的房间里，聆听妈妈讲家史和过去的那些风风雨雨。小家伙们各自依偎在爸爸和妈妈的怀里，大的紧伴坐在他们的奶奶和外婆身边，个个偷看一下各自的父母，学着他们的样听得那样认真和恭敬，渴望这位饱经风霜的老太太将过去的荣与辱、血和泪告诉他们，让老太太把压抑多年的忧året吐尽，纳入清新祥和的景象好让她扬眉吐气。夜深人静，静得让人难以置信，白天要把天都翻个面的小家伙们，现在听得那样认真，一点睡意都没有。"你们也别难过，这不是你们不孝让我受了这么多的苦，是自己生不逢时碰上乱世又遇国难，家破人亡者比比皆是，好多人只怕比我吃的苦还要多却又没有好的结局那才叫冤。而我却有今天这样的家景此心足矣，只有国家富强，人民才有好日子过，才能安居乐业。你们

220

都去睡吧，明天还得早起，没有车还得靠走路啊！"

第二天，一大家子二十几个人穿戴一新从家里出发，步行到县城去照全家福，不是不坐车而是没有车坐。其实谁也没有想到车，那个年代就是走路的时代，一家刚出门时还不见得怎样，当我们进入闹市后，看稀奇的人越来越多，个个啧啧称奇：这是哪里的港商回来了？天哪，从老到小没有一个不是气质高雅，多漂亮啊！

我说："今天搞错了，该把这些衣服背到城里照相时穿一下就行了，你们看这多不好意思啊！"

"就你没出息，穿自己的衣服有什么不好意思的？我要是有二姐那样会唱，我还要唱着歌走，就是要让他们看看，什么才叫石头也有翻身日。"平凡的天真味又来了，她说完拉住二姐文京的手又说："二姐，你还是来一曲吧，好让他们以为我们是哪个剧团的。哈哈哈……哈哈……"

"你不也可以唱吗？其实你比我唱得还要好，我见你在厨房一边做饭，一边哼的小曲特别好听。还有你的大度本来就像港商太太，我要是他们一样也会站在那里看热闹。"

照相馆的经理知道我们的来意后，非常热情地接待了我们，连连夸奖妈妈的大德，得到了上天的眷顾，让他看到了一个书香门第的家风。妈妈说，还是城里人的素质高，乡下人根本就没法比。经理说，过不了多久，这些调皮佬都会进城的。那次确实让照相馆发了点小财，全家福照完后就是自由组合照或单照，应有尽有，那些照片一直保存至今。爸爸收到全家福后高兴得不知如何是好，白天放在口袋里，晚上放在枕头边，想看时就看，不知看了多少遍。

幸福的日子总是容易流逝，转眼一年过去了。不管怎样，田地总算是分到了户。我写信给爸爸："家里分了七亩上好的水田，尤其是在政治待遇上得到了充分的肯定，说您抗日救国是功不可没的。一九四五年八月十五日，日本投降后，您于十月份就拖儿带女毅然回乡，不想参加内战这是事实。一九四八年您又拒绝去台湾，不想与人民为敌，又一次放弃荣华富贵，从南京携妻带子逃奔故里甘受任教之苦。这都是档案里的事实,无可非议。所以我们应当享受干部家属的待遇,只要您愿意回来,不管是什么时候回来都会按照同等级别而享受同等的待遇。如果您能向亲朋好友宣传政策,他们要是能回家乡发展办企业,能为家乡搞活经济,还可以对您进行奖励。因为以历史教训为鉴,贫穷落后就会挨打,而改革开放的政策是不会变的,您都六十多岁的人了,是否应该考虑叶落归根?您不要认为没有钱,回家难为情,其实我们现在需要的是您的文化,有了文化在改革开放的环境里,我们肯定会走在致富之路的前面,还有可能超前。一家的团聚会增添无穷的力量,有父母坐镇后方,做儿女的就能勇猛精进,冲进商海弄潮,心无后顾之忧的胸襟何愁大事不成?若成大事又何言不富?所以一再恳求您放弃异地荣耀,做好第三次再回故里的决定。这里不但有人民政府的认可,更有家庭亲情的天伦之乐。老年不计得失是自然规律,宋代三朝元老韩琦说得好:'虽惭老圃秋容淡;且看寒花晚节香。'请您三思,顺祝福安。儿子文显谨上。"

  妈妈看过后,笑了一下说:"文显的信写得很好,你爸爸收到这封信后一定会有准备的。可是他就是想回家又回得了吗?台湾会不会让他走?这一点我是深有体会的。当年我们在南京时,要不是你爸爸用计稳住军管处的卢一峰,我们哪能逃出城!现在的台湾可不是当年的南京城了,再想逃离,只怕是比登天还难。"果不其然,爸爸回信说要我们以后不要写什么叶落归根的明示语言。互通信息问好就行,一切顺其自然就好。从那以后,我们的通信就只说家事了。

第二十二回

庆花甲爸爸怀内疚

邀亲友方显礼义情

光阴似箭,日月如梭。转眼就到了一九八四年菊花飘香的重阳节,再过几天就是妈妈的六十寿诞,我和平凡商量准备大庆,要让她老人家高兴高兴。为了让她更快乐幸福,知道妈妈在过去常同那些大官太太们打牌,肯定什么牌都会打,所以只要有人要打牌都可以邀来三人陪我妈妈打牌,我们供应一餐中饭。果不其然,不管别人打什么牌,妈妈不但会打,而且别人不会打的骨牌还得靠妈妈教他们玩。

由于心情舒畅和生活上的优渥,不到金秋,妈妈的身体不但复原了,而且还超过了以前,有这样的精神面貌来迎庆六十大寿,真是让谁都打心眼里高兴!可是,我们都从来没有见谁做过寿,哪样是大庆,哪种就是小庆呢?有的说,管他大庆小庆,大开筵席闹他几天不就是大庆吗?

我说:"如果没有一点特色的东西还是显不出大庆,我看还是要摆设寿堂拜寿,做寿不拜寿那叫什么做寿?你们……"

"有道理,有道理,只是除非你自己知道怎么样拜寿,这一点可不是我们的强项,我们只能跑路和做事。"大家议论一阵子后才散去。

话是这么说,可是,我又有什么办法?能摆设一个比较像样的寿堂吗?不管哪样设法,首先两副寿联是少不了的,我放宽思路先把对联作好再说。大门联是:国泰民安庆花甲;家和心顺祝期颐。堂屋两边的长联，上联是：天佑大善赐万寿寿比南山不老松松鹤献寿。下联是：地呈千祥送百福福如东海长江水水龙祝福。妈妈和平凡都说作得好。妈妈提醒我说："外公当年的寿宴全是我爸爸安排的。"

我说："写那么大的'寿'字，要多大的笔才能写出来？没有那……"

"有，有，有，你不是说其实用抹布吸墨汁也能写吗？到时你也来回真的，弄不好还真的能用得上。"果不其然，写对联那天，用平凡的办法还真的有效，我先把对联写好后，再用抹布蘸墨汁，在铺在堂屋地上的大红纸上写出了超大的"寿"字，比用毛笔写的字好看得多，既显得苍劲雄厚又飘逸洒脱！

正屋，三张红纸接连斗大的行草大"寿"字，再配上一副对联——其上联是：苦尽甜来看晚景。下联是：孙贤子孝夕阳红，贴在墙壁上，再用两张方桌平摆在堂屋的上方，盖上红毯子，一对大寿桃般配上一对大红蜡烛，上边摆上太师椅，太师椅垫上虎花色彩的毛毯子。妈妈坐在太师椅上，接受全族子孙后代的跪拜。

朋友们帮我从龙源水库买回四条麻鲢鱼，九月十三中午开六桌，十二菜两个汤，其中鱼头就是一盘主菜；晚上八桌，同样的菜，其中鱼杂又是一盘主菜。九月十四是正席，加两个菜，共坐三十桌，其中一大盘划鱼；晚上十桌，又有一盘划鱼。吃完晚饭，我要来帮忙的朋友别急着把事做完，留得第二天再来做，他们说那不是要我们来做事，是要我们来吃来玩,定要闹足三天才如了你的意。九月十五，十桌，又有一盘鱼，那四条麻鲢有多大就可想而知了。

妈妈的寿诞之日是九月十四，那天，妈妈在鞭炮齐鸣中笑容满面地坐在太师椅上接受一排一排晚辈的跪拜，妈妈大度的笑容、高贵的气质、德高望重的品格，真是让所有的亲朋好友和世交无不敬慕有加。那样的场面，闹了三天三晚才算结束。晚上当然是那些爱打牌人的天下，那时刚刚允许玩牌，对那些爱好者来说，真是没有白天黑夜地玩，我们屋后的杨老爷子在他的朋友家里打牌，打到第三天晚上快天亮时，他低头去捡掉落在地上的牌就不能起来了，经诊断是脑溢血。所以，我们从来不让妈妈打很多牌，尤其是晚上打牌。

第三天，我将妈妈花甲之年的寿诞盛况如实地写信给爸爸，爸爸在回信中感慨万千地说："玉琴，显儿寄来的信和你寿诞的照片均已收到，儿女们是想让我见到后同乐，足见后辈孝敬有加。我真为你高兴，这是你用生命的代价换来的，我为你祝福，但愿你寿过百岁，福纳千祥。可是当我见到你的六十寿诞盛况后，我感慨万端。我应该亲笔为你撰写寿叙，把你为黎家所受的苦难和你的仁慈、善良，尤其是你的懿德，以我之妙笔写出你这个伟大的母性。总结你一生最大的优点就在你的德，这一点我比你差得太远，逆境遇难之际，却只图个人活命一走了之，不承担失责之过，反以逃命无奈之借口，推其罪责，实为可恶至极，若我有你万分之一的德行，定能像你一样福泽满堂。尤其是我以小人之心度君子之腹更为可恶，以为你不可能养活一家五口，黎家早就四分五裂，各奔东西了，认为自己无须积蓄，有空就在牌桌上虚度光阴，造成时至今天正当你们急需资金发展的关键时期，我却只能杯水车薪地略表援助之心，比起你来，唉，惭愧，惭愧。"

"所幸者，儿女个个孝顺有加，没有一个为了钱使我为难，这一点足慰你我平生之夙愿，当然，这全是你往日对他们教育有方和自己楷模形象所产生的结果。看来，我最为担心以为他们都读书不多，恐怕难以明是非、识大体，真是杞人忧天。但愿你越活越年轻，等到你做七十、八十、九十、一百岁大寿时再由我来给你写寿叙，祝愿你福寿齐祥，并代我向众儿女及孙辈们问好。夫民敏为你祝贺于一九八四年十一月九日。"

妈妈给我们读完爸爸的信，长叹一声说："唉，你爸爸一生自负才高，天马行空，从不求人。尤其是不会敛财，是个饿着肚皮用膝盖顶住肚子反说吃得太撑了的人。他以为我们早就分散于四面八方，甚至已不存在，所幸你们没有一个找他要钱，要是那样，他会极为难安的。从此以后，你爸爸可能没有钱寄给你们了，我希望你们也要像你们的爸爸一样反省，多思己过，只有经常自查而问心无愧，子孙后代才能富贵长久。"

第二十三回

大团圆全家谢党恩
祭父母难报三春晖

幸福的日子一晃就过去了，转眼就是一九八六年的新春佳节，也是改革开放后的第八个春节。经过八年改革，国家发生了翻天覆地的变化，从城市到农村，从中央到地方呈现出欣欣向荣的新气象。政通人和、百废俱兴的盛世春节，更加亮丽和繁荣。

由于隔年腊月二十六就立春了，久晴不雨的江南大地，春阳融融，河边的杨柳已绿枝头。季春的小泥蜂迫不及待提前出世了，它们唱着嗡嗡的歌声为孟春增色。可是，很多人还在接客送友，增进友谊。有的老人不理解，冲着他们说："真是盛世不知春，人不知春草木知春，泥蜂都唱歌了你们还在走亲接客，看你的田地还种不种？"

"您啊，别用盛世比乱世，现在没有吃冤枉饭的人了，每家就那么几亩田，慌什么？不就是几天的活儿吗？您只管去打牌，玩足了再做事，人又顺心，心也舒坦，收成还能超几倍，您这不是没事找急吗？"

妈妈坐在空气清爽的禾场坪里，望着前方的田野，显得十分深沉。只见她慢慢站起来走近围墙，抬手扒在围墙上举目远眺。微微的春风夹带着早春催发的油菜花香，让她老人家感到非常惬意。她用手拢了一下被风吹得有点散乱的头发，转过身来对正在洗衣池边用棍子打水玩的宝贝孙子说："成成，去帮奶奶把桌子拖出来，好让奶奶给你爷爷写信好吗？"

小家伙今天不知是哪根筋顺通，连忙把手里的棍子一丢反问他的奶奶："奶奶，你是给爷爷写信，要爷爷回来是吗？"

奶奶连忙顺着他的话说："我的孙儿真乖，奶奶正是写一封要你爷爷回家的信，你喜欢吗？"

"哦哦哦……好啊，好啊，我的爷爷要回来啦！"他一边跳一边朝堂屋跑，好像他的爷爷已经回来了一样。他拖着小桌子就往外拉，拉不动了还知道双手去拉，他看见站在那里望着他笑的奶奶做着鬼脸说："还笑，就是不帮我我也行。"他将桌子拉到禾场的中间："奶奶，你乖，只要你叫爷爷回来，我不和你玩，我到妈妈那里去，你要听话噢！"

奶奶望着她的小孙子那稚嫩的小脸笑得弯着腰说："奶奶乖，我的成成更乖，等你爷爷回来后奶奶帮你买好多好多好玩的东西。"

"你不要把字写倒噢，我不打扰你，哼。"小家伙说完将两只小手往背后反剪，一摆一摆地往邻居家里走去，因为他妈妈在那里坐。他的奶奶望着他那神气十足的样子，心里特别高兴，她由此及彼，想到自己几十年来的一切辛酸苦辣都值了，一点都不后悔，她欣然提笔写道：

"夫君，近安：

"小孙子成成要我给他爷爷写信，要他爷爷回来，要我听话，还说奶奶乖，别把字写倒了，等下他来看。他把他爸爸教他的那一套搬到我的身上，像他爸爸一样神气，把我逗得心情舒畅。我是该给你写信了，明年的这个时候就是你七十大寿，人到七十古来稀，是该落叶归根的时候了，再回家就是你第三次'投共'，就算国家不接受你的诚意，只要自己问心无愧，我认为也可足慰平生。何况这八年的改革开放时间，让事实说话已经证实了一切，任何一个执政党都不会放弃如此难得的兴国之策，一个百废俱兴的时代，急需团结、人才、科学，如果连这点最起码的方略都不重视是不可能的。事实也足够说明这一点，这几年从台湾回来的人不少，个个都得到了优越的待遇，就是对我们来说也不例外，乡政府的领导书记要文显别经商，要他从政，村书记也是好几次要他到村里负责，是他不愿当官，他是个爱自由、自己管自己的人。你要是认为没有钱回家，觉得脸上无光，这点没有关系，因为你生来就不会敛财，

妈妈的粮票

　　一个一直在外为官者能在告老还乡时两袖清风回归乡里，这不正是宋朝三朝元老韩琦宰相说的——'虽惭老圃秋容淡，且看寒花晚节香'？你不是教育孩子们，要他们不要重财轻义、重财轻情吗？怎么到了你自己却又过不了这个坎？你还说，子孙不如我要钱做什么？子孙强过我要钱做什么？这不也是你讲的故事吗？我们通信已经六年了，这六年里不是没有一个找你要过钱吗？文静那年要娶媳妇要买屋，才要我给你写信，看能不能寄点钱给予支持，文韬那年要做屋也是一样，这就说明他们没有一个是重钱的。再说，没有过夜米的日子都过来了，现在三日一小宴、五天一大宴的日子还不能过吗？说实在的，他们现在需要的是你的文化，文章千古事，翰墨万年香。你能将翰墨留传于故里不也是更大的奉献吗？

　　"你回来后可就是椿萱并茂、兰桂腾芳啊！你我就是死于非命，有满堂儿孙绕膝前，尽孝送终，得以骨存故土，足慰平生矣。至于谁是谁非就只有留给后人去评说吧！你若想通此理还有何虑？因此，我认为是你速做决断的时候了，早回为贵，迟回为贱，望你三思。"

　　妈妈的信果然起到了决定性的作用，爸爸在回信中说妈妈永远是他的航标灯，他再无他虑，现在就着手办理有关事宜，到下半年行程前再相告联系。俗话说嫌人为丑，等人为久。好不容易才盼望到农历的十月二十，妈妈带着四个儿女和一家一个长孙做代表，一共九个人大清早就站在湘江宾馆的大门前，等待着分别三十六年后的大团圆。

　　小阳春的季南风轻拂我们的脸，没有一点初冬的寒意。上午九点整，一辆黑色小轿车徐徐而来，到我们面前时慢慢地停了下来。车门"咔嚓"一声，一位老人推开车门而下，他手携文明手杖，头戴礼帽，虽然他年近古稀，满头白发，但是气质高雅，风仪严整，一种军人的威严形象依然如故。他精神饱满，派头十足，非常大度地朝我们环视一周后走到妈妈的面前，丢掉手里的文明手杖，摘下墨镜，脱下礼帽，伸出双手捧住妈妈的双肩，声泪俱下地说："玉琴，你受苦了，我欠你的太多太多啊！你恨我吗？不知怎样才能报答你之万一。"

　　妈妈抽泣着说："过去了的事还提它干什么，当时不也是出于无奈吗？为了自己的儿女，不存在谁是谁非，没有想到还有今天。"

"玉琴，你还是那样无私，我不及……"爸爸早已泣不成声。两位老人的短短几句话包含着多少辛酸和思念，多少内疚与忏悔。爸爸把妈妈的头抱进怀里，在过度的伤心中痛哭流涕。妈妈推开爸爸的手说："你还没有见过孩子们。"妈妈牵着爸爸的手一一介绍，"这是大女儿文静，这是大儿子文韬，这是……"

"爸爸，爸爸……"不等妈妈介绍完，我们四个一起扑向爸爸和妈妈的肩上，四个小家伙们也是不约而同地扑向各自的父母身上哭得好不伤心。三代十个人忘记了周围的一切，不知过了多久才听到有人说；"人生有此一哭，就是哭得永远都醒不过来也值，黎老有如此的好晚景还有何憾！"

又一个说："难怪他一直坚持不娶，是有他的隐情！难得难得，他还是个性情中人。"

爸爸这才从悲喜交集中回过神来，非常歉疚地说："对不起各位，失礼了。"

"你呀，我要是有你这样的好命运，只怕比你还要激动。"原来他们一个是林先生，一个是陈先生，他们都是台北人，是爸爸的老牌友，在香港不期而遇后便一路结伴而来。妈妈听后，大度地移步略微欠了一下身子说："二位先生好，谢谢您二位沿途对我先生的照顾。"

林先生说："不敢当，我们彼此照顾而已，我们应该感谢您才对，您的事迹在台北市，尤其是在我们圈子里早已传为佳话，有很多太太都表示要学习您的贤德，要把您的德行作为标尺来量自己，您说我们是不是该感谢您！"

"看您说到哪里去了，女人就是生儿育女和守家的，谁碰上都会这样做，甚至她们比我做得更好。因为女人守不住家，男人就会无家可归，您说是这个理不？"

陈先生笑了一下说："了不起，了不起，您说得太好了，您有这样的认识真是巾帼胜须眉。难怪在大饥荒时，您把粮票省给儿女们吃，自己却差点饿死！这可是谁都做不到的事情，真不知道您当时是怎样做到的。"

妈妈的粮票

妈妈长叹一声说:"那个年代哪里是人过的日子,尤其是他(妈妈用手指了我一下)原来还有劲儿哭,到后来饿得连哭的劲儿都没有了,谁见了不心如刀绞?我没有办法只好救得一时算一时,把自己的粮票给他,因为我早就把儿女当成了自己的全部,要是没有了他们,我也只有死路一条。所以……"

"天哪,您真的太伟大了,单位负责人怎么不管?出了人命是他们的责任。"旁边的服务员小姐打断了妈妈的话说。

爸爸说:"他们都在农村,哪里有什么单位负责!"

"他们个个长得好帅,肯定不是种田的。"

"你讲的'好帅'是什么意思?"爸爸也用长沙话问另一个小姐。

那个小姐笑了一下说:"您也会说我们的长沙话?"

爸爸也笑了一下说:"我岳老子就是长沙娥羊山的,就是这个'帅'是什么我还是不懂。"

"哦,难怪呢,'好帅'就是长得英俊、潇洒,城里的人都比不上他们,您二老的儿女都很不错,我还是不信他们是种田的。"

爸爸哈哈一笑说:"我们的儿女哪有不帅的,就是种田也帅!"

两个服务员小姐一听,咯咯地笑着说:"您真有将军风度,半点都不含糊,难怪您这么有福,真的太让人羡慕了。"

林先生说:"这点还真的被你们俩说中了,他本来就是将军。"

"难怪好足的派头。"

爸爸还是笑着说:"不怪,不怪,等下你们到九○八领喜糖吧!"说得大家哈哈大笑。服务员帮我们把行李搬进电梯间后,又帮着送到九○八房里,爸爸连忙打开行李,拿出一包喜糖送到她们的手里,又是一阵喧闹后才送走服务员。

我们围坐在爸爸身边,听他讲回来的惊险经过。爸爸在正月末接到妈妈的信前,就开始为回家做准备。首先,他找那三个一起包酒店的伙计要钱。但那三个人说由于生意不好酒店要关门大吉了,现在唯一的办法就是将酒店转让给别人,或者拍卖给别人,得回的钱先还清爸爸的四十五万台币。爸爸看到装修得金碧辉煌的酒店,心想也只有这样了,

便说:"拜托你们,虽说是你们非要我参股,不但没有得到分文红利,我还认五万的亏损,你们就给我四十万吧!"

"我就知道黎老通情达理,宰相肚里能撑船,从明天开始我们就张贴转让和租卖的广告,想必不久就会成交。"他们中间那个为首的老季说。

爸爸只好笑了一下说:"好,好,好,你们也别夸我,只要赶紧办成就好。"与他们说好后,接下来就是办理出境手续。其理由当然是自己的书法在台北和花莲开展后,得到了各界的肯定,并被政府评为"当代大书法家"的称号,一个书法家兼作家离休后申请出国观光和展售自己的书法作品,弘扬民族文化的理由真的是再适合不过了。就算有如此足够的理由,爸爸的出境手续还是被一直拖到十月上旬,才被允许出境。接到出境护照后,爸爸就立即到花莲国际联运机场订好了飞往菲律宾的机票。在菲律宾一下飞机,就坐上了到香港的飞机,在香港朋友们的帮助下连夜坐上了从香港到广州的火车。在广州,爸爸收到他干亲家李阔海发来的电报,除了问其平安外,主要是告诉他,要不是一贯的当机立断和雷厉风行的作风,这次的回归就会成为泡影。因为当侦缉处赶到他的住宅时,爸爸已经到了香港。

他们一行在广州又顺利地坐上了至长沙的列车。在列车上的闲谈中,在屈太太的介绍下爸爸和屈太太的弟弟屈建斌先生相识。两人一直交谈,由浅到深,从古到今,无话不谈,推心置腹。爸爸从屈建斌先生的谈话中充分地证实了妈妈在信中对他说的那些事,共产党确实敞开了胸怀,为的是民族统一大业的伟大壮举。

爸爸讲到这里,叹息一声后接着又说:"唉,也是你们的命苦,我那点离休金是唯一能解决你们困难的一点钱,谁知让他们三个黑心的家伙侵吞,要不是我的书法在台中和台北展览赚了一点钱,这次回家的路费还得找人家借才行,要不然就是领到护照,也只能望洋兴叹。因此,这次回来就只能是'留得翰墨香故里,没有钱财看乡亲'。"

"好,好,好,说得太好了,如此故里大幸也。我们拜会来迟,还请先生见谅。"

我们闻声转身,只见门内站立四男一女,个个相貌堂堂。爸爸连忙

231

起身大度说道:"哦,屈先生,我道是何人接我下言,使我受之有愧,有失远迎,还望诸位海涵。"

屈先生笑了一下说:"黎老,还是让我来先给您介绍吧!"他伸手往伴着他站在一起的人肩上轻轻一拍说:"这位是省政协副主席兼大书法家颜家龙先生。"

那个颜主席朝我们笑了一下,伸出右手说:"一路辛苦了,黎先生。"

爸爸连忙伸手握住他的手说:"您好,有劳大驾,不敢当。"

"这位是统战部的谢部长。"

爸爸伸手与谢部长轻轻地握了一下,笑着说:"您好。"

谢部长笑容满面地说:"欢迎您回家看看,要保重身体,主要是怕一时还不适应气候,我们还等着闻您的翰墨香啊!"

"感谢关照,水是故乡的甜,月是家乡的明,气候会照顾家里人,等一下还要请诸位赐教才是。"

"这位是统战部的办公室郭主任。这位是齐白石的一代传人、著名金石篆刻家李立先生。"

爸爸一边说"幸会,幸会",一边与他们握手。

大家客套一阵后,屈先生说他一下火车就直接去了省政府,把爸爸的情况汇报给领导后,得到了各级的高度重视,所以我们的有关领导和书法家即时赶来探望,同时更想请您打开宝箱让我们闻一下翰墨香。

爸爸吩咐我们打开所有行李,一件一件地拿出来,当把卷得十分整齐的书法作品打开时,一股特别好闻的香气扑鼻而来,沁人心脾。我心想,难道这就是翰墨香?我们这些外行看热闹,颜家龙和李立这些行家就不一样了,只听得那个姓颜的说:"看来黎老是集各家之长,以于右任大书法家字体为主,又兼有自己的风格,笔力雄厚,既潇洒又大气,风骨肃然,气象万千,真是难得的好字啊!"

"承蒙高看,是你颜主席怕薄鄙人脸面而看得如此出神入化吧?"

"难道是我眼拙,没有看出先生字的书体和词不达意,而让先生误会我在乱加评议奉承一番而已?"

李立先生帮腔着说:"你呀,我们的颜主席可是出了名的品字包公,

他的看法和我不谋而合，那样笔断意不断的流利干脆，既俊秀又飘逸，潇洒自如，不正是于右任大师的风格吗？"

爸爸笑了一下说："你们两位的看法一点都没有错，是我自己认为还差之甚远，对你们的那些评价我是受之有愧啊！"

颜家龙哈哈一笑说："听屈建斌同志说您性格直率开朗，大有将军之风范，想不到您还是蛮谦虚的。"

看完了爸爸证件的谢部长说："对于书法我们是门外汉，不过像您这样的满纸龙蛇我还真没见过，想必一定是难得的书法奇葩。我想还是请您先介绍一下您的家人，好让我们有幸相识将军全家。"

爸爸哈哈一笑说："这位就是鄙人之内人玉琴女士，这是大女儿文静，这是大儿子文韬，这是小女儿文京，这是……"爸爸高兴得连四个小孙子都介绍得一清二楚，并加以说明，家里还有十三个在等他回家团聚。

郭主任不等爸爸讲完，就走过去拉着妈妈的手说："我们刚才听屈先生说您是一个非常了不起的伟大女性。您不但是黎老的福气，而且更是我们共产党的福气，尤其是您为我们女性塑造了自强坚韧的榜样，我谨代表湖南女性向您表示崇高的敬意。"

妈妈紧握郭主任的手，笑了一下说："承蒙主任夸奖，不敢当，受之有愧，受之有愧啊！"

颜主席笑着说："您当之无愧，您不但养活了他们，对他们的教育也很好，您这个太太真是太不容易当了。我们听屈先生说黎老这次回家也是历险重重，放弃了所有却惜墨如金，不顾耗费损力将这许多墨宝运回，愿将此难得的翰墨留香故里，足见先生赤子之心可昭日月。我谨代表湖南省委、省政府欢迎先生回家乡定居共商国策，同求发展，不知先生为家乡建设肯否赐教。还得仰仗先生之力为我民族文化的传承执教指导，望先生不要推诿。"

"承蒙贵党之厚待，不计前嫌，鄙人受之有愧，贵党以民族利益为己任，历来主张团结一切之力量，为民富国强而奋斗。如此博大之胸怀，真是耳闻不如目见，无奈相逢恨晚矣。"

妈妈的粮票

"先生何说晚矣？岂不闻太公八十遇文王而创下周朝八百年天下。只要我们肝胆相照，和衷共济，何愁国家不兴？见到先生如此独特的风范大作将在故乡飘香，还得仰仗先生鼎力相助哦！"

爸爸接过谢部长的话，笑了一下说："过奖，过奖，鄙人这点雕虫小技难登大雅之堂，要请诸位方家给予指教才是。"

颜主席笑容满面地说："指教不敢当，希望您注意保重身体，对于这些书法您也要好好地保藏，这些可都是国宝啊！"大家好一阵地相互客套后他们才告辞离去。

留下来没有走的屈先生告诉我们，原来他没有送姐姐回家，而是将姐姐接到自己的单位办公室里休息，等他办完事后再一起回去，他直接去了政府机关说明事由后才出现了后来那一幕。屈先生还特意告诉我们，这两天不要走得太远，政府大概会在明天为爸爸举行一个座谈会。

爸爸说："明天要到孩子们的舅舅家去，这是我必须去的地方，因为娘亲舅大嘛。"

妈妈补充说："不远，就在五一路仓后街十六号。"

"那好，比到湘江宾馆接还要近，我们明天就到仓后街十六号接你们，黎老如此尊重地方乡土人情之风俗实在令人敬佩，难得，难得！"

"应该，应该。"爸爸一边回敬屈先生，一边拱手相送。送走客人，我们再次回到九〇九房间，爸爸说他原计划是明天去看望舅舅他们后就回临湘同我们一起躬耕于田园而终足矣。从目前情况看，这个计划又得改变，屈先生可真是个城府至深之人。

妈妈说："我看还是客随主便吧！既成事实就得顺其自然，可不能怠慢了人家的一片诚心。"

"当然，当然，你放心，到时候我会应酬好的。"爸爸非常赞同妈妈的看法。

第二天，我们在爸爸和妈妈的带领下到仓后街十六号二舅家里，爸爸和二舅抱头痛哭，一切的思念和苦衷都在哭泣中倾诉。后来妈妈告诉我们，爸爸和二舅的关系最好，他们的感情比亲兄弟还要亲，因为他们为人处世的见解总是不谋而合。

善良的舅妈抱着妈妈的双肩说:"你坚持自己做人的原则,没有一丝之私心,终于验证了好人终有好报的老话。看到你现在儿孙满堂,谁都会为你高兴……"

"那个就是那年一街人为她哭得昏天黑地的玉琴妹子?那个像大官一样的角色是她的老公吧,其他都是她……"

"都是她的崽女和孙子,还有两个女婿和两个媳妇带着她的九个孙子在屋里等他们回家大团圆呢!"舅妈连忙回话说给街对面门的程娭毑听。

"好人真的是有好报。一个最好的妹子,是真的苦出头了。我要让仓后街所有的人都知道,只有呷得苦中苦,才能做得人上人。"

舅妈又大声地说:"她早就做了人上人,她的满崽子一九七六年完婚后就不要她做事,还请人陪她打牌,每天中午供别个一餐中饭。现……"

"娭毑,你们家是十六号不?"一个从小轿车里下来的中年人打断了舅妈和程娭毑的对话。

舅妈回答说:"是的,请问你找哪个?"

"有一个从台湾回来的黎老先生是不是在你们家走亲戚?"

"没错,没错,他是我的妹夫,你们请到屋里坐。"

来人转身对后面车里下来的人说:"没错,正在屋里说话。"

原来他们一个是屈先生,一个是谢部长。等他们进屋后,爸爸向他们介绍了二舅,并加以说明他与二舅是难得的知己兄弟。

谢部长一再解释说:"真是抱歉,原定几个部门分别请您座谈,考虑到如此一来需要四天之久,怕耽误您急于回家大团圆的极好心情,所以决定一次性请您全家在潇湘大酒店会议厅开个简单的座谈会。请您海涵!"

"感谢,感谢贵党如此之盛情,鄙人受之有愧,何说海涵,"爸爸一边说一边接过我表姐送来的桂圆茶又说,"如此,鄙人就只好恭敬不如从命了,大家一起喝完这杯茶后再走,要不然,我二哥心里不好受,我说得没错吧,二哥?"

"所以,只有和你最懂味,几十年没见面,水都不喝一口,你说换

235

妈妈的粮票

上哪一个的心里都会不是滋味。"

　　省里市里为爸爸准备的座谈会非常隆重，并一再邀请爸爸等过了春节，当春暖花开时在临湘举办一个书法展，要让翰墨首先飘香于故里，说白了也就是先让家里的人见识见识。说实在话，好多人确实还从来没有见过，甚至还没有听说过什么是书法展。爸爸高兴地满口应承，不管是什么时候他都会全力配合。

　　爸爸妈妈婉拒了领导们送我们回家的美意，我们一家人自己坐车回到了农家小院的禾场坪。姐夫他们拿出早就准备好了的鞭炮，在鞭炮齐鸣声中，爸爸和妈妈从车里由我们扶下来，两个媳妇、两个女婿、九个孙子一齐围绕着二老，激动得爸爸老泪纵横、泣不成声地说："爸爸对不起你们的好妈妈，也对不起你们，能有今天之喜，全部都是你妈妈的功劳，爸爸有愧啊！"

　　妈妈连忙接住说："好啦，好啦，为了自己的儿女有什么功劳可言，别难过了，我们进屋吧！"

　　两个老人一边往屋里走，一边说。我们送走司机后就是为闻讯而来的左邻右舍递烟、泡茶，尤其是闻讯赶来打听自己亲人的人们，早已等待在那里，争先恐后地往爸爸前面挤，只想在第一时间得到亲人的信息。

　　爸爸要接待来访的领导和乡亲，妈妈则坐在她的房里陪那些前来看望的太太们，她们的话题当然是：老天有眼啊！您算是苦出了头，不但子孝孙贤，现在老伴也回来了，多幸福啊！不过您还是要把您受的那些苦、遭的那些难都说给他听，要让他知道今天的幸福是您用生命换来的，他才会珍惜今天坐享其成的天伦之乐。

　　有的说："不会的，他老人家是有才华有知识的人，这样的人都是最讲仁义道德的。"

　　又一个说："要说命好，只有黎爹的命才是真好，大难一来，他一拍屁股走了，一个人在外过得舒舒服服，老了回家，儿孙满堂，妻贤子贵，他自己没有钱，却有儿子替他顶着如此摆阔大闹，一餐开几桌，都是满桌的佳肴，来者都有饭吃，天天如此，帮他把脸面撑得发紫，哪个不说

236

他的命好，他老人家对您就是一千个好，也顶不了您万分之一的苦。"

妈妈的回答简单扼要，为了自己的儿女和孝敬妈妈，哪里分得了谁是谁非，各凭各心，做到问心无愧就行了。

接下来我们几个首先要做的就是把爸爸的书法作品全部张挂，好让来访问者都能见识见识。第二天一早，我把平凡喂养的两头大肥猪先宰一头。再就是到仓里放谷去打米，一次就打了四百斤谷的米。每天早上，我就得上街买菜，回来又变成了爸爸的秘书，因为需要介绍、讲解、传达、汇报、应酬、上下联系、安排生活。平凡掌管厨房，幸好有文静和文京她们打下手。孩子们的逗笑吵闹、大人们的高谈阔论和嫂驰们的咯咯笑声，将一处平静而幽雅的农家小院变成了繁华的"集贸市场"。

就这样过了十八天，平凡向我汇报说："没有肉了，怎么办？"

我说："明天早上的买菜清单上再加上一样肉不就行了？上次取的三千元钱也花完了，明天还要再取，你看是不是把过春节要花的钱也一起取出来？"

"取啊！到了过春节时只会比现在更忙。哦，我看明天干脆把年猪也洗了，免得又用现钱去称肉（过年的猪不能叫杀，叫洗，'洗'与'喜'同音，是图吉利之意）。留得过年的这头猪，我看最少也得有三百多斤肉，维持一个月应该没有问题，过年后肯定就会没有这么多客人了，到时要多少就称多少。"

"好的，我照办。"我玩笑地回答平凡的安排。第二天上午，一头三百一十斤的年猪摆上了屠凳，中午一餐就吃了三十多斤肉，还有一盆猪血和一叶猪肝，这是我们当地一千多年来的风俗习惯，谁家洗年猪都是一样，要接亲朋好友和邻居呷年猪汤。平凡做的年猪汤特别好吃，所以就有人请教说："平凡，你做的年猪汤为什么这样鲜、嫩、甜，能告诉我们吗？"

平凡哈哈一笑说："这有什么不可以的？你们都是把从屠凳上切好了的肉放进锅里煮烂再往白菜里搅和，所以只鲜，不甜不嫩。我认为猪呷叫、鱼呷跳是有道理的，把切好了的肉先倒在大锅里炸，炸得滋滋叫，炸得两面黄后放水煮，盐和辣椒同水一起下，肉烂了再下白菜、猪血和

237

肝，汤沸即起锅。你们现在吃的就是这样做出来的。"

"原来这么简单，我们怎么就想不到换个方法做呢！"

"我是和平凡一样做的，怎么又不是这个味道？"

平凡笑了一下说："如果你是和我一样做的而没有这个味道，那肯定就是你的作料放得太多，下次只放盐和辣椒，肯定和这个味一样。现在很多人炒出的菜都没有原味，就是放多了作料。"

坐在桌上的爸爸喝了一口酒，夹起一块二两重的大肥肉说："你们大家都吃啊！我这可是第四块了，我三十几年没有吃过这样的肉了，我一生好吃，吃遍天下多少山珍海味，却没有一种菜能比得上我们家乡的年猪汤。"

大寒节那天，大姐和二姐的全家又都来了，当然，这是爸爸吩咐好了的，理由是这天他老人家要带领一大家子人上祖坟山祭拜爷爷奶奶。祭品和鞭炮是用车子拖去的，祭品把坟头前的空地摆满了，数万响的鞭炮响彻云霄，爸爸可能是想把他的父母震醒，让他们知道他们的儿子回来了，还有这么多子孙后代。

他在碑前默立好久后才慢慢地跪下，两个老人的后面各找位子跟着跪了一大片，连我那个小不点也知道在他奶奶胸前跪下，他跪了一会儿又站起来，看了一下爷爷又转身看到全都跪着，他又只好跪下望着他的奶奶。

爸爸拿出写好了的祭文，声泪俱下地读着："伏维，公元一九八六年腊月之吉日，不孝男民敏，媳玉琴率领膝下众儿孙谨备不典之议跪祭于坟前告曰：呜呼，儿幼失父，何享父爱；幸有慈母，疼惜慈蔼；含辛茹苦，促学成才；倭寇横行,国土践踩；国之大辱，无不愤慨；倘若国破，空怀其才。故，投笔从戎，忠魂血洒；择主不明，报国无奈；两次归还，以侍孝蔼；呜呼，天不佑我，赤子情怀；孤岛沉浮，三十六载；常思母苦，夜梦泪洒；怀我生我，养我教我，儿干母湿，儿病母拜；求神祈医，只望愈快；儿玩性劣，母受怨埋；母挑灯芯，陪儿书斋；轻言细语，教诲蔼蔼；母食粗淡，儿吃香菜；望儿成龙慈母心，谁知蛇儿归不来。呜

238

呼，妈妈磨床三年春，儿不能言以宽怀；养儿若都像儿样，不如生下就活哉。呜呼哀哉，呜呼痛哉；无奈无奈；幸有贤媳，巾帼裙才；顶天立地，侍奉慈蔼；不离不弃，尽孝数载；代儿捧灵，送丧坟台；吾母安息，早赴仙台；若有神明，佑你儿媳玉琴才，佑她福达三江水，佑她寿高并仙台，佑她子孙发万代，个个入学成人才。呜呼，呜呼哀哉，尚飨。"

爸爸读得泣不成声，他和妈妈越哭越伤心，我们哭着劝解好久才将二位老人扶上路。走在路上的爸爸对妈妈说："我这是，在生没有尽孝心，死后抱碑哭亡灵。你尽了孝就不该哭了。"

妈妈长叹一声说："唉，你一个人在外漂泊几十年，哪里有家庭感情？我和妈妈名为婆媳，实是母女，我每天在外做衣，在该回的时间没有回，妈妈就带着孩子们站在白云寺前坪地左边角的小土包上望，搬到老家后就站在禾场边望着铁路线，只要看到我的头伸出铁路线，她就和孩子们一起跑上去接我。我说：'妈，您的脚太小，别跟着他们跑，要是摔伤了那可怎么办啊！'她老人家却说：'没有那么娇贵，只要心里舒服比什么都好。'一家老少的真情能让你为其付出一切，乃至生命。"

"那你为什么就不能按时回家？回得太晚就不怕吗？"

"人家就那么一件衣没有做完，总不能让他们又去请人吧！所以只好自己晚点回来帮他们做完。"

"妈妈明知你又在做好事，她也要等到你回来就是图个心里舒服。唉，我那可怜的妈妈怎么会中风？天也太不公平了。"

"这能怨天吗？是大嫂给气的。"

"在你们的信上怎么没有说及此事，难道……"

"难道什么？难道在信中还给你写那些婆婆妈妈的事？"

"大嫂不贤这我知道，但是她不会对妈妈大打出手，能把妈妈气得中风一定是出了什么大事才会出现那样的结果。"爸爸迫不及待地说。

妈妈只好把我吃粽子的事从头到尾给爸爸说了个大概，爸爸气得大骂他的大嫂，说："难怪妈妈说我大哥会讨坏一门亲，出败五代人。这样的事能怪文显吗？是那个泼妇没有一点人性，像疯狗一样而造成的，她要是还没有死，老子非打死她不可，没有半点教养的东西，我大哥一生全毁在她的手里。她……"

"我看你也成泼妇了，幸好大嫂不在了，否则，你一回来就要遭人命官司。要说大嫂，主要是看在眼里气不打一处来，妈妈虽说不能为我操劳做事，可是她的心却全部放在我们一家人身上，尤其是对她的四个宝贝孙子，心肝宝贝地疼着。你说大嫂她自己连女儿都没生一个，那个过继给她的大侄子又不孝，还特别自私，我们的四个谁见谁爱。所以她嫉妒过度便成恨，她为了解恨就只有骂妈妈最心疼的四个孙子。因为妈妈最恨她的就是咒骂她的心肝宝贝。所以，在她磨床时，她都爬出来好几次想自缢而死，就是怕拖累我而使得她的四个孙子无依无靠，流离失所，毁灭了她的希望……"

第二十四回

过小年瑞雪兆家兴
度佳节满门喜洋洋

妈妈告诉爸爸："这就是奶奶的原话，从那以后奶奶才平静下来。所以，你哪里知道我们这家人的感情？那是没有一丝杂质的真情，世上只有真情才能留得天地长，这就是我怎么也控制不住哭的原因。"

爸爸极为伤感地说："是啊！所以，我经常说没有家的人太可怜，特别是逢年过节，那种孤独感，真是让人连死的心都有。"

转眼春节来临，这一年的春节是一个充满着喜气、带有神奇色彩的特殊春节，因为它是我们一家人三十六年后大团圆的一个春节。忘记过去，重视现在，首先是怎样把今年的春节过好。平凡说："你不是最喜欢放炮吗？今年是你的大好机会，多拖些回来，爆竹才是增添热闹的最好东西。再就是把春节物资多准备些，尤其是野味一类的要多备，爸爸不是说只有那些东西才好下酒吗？昨天，我在炸油豆腐时，爸爸就在旁边像你一样用手抓起撒上盐吃了好几块，一边吃一边说他小时候就是这样吃的，几十年来他都没有这样吃过了，那样子又可爱，又可怜。"

我笑了一下说："男人是以女人为家的，女人就是家，只有在自己的家里才能得到真正的幸福，这才叫天伦之乐。你看爸爸，什么将军、才子、书法家，说起来好不威风，结果呢，奔波一世最后还是没有一个家，还得来投奔妈妈这个让他安逸的家。所以，我不管在哪里，回家进门就问你在家不，这就是女人的魅力和伟……"

"你们又在谈爱是吗？"

"姐姐，怎么只有你一个人来了？不是说好了都来一起过春节吗？还谈什么爱啊！说得我的脸都快红了。"

"快红了，不就是还没有红吗？厚脸皮，你平凡可是谈爱的专家，把我弟弟哄得服服帖帖。"

"姐姐，是你弟弟在哄我，他说的我学不好，反正听了很好受，要是你早来十分钟也一定会感动得流眼泪。"

"哟哟哟，刚才还说谈什么爱啊！这不承认了吗？真是一对厚脸皮配齐了，你们继续吧，让你姐姐也开开心，陪着流干泪。"

"别别别，我的好姐姐，今天中午我给你炒几个好菜，行吗？"

"不，我不要菜，只要你帮我劝爸爸和妈妈去我家过小年就行，要不我就坐在这里听你们谈……"

"行，行，行，这点小事算在你弟媳妇的分下，有时好像还很有效果。"

"姐，你别听平凡吹，爸爸和妈妈昨天还在说，这么大的雪就不去文京家了，干脆过完春节后再去。"

"不行，不行，我什么都准备好了，你姐夫在家里等，不去不行。"

"姐，你先别急，昨天爸爸和妈妈是这样说的，不过我想等到吃中饭时再说，也许还是有改变的。快先去给二老问安吧！请啊！"

"知道，是想赶我走，你们好继续谈，不是听得好受吗？"

"好，好，好，我陪你去行了吧！"平凡泡了四杯茶端在手里，才和姐姐来到东边的正房，爸爸和妈妈正带着他们的宝贝孙子和两个老友围坐在炭火盆边谈天说地。走在前面的平凡推开房门："爸爸，喝杯茶吧！"她一边说一边将手里的茶杯往爸爸的面前伸，等爸爸接受后再伸向客人和妈妈。跟在平凡身后的文京连忙说道："爸爸，妈妈，我回来了，接您二老明天去我家过小年。"

"小女儿，你真坚定啊！下这么大的雪能去吗？过了年再去不是一样？你妈妈说要走二十几里的山路，就不怕大雪封山？"

"明天我们不走小路,我请了一辆专车来接,一直可以开到张嘴桥,到家里就只有十里路了。"

"我看还是过了年再去吧!"

"爸爸,您不是说几十年来都没有看过这样的好雪景了?下车后的几里山路不正好让您沿途开心吗?再说,我们一大家子一起走几里路,有说有笑有雪仗打,踏雪无尘的清洁路,那才别有情调。比起正月间的枯枝烂叶,看到的是一路萧条景气,本来一个好心情换成了不愉快。明天多好,明天要是您不去,有些人的眼泪就要出来了,她可是宣传队的台柱子。"平凡连珠炮一样的帮腔听得姐姐哭笑不得。

"哟,听口气她们姐妹的感情不浅啊!她弟媳妇说得是在理,黎老您就依了她们,走雪路确实别有一番情趣。"

爸爸见朋友也那样说就只好顺水推舟道:"去也行,就是你们那里没有油……"

"爸,您放心,我提前炸油豆腐就是为姐姐准备的,明天全给她带去好让您有蒲油豆腐吃,我们回家后再蒲过春节的。"

"好,好,好,看来你们都很聪明,连我想吃什么都知道。好吧,你们去忙你们的,明天早点动身。"

文京高兴地说道:"谢谢爸爸妈妈!"

"傻瓜,到你家去麻烦你们,怎么还谢我们?"

已经退出门外的平凡说:"是谢谢你们给了我们面子。"

"好啊!我要不是看在你为我求情有功的份上,我非要打你几下才能解我心头之恨,我有那么会流眼泪吗?你真会损人!"

"哈哈哈……"平凡一连串的哈哈笑过后,捧着二姐的肩膀又说,"不说得可怜点能有这样的效果吗?你哭没关系,反正长得美的人,哭也美。你看爸爸多喜欢你,'小女儿'喊得心里真甜。"

"你是说你自己吧!精怪,我看爸爸最喜欢的是你这个媳妇,我发现很多事只要是你开了口的,爸爸很快就转了口气,刚才就是事实。哦,你是怎么知道爸爸那样喜欢吃蒲油豆腐的?这个秘诀请你一定要告诉我,知道他想吃什么就做什么多好。"

243

妈妈的粮票

平凡告诉姐姐,她在蒲豆腐时,爸爸像小孩子一样馋嘴。两个人笑得捧腹弯腰,半天还直不起来。

腊月二十四那天,三大家近二十个人到了文京姐姐的家里,沿途正如平凡所说的那样,一路上晚辈们像众星捧月一样地拥护着两个老人,有说有笑,一路的雪仗老少都有份。姐姐家里还用鞭炮接好远,搞得非常隆重,每餐几桌,全是佳肴上品。晚上,姐夫在堂屋中间燃烧一大炉火,所有人围火而坐,谈笑风生,两个老人脸上绽放出享受天伦的幸福笑容。忙得不亦乐乎的姐夫和姐姐把小孩子全都安排去睡后才安静下来。

寒夜更静,只有老天还在为大地雪上加霜,静悄悄的,谁也不知道。到外面去搬柴的姐夫进来哈哈大笑地告诉大家:"真是人不留客天留客,老天在拼命地下,要你们多住几天。"

妈妈长叹一声说:"唉,再住两天就要把你们一年的余粮全吃光了。"

"妈,看您说的,平凡每天都是好几桌,也没见吃光啊!这叫亲情饭,吃不光,越吃子孙旺,越吃财源长,越吃寿……"

"好,好,好,到你们家住到过了正月十五再回去,行了吧?"

爸爸接过妈妈的话说:"这样的日子对你们来说确实是难,看到你们的现在,我真是惭愧至极,要是自己平时能懂点经营就能带回五万美元,为你们解决一些困难,可惜都亏掉了。通过这件事说明一个道理,顺其自然心里宽,越想贪多越没钱。要不是我接连两次举办书法展,就是拿到了蒋经国的批文也只能望洋兴叹。还真是天无绝人之路,我就用那点钱支撑到现在,在长沙四天所花的钱,全部是由文显支付的,大概不在一千元以下,按理得由我还给他,我看他还能过得去就不给他了,现在一共还有四千元钱,我想还是像以前那样连你妈妈一起算五份,每人给四百元,算是爸爸回家给你们的一点见面礼。"

"不要,不要,不要……"我们几乎是异口同声地说。

爸爸长叹一声说:"唉,真是惭愧至极,我知道你们都是好孩子,没有一个唯利是图的,但是这点钱你们必须收下,少了你们别嫌弃就行了,你们要是不肯收,我的心会得不到安宁。"

244

妈妈说:"你们都收下吧!你爸爸他该给你们的还得给,有你们还能饿了他吗?"当爸爸最后给妈妈时,妈妈又说:"我的你就别给了,我从来就没有与文显他们分开生活过一天,和他们一起有吃有穿要钱干什么,你那点够花吗?"

爸爸笑了一下说:"普天之下就你妈妈是我永远都读不懂的一本书,当年我走的时候,我要她给我一点钱,她把仅有的五元大洋全给了我,我回家给她四百元还不够三十六年的微利。她又不要,真不知道她是在哪里学来了不需要钱生活的秘籍。"

"好啦,好啦,我没有你说得那么清高,我只知道天无绝人之路。只要不是为自己享乐,老天是会看到的。哦,差点忘记一件大事,正好你们都在,你还记得从一九八〇年通信后,你一共寄了多少钱给我们吗?你先别急着说,想清楚了再说,因为钱是我和文显经的手,看我们清白不?要是你没有记清楚,说出的数量不相等那就太冤了。"

爸爸笑了一下说:"这点小事还用记?一共就一万七千六百多元,你们自己用了多少还不知道吗?得了多少就多少,财上分明大丈夫嘛!"

"我一共得了五千一百多元。"大姐连忙接住爸爸的话说。

哥哥接下来说:"我用了四千九百七十多元。"

"我用了三千七百六十元。"

爸爸说:"你为什么比他们少了那么多?"

二姐文京说:"您这不是贵人多忘事吗?您说这是给谁娶媳妇做屋的,弟弟就全数给了谁,大姐和哥哥他们都是单独享用者,所以,他们就多了一点。"

妈妈说:"我治病花了二千七百多元,文显还了一千元的账,加起来正好是你的总数。至于谁多谁少,只要他们相互之间没有意见就行了。我也只是让你知道我们大家都是信得过的人。"

爸爸认真地说:"你如此不公的分配原则,也能让他们高兴,看来你这个妈妈当得很称职,我是该好好地谢谢你才是。"

"谢我什么?是你的命好,生的儿女们个个都听话,再过几天让你看看我们是怎么样过的年,你才更加相信儿女们的能耐。"妈妈说的几

妈妈的粮票

天转眼就到了。

年三十上午，大家全部投入做年饭和过年的所有准备工作，哥哥文韬他们一家很早就来了，他帮着拿出一米五直径的大圆桌铺在堂屋中间，又将四方桌摆在上边的神台下，摆上香火、蜡烛、贡品，焚香燃烛只等开饭时好敬宗祖。而我当然是带着几个小家伙们摆放鞭炮，生性好玩的我和他们又逗又闹，四个狼崽子还想把我放倒，他们的爷爷和奶奶站在旁边帮他们助威："加油，加油！"这下闹得连忙着做年饭的平凡也出来看热闹。她告诉她的儿子："成成，快抱住你爸爸的脚，快，快，快！"谁知那个小家伙松开抓住我衣角的小手去打他的大哥哥林林："呜呜，不要吊我爸爸。"

我的大侄儿林林只好松开抱着我颈脖子的双手说："你是叛徒。"

"你是不要吊头，不是，是不吊……"小成成一急话也说不利索了，急得抬头望着他的大哥哥，想说自己不是叛徒。那稚嫩样害得他的爷爷和奶奶笑得腰都直不起来。平凡跑过去抱起儿子告诉他说："我不是叛徒，是要你别吊我爸爸的头。"

"嗡啊"，小家伙伸头亲了一下他妈妈的脸："妈妈真乖。"他一扭身跳下来："哥哥，哥哥，你妈妈，哦，不是……"一大家子闹得一片欢腾，沉浸在幸福的快乐中。

我说："小狼崽们，来帮我把你们爷爷写的对联贴起来后吃年饭，这样不就显得更加热闹吗？"

"哦哦哦，哦哦哦，贴对联喽。"

爸爸撰写的春联上联是：国运昌隆，赤子归来，但愿春晖两岸。下联是：合家团聚，懿德所至，新年气象万新。横批是：普天同庆。爸爸还特意写了家神的对联，中间的主题当然是：黎氏历代宗祖之神位。两边的配联是：宗祖厚德儒风远，子孙仁善泽世长。横批是：德泽万代。爸爸还给文韬哥哥写了一副大门联，让他们吃完年午饭后回家好贴，上联是：门对青山千树绿。下联是：户纳紫气万代兴。横批是：国泰民安。

哥哥文韬见我们的对联贴好后，就高声喊道："上菜喽。"能干的嫂子就开始往桌子上端，中间放的当然是临湘的老风俗——十几斤的腊膀

子和蒲油豆腐煮在一起一大盆，那种香味真让人垂涎欲滴。鸡、鸭、鱼有煎的，有红烧的；野味獐、麂、兔和野鸭有黄焖的，有炒炸的，真是色香俱全。酒当然是临湘的特产自制的糯米甜酒，小家伙们喝的是饮料。一切就绪后，当主持的文韬又说："文显，先放两组鞭炮给宗祖敬酒吧！"

"好嘞。"我将两组点火燃放。家神下面四方桌上的香火蜡烛早就由文韬点上，他站在满桌佳肴的左下方，向家神拱手作揖后说："今天是岁次丙寅的大年三十日的年午饭，有请京兆堂上列祖列宗与十八、十九和二十世子孙共庆团圆。"大约一分钟后，文韬又说："文显，放炮开席。""好嘞。"我按顺序再点三组，再点四组，五个组合春雷配五千鞭为一组，炮是放在鞭上的，只要你点燃鞭头，它就一路往后有鞭有炮地连续不断，在那个年代里像我那样地放炮可能是独一无二的。连爸爸都说："这个满崽子放炮还真有想法。"

当我的最后一组刚点上，文韬宣布："吃年饭喽！"坐在上边的爷爷奶奶，一会儿就被四个狼崽子挤在了一团，他们把自己吃了的又往爷爷和奶奶的碗里放："爷爷你乖，你要多吃点。""奶奶我要你帮我夹菜，你夹给哥哥了。"

"妈妈，你看奶奶她不吃饭，她一直望着我们笑。"

小三子的妈妈说："你奶奶看着你们四个就饱了。还不快点吃，吃完了好跟着你叔叔去放炮，打开财门。"

哥哥文韬举起酒杯站起来说："你们四个小狼崽子，快点端起你们的饮料，来，先给爷爷和奶奶拜个早年，祝爷爷奶奶福体健康。"

"伯伯，你来来也呷康，我爸爸也呷呷康。"

"哈哈哈……哈哈……"

"是健康，健康。"

"系呷……不系系康。"年三十的一餐年午饭在欢笑中度过。小狼崽们玩了一阵后在林林的带领下来到爷爷和奶奶的前面双手一拱："恭喜爷爷奶奶发财，红包拿来。"

他们的爷爷和奶奶高兴道："好，好，好，来给你们红包，来吧，一人一个，叫唤也不多给。"小东西成成拿着两个红包直接装进他妈妈

247

妈妈的粮票

的口袋里说："妈妈，我也有红包，拿给你，别落了，要乖。"

"成成快来，妈妈告诉你，你说，爷爷你是大官，你加一个包，就加一百岁。"

成成来到他爷爷面前；"爷爷，你系大官，你给红包我就百岁。"

他的三个哥跑上去说："不是你那样说的，是爷爷，你是大官，你加一个红包，就加一百岁。"

"还发大财，添福添寿。""还发大财，添福添寿。"平凡在旁边帮他们助阵，四个小家伙跟着学舌，喊得他们的爷爷和奶奶哈哈大笑着说："好，好，好，再加两个，好让他给我们加两百岁。"又得到了红包的他们，又是跳，又是唱："哦，哦，哦，我们又有红包啦。"

下午五点钟，我们提起早就准备好了的鞭炮、香、蜡烛上祖坟山给祖先送灯。回到家里，再给菜园、秧田、果树、水井、牛栏、猪圈送灯。妈妈说，给它们送了灯就没有虫灾，没有瘟疫。

晚上一大家人围炉向火，听爸爸讲他的故事。他问："明天，也就是初一早上你们怎样过？"我告诉他："明天早晨全家人都得起个早床，跟着妈妈，用饭桌摆上三牲茶酒、果品、焚香、燃蜡，放很多鞭炮。在老家时，只看谁家放得多，就说明是兴旺的表现，放完鞭炮妈妈就带着我们给天地拜年，求天地保佑：全家平安，广进财源，五谷丰登，六畜兴旺。再将饭桌端进堂屋，摆在家神像下重换新茶酒，在神台上又重燃香火蜡烛，重放鞭炮，给祖宗拜年，完事后平凡就用祭拜过后拿进去的果品红枣煮阴米茶。初一的早上，我们都是喝这种果品煮的茶当早餐。妈妈说，喝了这种茶一年无灾祸、无疾病。吃完茶就是拜年了，男人们个个穿戴一新，成群结队好不热闹。这样的活动，女人是不能参加的，因为女人要过了初五才能出去。事实上，她们也不能出去，拜年的来了家里还得有人递烟泡茶。所以必须得早起，要是起来晚了，别人来拜年时我们还在敬神、喝茶，那就显得不礼貌了。"

爸爸说："你们的妈妈确实是个了不起的妈妈，她能把我们临湘的传统文化传承下来，实属不易。"

"初一子，初二郎"的风俗是我们恪守祖训不动摇的家教传统，文

韬哥哥和嫂子带着三个儿子很早就来了,他和嫂子来到爸爸妈妈的面前说道:"爸爸,妈妈,我们给您二老拜年,祝二老福如东海,寿比南山!"

"哥哥,哥哥,快来,我爸爸还有好多炮!"

成成要林林陪他去放炮,拉着林林就要走。林林把成成一拉:"别急,快来跟着我们一起再给爷爷和奶奶拜年。"

四个狼崽子这才走上前学着他们爸爸妈妈的样,双手朝前一拱:"祝爷爷、奶奶健康,永远健康!"

九点左右,文静一家九口来了,文静大姐的媳妇和孙子也来了。十点左右,文京一家六口来了,原来,她们在去年的腊月就说好了,今年不按常规,因为人太多,免得初一闹了,初二又吵,干脆一起闹腾几天,让平凡也好安排。

初一中午,四代同堂的大聚会真是让人感到幸福得无与伦比。坐在上边桌上的妈妈,望着满堂子孙,男有男相,女有女貌,温文尔雅,气质纯朴,特别是孙辈们,个个生龙活虎,聪明伶俐,顿觉欣慰。如此和睦的一大家人,谁都会羡慕。

妈妈觉得她用生命的代价换来的今天,就一个字:值。人到晚年能享受如此的天伦之乐,是要用相当的付出和无私的奉献精神才能得到的。恕己之心恕人,容四海之量容物。妈妈就是以这种博大的胸怀造就了一股无形而巨大的凝聚力,她让她的亲人无不思家似渴,使我们不得不承认"只有妈妈才有家"的事实,这就是她懿德的结晶。

妈妈以胜利、安逸、舒畅的心情又去迎接一个比一个更加美好的新春初一,沐浴一年又一年的春晖秋阳,观赏一天又一天满目红晕的夕阳红。

妈妈的粮票

后记

  我的这部小作创作于妈妈的八十大寿后，朋友问我在想什么，我毫无顾虑地说在想妈妈。她说，能把妈妈的一些事告诉我吗？我说，怎么想听这些？她说，因为我也是女人，很想知道同为女人的为人处世之道。我开始侃侃而谈，讲到那些苦难的地方她听得泣不成声，讲到那些令人高兴的地方她笑得前仰后合。听着听着，她突然一本正经地对我说："你就按你讲的写出来吧！这是一些多么经典的素材啊！"

  我立即提笔写，终于有了这部小作，以妈妈的一生总结出一些人生价值，即人的一生在于无私和付出，对国家，对人民、父母、儿女，对亲人、朋友都应当这样，要在顺其自然中无声地奉献。

  此书从二〇〇五年开笔，于二〇〇七年完成初稿，又经过多年修正润色才正式定稿。我是一个文学爱好者，从小就喜欢写作，可是总觉得自己力不从心，作品也难登大雅之堂。由于种种原因，本想放弃，是李主席静美先生一再鼓励和很多读者的期待让我坚持下去，这部作品才得以完成。希望广大读者都能成为我的良师益友予以指教，谢谢大家。

黎次如
二〇一八年十月